孙云晓 著

孩子，抬起头

浙江文艺出版社
Zhejiang Literature & Art Publishing House

图书在版编目(CIP)数据

孩子,抬起头 / 孙云晓著. —杭州:浙江文艺出版社,2020.1

ISBN 978-7-5339-5740-7

Ⅰ.①孩… Ⅱ.①孙… Ⅲ.①长篇小说—中国—当代 Ⅳ.①I247.5

中国版本图书馆CIP数据核字(2019)第123930号

责任编辑 何晓博
封面插图 陈丽婷
封面设计 Lika
内文插图 艾莫渝工作室
责任校对 陈 玲
责任印制 吴春娟

孩子,抬起头

孙云晓 著

出版 浙江文艺出版社
地址 杭州市体育场路347号
邮编 310006
网址 www.zjwycbs.cn
经销 浙江省新华书店集团有限公司
制版 杭州兴邦电子印务有限公司
印刷 杭州杭新印务有限公司
开本 710毫米×1000毫米 1/16
字数 193千字
印张 16.75
插页 2
版次 2020年1月第1版
印次 2020年1月第1次印刷
书号 ISBN 978-7-5339-5740-7
定价 36.00元

谨以此书献给

全国 400 万少先队辅导员

CONTENTS

第一章　选择

一

唐朝诗人李贺说：我有迷魂招不得。

十九岁的师范优等生陆红薇正"迷魂附身"，主动请求去老大难单位——殷都小学当老师。同学们揶揄她说："义无反顾地步入是非之地。"

临离开师范学校的那些日子，陆红薇的选择成了毕业生们议论的话题：

"她傻了还是疯了？跟着韩风震去犯错误、倒大霉！"

"实验小学要她去当音乐老师，多好的机会啊，她一口回绝了。"

"殷都小学跟实验小学有天壤之别。她去体会一下，就会后悔的。"

"听说她爸爸曾经是河南省的优秀少先队辅导员，跟韩风震是老朋友，她去了可以受到照顾。"

"嘻，杨子荣说得对，人各有志，不能强勉，走着瞧呗！"

……

在育英师范七八届毕业生当中，陆红薇的知名度相当高。她能歌善舞，在全校的文艺演出中成绩总是名列前茅，有一回还在市里获了奖。

她又喜欢写诗和小说，虽然从未变成铅字，却能让同伴捧腹大笑或伤心得流泪。还有一点儿应当承认，那就是漂亮。她没有书里经常形容的丹凤眼和樱桃嘴，却给人一种清爽明媚的感觉，引得不少男生想方设法向她献殷勤。所以，她选择去殷都小学的消息传出后，大家禁不住就议论起来。

一天晚饭后，陆红薇正在一边听音乐一边洗衣服，班主任郝老师推门进来了。郝老师一头银发，慈眉善目，对同学像母亲一样关怀备至，很受同学们的敬重。可是，陆红薇却没料到，郝老师是来邀她一起去散步的。三年的师范生活，陆红薇深知郝老师的习惯，除非有重要的事情，她是很少邀请学生一道散步的。因此，她马上擦干手，关掉收音机，跟郝老师走出了学生宿舍。

育英师范学校附近有一条无名河，水流虽缓却十分清澈，连河底的沙子和水中的小鱼都看得清清楚楚。加上河两岸垂柳依依，野花盛开，的确是散步的好地方。此时，夕阳已经看不见了，但被夕阳映红的云霞如着了火一样，映得河水犹如一匹五彩的锦缎，让人心中充满了诗情画意。

郝老师和陆红薇这一老一少默默地走着，仿佛一开口就会惊扰眼前这美景一般。一直走到晚霞消逝，暮色渐渐苍茫，郝老师才开口："红薇，下定决心了吗？"

陆红薇知道她指的什么事，点点头，说："下定了！"

"你知道殷都小学校长韩风震的情况吗？他的历史？他的处境？"

"大致了解一些。'文革'以前，他两次被团中央表彰为'全国优秀少先队辅导员'。'文革'中，他遭受过许多打击。"

说着，陆红薇愤怒起来了。郝老师侧着头看了她一眼，淡淡地说：

"我比你更了解，韩校长当然是个好人。可是，他目前的处境并不妙啊。"

陆红薇关心地问："怎么回事？"

"唉，世上的事情并不都像这条小河的流水那样清澈，很多时候倒更像一团乱麻，很难理得清啊。"

见郝老师叹气摇头，陆红薇陷入了沉思。她捻了一缕长发，在大拇指和食指间轻轻地转动着。实习的时候，她并不在殷都小学，而是在颇有名气的实验小学。当时在殷都小学实习的同学秦万隆，回来把韩风震说成了一个可笑的人物，譬如他作为一校之长，明明全国还没有恢复少先队，他却总是痴迷于少先队活动。然而，陆红薇听了这些事情之后，反倒欣赏起韩风震来，甚至想以韩风震为原型，写一篇小说。因为韩风震的这些做法引发了她对父亲的许多回忆，她一直渴望写一写老少先队辅导员们的高尚心灵。等她仔细了解了韩风震的情况之后，便萌发了去殷都小学工作的念头，而且这念头愈来愈强烈。

"红薇，"郝老师用手轻轻拍了一下她的后背，打断了她的沉思，接着说，"你会成为一名优秀教师的，这是我根据多年的经验判断出来的。如果你到实验小学，进步起来会顺利一些。但是，你若执意去殷都小学，就要做好经受坎坷的准备。"

"郝老师，您了解我，我这个人不愿意过那种一帆风顺的平淡生活。'没有冲击或碰撞，人的生命力会过早地衰竭'，这不是您说过的话吗？"

陆红薇目不转睛地望着郝老师。郝老师被感动了，说："我已经老了，希望在你的身上。本来，毕业生是不能自己挑选学校的，但我会帮助你实现你的选择。"

说着，她忽然笑了，说："有个秘密你不知道，韩风震是我的小师弟，他早来咱们师范学校物色过人选了，指名要你呢。"

"真的？"陆红薇惊喜得瞪大了眼睛。郝老师点点头，说："我一直不忍心让你跟他吃苦，便没答应。如今，你既然铁了心，就勇敢地去吧。他是一个难得的好老师啊！"

"谢谢您！"

陆红薇激动地拥抱了自己的老师。

二

陆红薇去殷都小学报到的那一天，并未见到校长韩风震。据老师们议论，韩校长正与区里别扭着，他自己为自己准假，回去休息了。

此刻，瘦弱的韩风震正疲倦地躺在床上。在这间不足十平方米的破旧屋子里，他一米八六的个子显得特别高。他本想好好睡上一觉，可满腹心事，又被一股怒气顶着，怎么也无法闭上眼睛，脑海里又翻腾起来。

今年春节，韩家被一片阴影笼罩着。肿瘤医院那个戴黑框眼镜的白脸医生，在为韩风震做了两次检查之后，已经怀疑他患有肝癌了。年仅四十三岁的韩风震闻讯惊出了一身冷汗：天哪，我的生命这么早就要完结了吗？我等不到恢复少先队的那一天了？我还有四个未成年的孩子，加上年迈的母亲，光靠妻子一个人能行吗？

谁知，就在这种情况下，区文教组（教育局的前身）竟提议派他去殷都小学，去那个有名的老大难学校当工作组长。作为一个具有多年党龄的老党员，韩风震一向服从组织的调动。二十一年前，彼时他还没有加入中国共产党，只是一名酷爱音乐的年轻教师，领导让他去担任专职少先队辅导员，他怕丢掉心爱的音乐专业，一时踌躇起来。可是，当领导一说这是党的需要，他立刻毫不犹豫地答应下来，并且全心全意地投入到了少先队工作中去。由于工作出色，他两次被团中央表彰为"全国优秀少先队辅导员"，并出席共青团全国"九大"会议，还受到毛泽东、刘少奇、周恩来、朱德等党和国家领导人的接见。这是殷都市人人皆知的事情。

然而，"文革"中受了多年批判的韩风震，已经磨炼出既能默默忍受也敢于反抗的性格。这次，让他离开原来学校的领导岗位，他并不介意。可是，全区六十六个单位，仅仅就向殷都小学一个单位派工作组，怎么就看中他了呢？他心中有数，这与他得罪了某位领导大有关系。于是，他备足了各种病历单子，亲自送到区文教组，冷冷地问道："这是医院的检查结果，我目前转氨酶为 690，大大超过正常值，而且还不排除患有肝癌的可能性。你们在这个时候派我去一个老大难单位，合适吗？"

说完他转身就走了，一句客套寒暄也没有。本来，他还想说一句："你们还讲不讲人道主义？"可话到了嘴边，没讲出来。他的这次抗议并未奏效。不知区文教组是如何向区委汇报的，反正区委做出正式决定，调韩风震去殷都小学。

接到这个调令，韩风震一阵心寒，但共产党员个人必须服从组织的意识，最终还是支配了他的行动。他去了殷都小学，并且尽职尽责地工作，只是每天要吃完一服中药，打了针，才能走上工作岗位。

不久，区里又决定把韩风震留在殷都小学，当校长兼党支部书记。几乎在这同时，肿瘤医院确诊韩风震患了肝炎而不是肝癌。韩风震稍

稍松了一口气，可日趋严重的肝病又成了心事。

一天，韩风震陪姐姐去医院。她已被医院确诊患有食道癌，身体虚弱不堪，靠韩风震陪着去医院进行治疗。每天一忙完工作，他就赶过来陪姐姐，尽量给姐姐一些安慰。姐姐发现弟弟脸色苍白，心疼地问：

"风震，你也一起检查检查吧，瞧你咋这么瘦呢？"

韩风震看看手表，叹口气说："现在正办学习班呢，我只请了两个小时的假，怎么有工夫做检查？先治好肝炎再说吧。"

"你们单位的领导是怎么当的？连部下的健康都不放在心上！"姐姐生气地嘟哝着。

韩风震苦笑了一下，摊开双手，说："怎么当的？就这么当的，又叫马儿跑得好，又叫马儿不吃草！"

韩风震忍着病痛坚持工作。作为学校的一把手，他不能不考虑长远的发展规划。在他看来，一所小学若想办出水平，既要抓好教育教学质量，又要开展好少先队活动，使学生真正地全面发展起来。可是，长期以来，殷都小学几乎没有什么少先队活动。辅导员换来换去，形不成一个稳定的局面，自然许多基础建设都没有搞。这，让他这位少先队专家简直无法容忍。因此，他亲自跑了一趟师范学校，希望选拔一名优秀人才来落实此事。

几个月的抱病操劳，终于使他有些坚持不住了。他决定休息一段时间，便向区文教组领导请假。区文教组领导让他再坚持一段时间，他服从了，咬牙坚持着。可后来他又几次申请休假，均未获准，领导总让他"再坚持一段时间"，仿佛殷都小学是只有他一人守卫的前线阵地，只有死守，别无他计一般。韩风震要反抗了。

他冷冷地问："什么时候能准我的假？"

"这要研究研究。"

听文教组的人如此回答，他又加上一句："要研究多长时间？"

文教组的人不耐烦地答复："这哪说得准？你就等着吧。"

这是对一个抱病坚持工作的小学校长应有的态度吗？人和人之间的关系就这样冷漠吗？韩风震感到全身热血奔涌，几乎要跳起来，大闹一番。可他控制住了自己。他从容不迫地取出钢笔，写了一张假条，一字一句地说："你们不批准我休息，我自己批准我休息了，请领导安排工作吧！"

文教组的人听了这话，眼睛都快瞪直了：堂堂的小学校长，怎敢说出这种话？你就不想后果会怎样吗？可韩风震偏偏就这样说了，他把假条往桌上一拍，便迈着大步离开了这个让他愤怒的地方。

三

殷都小学的教导主任毛瑞奇，接待了前来报到的陆红薇。三十五岁的毛瑞奇已经迎送过多次新分来的年轻老师，因此他脑子里的头一个反应是：这个漂亮的姑娘是否走错了门？

当他听完陆红薇的自我介绍之后，却变得又惊又喜，说："噢，你就是韩校长特别想要的那个陆红薇啊，太好了！"

他向陆红薇大致介绍了一遍学校的情况，又陪她参观了校舍。殷都小学的校舍很简单，除了一栋四层教学楼，还有两排平房。教学楼后面的操场附近，有几棵枝繁叶茂的梧桐树。教学楼前有一排细细的柳树，显然刚栽了不久。

"学校穷啊，没钱添置新设施。"毛瑞奇主任感慨道。

陆红薇对此倒非常理解，说："在我的印象中，小学也就是这个样子的。"

她回忆起父亲当校长的那所小学，那也是她童年的乐园。如今长大了，觉得那里简陋了一些，可在小孩子眼里，那是多么有趣的地方啊。她希望早一点儿见到韩校长，早一点儿知道自己的工作安排。因为毛主任说得很明白，工作安排必须听校长的。

第二天早晨，毛主任带着陆红薇，穿过一片片灰色的居民区，进入了一栋简易楼房。楼道里光线很暗，又堆满了盛煤的麻袋和木柴等杂物。陆红薇简直是跌跌撞撞地走着，两只手都摸黑了，只好牵着毛主任的手，才走到了503室门前。

毛主任敲了几下门，过了好一会儿才有人应，又等了一阵子，门才打开，露出韩风震那张苍白而又疲惫的瘦长脸。

"韩校长，陆红薇主动来咱学校报到了！"毛主任说完一让身子，陆红薇激动地问："韩校长，您的身体好些了吗？"

只见韩风震睁大了眼睛，脸上也放出了亮光，他像健康人一样走动起来，招呼两个人进里屋坐下。接着，他打来一盆温水，放入一条新毛巾，请陆红薇擦擦脸上的汗。陆红薇笑着举起两只黑手，韩风震"哦"了一声，一面带她到水池边去洗手，一面风趣地说："进门两手黑，将来好回忆。"

陆红薇洗手回来，这才发现两间小屋子都相当拥挤，门厅也摆着上下床，连个饭桌都没有。她一边擦脸一边说："韩校长，您住房挺困难呀！"

毛主任替韩校长回答说："一家六口人，两儿两女，大儿子大女儿都上初中了。全家就这么二十三平方米的地儿，人均不到四平方米。就这他老母亲有时候还过来住呢。"

韩风震挥挥手，不耐烦地说："咱们不谈这个，还是谈谈陆红薇是怎么下定决心来咱们殷都小学的吧。这个话题多让人高兴啊！"

坐在床上的陆红薇把经过详细讲述了一遍，最后说道："总之，这是我自己做出的选择。我想跟您学习培养人的学问，掌握高超的辅导艺术。"

听了陆红薇的讲述，韩风震深受感动。他想不到，在自己遭受厄运的时候，竟有人虔诚地来拜师求学，学习那些被批判过的辅导艺术。

几个月前，他听说育英师范学校有位多才多艺的应届毕业生，便去找大师姐郝老师想办法，但他忽略了很重要的一点，普通学校根本没有资格挑选毕业生。他为此非常恼火：差学校难道要永远差下去吗？在他看来，越是差的学校，越应派一些优秀教师过去，这样才能实现教育面向全体学生的根本任务。值得庆幸的是，优等生陆红薇自己主动来了。可他也隐隐有些不安。他早就意识到了，自己的优势还是搞少先队工作，而不是当校长。因此，他暗暗准备调离殷都小学，也离开区文教组那些不讲人情的领导。如果自己走了，陆红薇怎么办呢？她这一腔热情与真诚岂可辜负？

他沉静地说："一个人若想真正有所作为，就必须敢于为自己选择道路，并且不为周围的议论所左右，坚定地走向自己的目标。不过，要有经受各种磨难的心理准备才成。"

陆红薇很欣赏这段话，她点点头，问："那么，我做什么工作呢？"

"当然是做少先队辅导员喽！"

韩风震用充满期望的目光望着陆红薇。与他的病弱之躯相比，刚

刚大学毕业的陆红薇显得丰满健美，富有青春的活力。

"根据我二十多年的从业经验，少先队大队辅导员这一职务，应当选择全校最优秀的年轻教师担任。这是因为，大队辅导员的水平高低，将影响全校每一个学生的成长。"

陆红薇兴奋地猛一拍手，说："我爸爸也是这样说的！"

"你爸爸？"两位校领导都愣住了。

陆红薇本不想到处炫耀自己的爸爸，可刚才一激动，脱口而出，只好介绍道："我爸爸叫陆天明，如今在光明街小学当校长，他曾经也是少先队辅导员。"

"你是陆天明的女儿啊！"韩风震一时惊喜万分。20世纪60年代初，他和陆天明一起被表彰为"河南省优秀少先队辅导员"，还常常在一起讨论少先队活动方案。想到这些，他心情愉快地说："怪不得你这样喜欢少先队辅导员的工作，原来是遗传基因在起作用哪！"

三个人全都大笑起来。陆红薇略带点撒娇地说："韩校长，那您对我更应当严格要求喽。"

毛主任听了，一撇嘴，微笑着说："这用不着你提醒，韩校长一向严格得过分，只要你受得了就行！"

韩风震嘿嘿地笑着，没有说话。

二十四天后，区文教组派人把病假条还给了韩风震，批准了他休假的请求。但是，来人代表领导批评了他"无组织无纪律"的错误。韩风震并没有感激的心情，他的心还在流血，他的伤口还未愈合。因此，他倔强地回答："这顶'帽子'我不戴！"

但是，他已经开始上班了，着手谋划"勇敢者的道路"夏令营，他要给孩子们快乐的童年，也要亲手带一带新上任的少先队大队辅导员。

第二章 解放

一

从"勇敢者的道路"夏令营回来，陆红薇睡了一整天，兴奋与疲劳把她弄得快昏过去了。

几天之后，她决定去看望一下师范学校的同学，因为有许多新的感受和想法，值得与伙伴们交流一下。坦率地说，她想炫耀一下，她办了一个多么令人难忘的夏令营啊！同学们不是说她选择错了吗？瞧瞧吧，她的选择到底是错还是对。当然，她不会与同学们争论的，来日方长，事实自有公论。她渴望知道别人的感受如何。

这天上午，她正要出门，居委会谢大妈气喘吁吁地来叫她："红薇，电话，你表哥找你！"

"表哥？"陆红薇一愣，从哪儿冒出来一个表哥呀？她疑惑不解地去居委会接电话，原来是师范学校的同学秦万隆，说有特别重要的事情找她，约她马上去人民公园音乐厅。

在师范学校的男同学里，向陆红薇献殷勤最多的正是秦万隆，他甚至还大着胆子给陆红薇写过情书。秦万隆的父亲曾在印度尼西亚的

重要城市万隆工作过，便给他起了这个名字。他喜欢体育，经常穿着红背心白短裤活跃在篮球场上，使不少女同学为之倾倒。说实话，陆红薇也挺喜欢他，喜欢他充沛的精力，喜欢他豪爽的谈吐。但自从收到他那火辣辣的情书之后，陆红薇再也不敢去看他的比赛，因为一见秦万隆，她的脸庞就又红又热，仿佛人人都看到了秦万隆写给她的情书似的。

　　作为一个十九岁的姑娘，陆红薇过去只是从文艺作品中感受过情书的灼热。当她手捧这个"烫人的怪物"时，她一边读一边觉得周身的血在涌动，人在云雾里升腾，似乎早就盼着这一天了，可这一天真的来了，她又不知所措。但在这个慌乱的时刻，她实实在在地感到了一种幸福，激起了从未有过的憧憬。

　　在刚刚"解冻"的中国，尤其是在殷都这片古老的土地上，这种私密的事儿一旦暴露，他俩都会陷入十分尴尬的境地。意识到这一点，陆红薇有些愤愤然。但她又是个善良的姑娘，不忍心让追求者苦苦等待，便悄悄回了一封短信。

　　她在信中写道：

秦万隆同学：

　　来信收到了，感谢你对我的信任和称赞。我心里挺乱，不知该怎么办才好。不过，我想咱们都还很年轻，应当先在社会上站稳脚跟，在事业上有一个良好的开端。这样，我们也会更成熟一些。如果到那个时候，我们仍然相互理解和喜欢，再考虑比翼齐飞的计划也不迟。你说呢？

祝你有新的进步！

陆红薇

1978 年 4 月 3 日

可是，还未离开校门，他俩就已经发生了第一次分歧：秦万隆嘲笑了韩风震，而陆红薇恰恰主动要求做了韩风震的徒弟。秦万隆凭借父亲的关系，进了市外贸局，被陆红薇讥讽为"临阵脱逃"。

然而，陆红薇今天还是按时赴约了。是为了旧日的情谊？是怕真有"特别重要的事情"？是因为他是第一个主动找自己的同学，还是为了与他重新讨论对韩风震的评价？说不清楚。反正她爽快地接受了邀请。她换了一条浅绿色的无袖连衣裙，脚踩一双白帆布凉鞋，浓密乌黑的头发用花手绢一扎，便骑车上街了。

秦万隆早在人民公园音乐厅门前徘徊了，一见陆红薇那熟悉的倩影，立刻迎面跑了过来，眉开眼笑地说："'勇敢者'很准时啊！"

"你怎么知道我们夏令营的事？"陆红薇真的吃了一惊。

秦万隆像没听见一样，晃晃手中的音乐会门票，问："咱们是边听边聊呢，还是边吃边聊？"

陆红薇喜欢听音乐，却讨厌听音乐时聊天。于是，她示意秦万隆到花园前的长椅那儿坐下。刚坐下，她想起打电话的事，嗔怪地说：

"谁认你做表哥啦？弄得人家好不自在，幸亏当时我的爸爸妈妈都不在家！"

秦万隆嘿嘿直笑，说："你们那个居委会的老太太不肯给传电话，我说是你表哥，这才给传嘛。"

"言归正传，说说你怎么知道我们的夏令营的？请评价一番。"

　　见陆红薇一再问及此事，秦万隆叹了口气，显现出一言难尽的样子，说："我虽然人到了外贸局，心还在你身上啊，所以，我特别关心你的消息。你和韩风震办的'勇敢者的道路'夏令营，被人汇报上去了。据说，有位重要人物讲，这可能是一个反面典型啊！"

　　"那你怎么看这件事？"

　　陆红薇注意地望着秦万隆，只听他很矛盾地说道："领导就是敏锐嘛，特别注意导向问题。与韩风震在一起工作，难道你感觉不出他身上旧的东西有很多吗？"

　　"旧的东西全都不好吗？古代人吃鱼吃肉可以强壮身体，现代人吃鱼吃肉不也可以强壮身体吗？"

　　听陆红薇如此回答，秦万隆一愣，说："你刚去殷都小学两个月，就深受韩风震影响啦？你要保持清醒的头脑，别跟着陷进去，政治错误可不是儿戏。"

　　陆红薇一侧脸，气愤地说："都什么年代啦？还搞这一套！雪莱说，冬天到了，春天还会远吗？我们已经进入春天了，难道会接着重复冬天吗？"

　　"生活不是诗！"秦万隆也抬高了声音，"我劝你急流勇退，离开那个是非之地吧。"

　　"离开？"陆红薇转过脸来，惊讶地问。

　　秦万隆略微有些得意地说："我给你疏通了关系，可以去旅游局工作。现在，正是中国旅游业大发展的时候，做这一行会越来越吃香的。再说，你也喜欢旅行。"

　　"谢谢老同学的好意。我喜欢旅行，可我更喜欢教育事业。"陆红薇想起了不畏艰难的韩校长，接着说了下去，"尤其是在目前这个时候，我除了殷都小学，哪儿也不去！"

秦万隆一听，急了，两只手一齐比画着，大声说："你怎么就不明白？社会地位最低的就是小学老师。就说你欣赏的那位韩校长吧，也算是够出名了吧？不照样生活得很清贫！"

"关于这一点，我比你更有资格评论。小学老师是很清苦，但他们是我们社会中最高尚的群体之一！"

自尊心受了伤害的陆红薇，也不知不觉地抬高了声音，两人就像一对吵架的恋人，引来远处游人的目光。陆红薇立刻不言语了，默默地盯着眼前正在怒放的鲜花。

意识到争论下去的危险趋势，秦万隆也赶紧止住了话头。他机灵地跑去买来两支雪糕，递一支给陆红薇，开玩笑说："咱俩好不容易约会一次，火药味太浓了吧？降降温。"

陆红薇赌气不接雪糕，冷冷地问："谁跟你约会？小学老师就那么值得嘲笑吗？哼！"

"我完全是一番好意，才了解你的处境，帮你调单位，没想到会是这样。"秦万隆委屈地低声说着，眼睛有些湿润。手上的两支雪糕在阳光下慢慢融化。

见此情景，陆红薇心软下来，柔和地说："万隆，你的好意我理解，你说的教师地位低也是事实。不瞒你说，这次去小南海办夏令营，我们只花了十块钱买了根绳子，其余的东西，包括汽车，全靠'化缘'化来的。为什么？就是穷啊！可即便如此，我还是喜欢教育，喜欢做辅导员的工作。你想，一个自由的人，如果不能自由地从事自己喜欢的事业，那该多痛苦！"

秦万隆默默地点点头。真没料到，陆红薇是如此倔强，他叹了口

气，说："好吧，我尊重你的选择。以后要是碰到什么难处，就来找我，好吗？"

"好！"

陆红薇主动伸出了纤巧的小手，握住秦万隆厚厚的手掌，两人都奇异地感受到，这一刻最美好。

二

王雅茹嫁给韩风震已经十六年了。

据一位非常熟悉这个家庭的"学者"评论，他俩都是典型的中国人：丈夫全力以赴在外边干事业，回到家里，除了吃饭睡觉，别的事情很少关心；妻子除了正常上班，还承担着几乎全部的家务。在外人看来，这实在是不公平，可他们自己却认为是天经地义、理所当然。

这位"学者"的观点正确与否，尚可讨论，但上述情况完全是事实。按说，王雅茹还是韩风震师范学校的同学呢，又被留在师范学校执教，工作上也是一把好手，她完全有理由要求韩风震承担一部分家务劳动，以减轻自己肩上沉重的负荷，可她从不抱怨一声。

他们共有四个孩子：大女儿韩娟该上初三了，大儿子韩杰小学刚毕业，小女儿韩琳上小学四年级，小儿子韩刚才上小学二年级。可他们夫妻俩的工资都很低，生活过得紧巴巴。

生活仿佛在故意与王雅茹作对，她除了操持这个家，还得分出心来照料娘家兄弟。她是淇县人，生在周文王大战纣王的朝歌城。她的二哥二嫂先后去世，留下两个孤儿跟她那个身有残疾的弟弟一起生活，她能不常常跑回去帮一把吗？本来，可以靠大哥大嫂支撑一下，谁知大嫂又患上了癌症，大哥的儿子也被诊断为骨癌，一家人自顾不暇。因此，王雅茹只好挑起这副重担。

苦难是一所学校，它能培养出意志坚强的人，王雅茹大概算得上是这所学校的优秀毕业生了。她小巧而瘦弱的身躯里，跳动着一颗不屈的心。一双大而明亮的眼睛，依然闪烁着对生活的热烈渴望，给这两个艰难支撑的家带来温暖和希望。

自然，再坚强的人也需要精神支柱。王雅茹的精神支柱是什么呢？是丈夫，还是孩子们？也许是一种整体的综合，即相信苦难总会熬过去，生活会逐步好起来。

不过，和中国大多数妇女一样，王雅茹首先对丈夫寄予了厚望。作为一名教师，她理解丈夫的追求是高尚的、有价值的。因此，她常常为丈夫之喜而喜，为丈夫之忧而忧。

此刻，病情加重的丈夫正静静地躺在她的身边。他那张长方形的脸几乎看不出血色，皱纹倒增加了不少。但这张熟悉的脸，唤起了王雅茹绵绵不尽的回忆。

她第一次见到韩风震，是在殷都师范的文艺晚会上。韩风震先是表演了二胡独奏《良宵》，又独唱了一首《黄河颂》：

> 我站在高山之巅，
> 望黄河滚滚奔向东南。
> 惊涛澎湃，
> 掀起万丈狂澜；
> 浊流婉转，

结成九曲连环；

……

当时，他是多么英俊，多么精力充沛啊。王雅茹又回想起1962年，回想起他们结婚的日子。那时，韩风震第一次被团中央表彰为"全国优秀少先队辅导员"，他兴奋得把未婚妻抱起来转了好几圈呢。至今回忆起那个情景，王雅茹还有一种眩晕的感觉。

岁月的雕刻刀是无情的，它把一个充满青春活力的小伙子，雕刻成未老先衰的病弱之躯，也把一个充满幻想的姑娘，雕刻成身心交瘁的家庭主妇。这把岁月的雕刻刀，经过十年"文革"的磨砺，变得格外锋利了。

王雅茹想着心事，叹了口气，起身去为丈夫煎药了。趁着慢慢煎药的工夫，她又从箱子里找出那双未纳完的布鞋，一针接一针地纳了起来。现在的妻子已经很少亲手为丈夫做鞋了，可王雅茹却一直坚持着，成了习以为常的事。丈夫身高一米八六，穿四十四码鞋，买的鞋总不如妻子特制的舒服，所以，布鞋和棉鞋全靠妻子做。

约莫一个小时过去，药煎好了。她小心地把药汤滗出来，盛进碗里，唤醒丈夫，开始一口口喂药。韩风震咽下一大口药后，皱紧了双眉，感叹道："真苦哇！"

"知道苦还去拼命？你是个病人，组织夏令营是你该干的事吗？"妻子抓住时机批评着。

韩风震又喝下一口药，不嚷苦了，却说道："红薇是新来的辅导员，从未组织过少先队活动，我传帮带哪能光动嘴呢？"

"你们的活动太'野'了！"

听妻子如此评说，韩风震乐了，说："咱们小时候不也喜欢玩'野'的游戏吗？你没见，我们刚搞的那个少先队的'勇敢者的道路'，让孩子们那个开心哪，嘿，甭提啦！"

一提起少先队，韩风震便来了精神，眼睛里放射出光芒，继续说道："少先队活动就是要'野'，'野'才有味呢。"

这时，有人轻轻地敲门。王雅茹迎过去开门，见是陆红薇，连忙招呼她进来。

陆红薇前天来看望过韩风震，知道他的病又重了，决定暂不把那些坏消息告诉他。可是，这个善良的姑娘，生怕韩校长毫无防备遭人暗算，犹豫了两天，还是来了。

"韩校长，您好些了吗？"她关心地问。

韩风震一扬手，说："好多了，刚才还在评论咱们的'勇敢者的道路'呢。"

他忽然发现陆红薇锁着眉头，忙问："有什么心事吗，红薇？"

陆红薇不会绕弯子，便把从秦万隆那里听到的消息说了一遍，然后说："这消息估计是可靠的，您要当心啊。"

王雅茹担心地望着丈夫，却见丈夫冷笑起来，倔强地说："少先队何罪之有，要这么一而再再而三地兴师问罪？让他们来好了。'文革'都结束了，我还怕什么？"

"我也这么想。不过真要问起罪来，就说是我搞的活动，他们能把我怎样？您毕竟是校长，树大招风啊。"

见陆红薇敢于独担风险，王雅茹深受感动，她抱住姑娘的肩膀，说："好姑娘，有你这句话就够了。不过，他们的目标是老韩，你不要卷进去。"

"对，我是一校之长，一切由我承担！"韩风震斩钉截铁地说道。

说罢，他喘了一口气，靠在床头上，闭上了眼睛。

王雅茹和陆红薇低声交谈着。这时，大儿子韩杰回来了，他有礼貌地与大人打过招呼，便爬上自己的床，听起广播来。

突然，韩风震一声大叫："快听广播！"吓得妻子和陆红薇一哆嗦。

只见他早已光着脚下了床，从儿子手里抢过半导体收音机，把音量开到最大限度，放在耳朵边聆听着。原来是少先队鼓号齐鸣的声音。广播员用洪亮清脆的声音说道：

"本台消息：由国家出版局、教育部、文化部、团中央、全国妇联、全国作协、全国科协联合举办的'全国少年儿童读物出版工作座谈会'昨天在庐山召开。这是江西省九江市的少年儿童在热烈祝贺会议的召开，并向著名儿童文学作家们献花……"

陆红薇发现韩校长热泪纵横、浑身颤抖，只听他喃喃自语："又听到了，终于又听到了！"

他顾不上擦眼泪，走过来握住陆红薇的手，激动地说："你听见了吗？中央人民广播电台又响起了少先队的鼓号声。我们快'解放'了！"

陆红薇顿时振奋起来。她转过身，见王雅茹也在嘤嘤哭泣着。只有从床上跳下来的韩杰莫名其妙，大声问："你们怎么啦？"

三

新的学年开始了。

事情的发展远不如韩风震想的那么乐观。首先，教师们听到各种议论，例如"韩风震又犯错误了""要换新校长了"等，造成了一种信

任危机。

这种危机如空气一样存在，从见面的微笑、问候、眼神，全都能明显地感觉出来，却又极少有人公开谈起。因此，当韩风震以校长的身份布置工作的时候，教师们就从心底里产生了疑问：他还能干多久呢？他的话有效成分有多少？社会是一张网，每一道经纬都是互相连接的神经。由于这种议论来自上头，既增强了神秘性，又多了几分可信性。校内的议论与校外的议论一汇流，就更加真假难辨。

其次，有些人想孤立和排挤陆红薇，或者逼她辞去辅导员的工作。实际上，这还是冲着韩风震来的。陆红薇初来乍到，与谁也既无历史纠葛，又没有新仇近恨，只是有人看她甘愿当韩风震的助手，便不舒服起来，处处为她设置障碍。

再者，升学率对校长形成的压力，使韩风震苦不堪言。殷都小学由于底子差，这次升学率又在区里垫了底，成为一些人攻击他只抓活动不抓教学的口实，却全不看他调过来还不足一学期。对偏重抓升学率的做法，韩风震历来自有一套看法。他自然也希望学生成绩优秀，但更希望孩子们充满信心和勇气。即使学习成绩暂时差一些，也要有愉快的生活，而不能像有些人主张的那样，"水多泡倒墙"，死拉硬拽，宁可牺牲一切，非把成绩提上去。他觉得，一个人如果对生活失去了乐趣或热情，怎么谈得上健康发展？

历史的发展趋势是没有人可以阻挡的。

1978 年 10 月 27 日，经中共中央批准，共青团十届一中全会通过了关于恢复中国少年先锋队名称的决议，并通过了经过修改的《中国少年先锋队队章》和《中国少年先锋队队歌》。这个重大而影响深远的消息，通过广播，通过报纸，通过文件，传遍了中华大地。它以至高无上的权威宣告了一段历史的结束，同时也拉开了新时期少先队工作的序幕。

应当说，这是韩风震真正获得解放的宣言，是他生活道路上的一大转折点。但是，他全神贯注地听完了广播，却并没有像上回那样热泪纵横。也许，这已是他预料之中的事，现在只不过得到了证实。另一方面，他已尝到了生活的严酷。如果想把一个人的手脚缚住，办法还不有的是吗？假若，他不能冲破那些束缚，怎么谈得上真正意义上的解放呢？又怎么实现自己被压抑多年的理想呢？

星期天的晚上，韩风震应邀到陆红薇家做客。邀请是陆天明父女共同发出的。

陆红薇并不怎么会做菜，但她愉快地帮妈妈在厨房里忙碌着，嘴里哼着著名影片《魂断蓝桥》的主题歌曲《一路平安》。妈妈正在做红烧鱼，瞟了一眼女儿，说：

“请你们校长，这么乐呀？”

“妈，您不知道，前些时候韩校长窝囊透了，我也跟着受气。现在‘解放’了，能不乐？”

“你呀，自找的！人家万隆那孩子替你安排得多好，你这个傻丫头还不去。”

妈妈听女儿讲过秦万隆的事，一直埋怨她丢掉了一个好机会，总劝她回心转意。

女儿故意噘起嘴巴反驳说：“您和爸爸不是早就宣布过，让我自己选择生活的道路吗？”

妈妈无奈地叹了口气。

韩风震傍晚五点钟准时到来，丰盛的家宴恰好准备停当，屋子里

洋溢着欢乐的气氛。陆天明请韩风震在上席坐下，举起女儿斟满的酒杯，感慨万千，说："老韩，咱们那一茬老辅导员当中，就你还坚守阵地，冒着风险搞少先队工作。现在，终于又有出头之日了，祝贺你，干杯！"

碰杯声"哐当"响过后，韩风震却放下了酒杯，对陆红薇说："红薇，替我倒杯凉白开来。"

全家人举着酒杯愣住了。陆天明突然反应过来了，一拍脑袋，说："我竟然忘了，老韩是滴酒不沾的人。倒水来吧，红薇。"

陆红薇倒来一杯凉开水，心里很不是滋味。她赶紧给韩风震夹了一些牛肉、虾仁和鱼，说："不能喝酒，多吃菜吧，您太辛苦啦！"

谁料，韩风震依然摇摇头，说："我向来吃素，从不吃鱼肉和鸡蛋。再麻烦你一下，红薇，替我盛出一些莴笋和凉粉拌黄瓜吧，这些我爱吃的。"

陆红薇差点儿哭出来。她简直无法相信，身高一米八六的韩风震，这个如勇士般的人，竟然只吃素食。那天忙夏令营的事，她根本没心思吃饭，也就没留意校长吃了些什么。此刻，她无奈地拿碗盛了一些菜，又把整个一盘糖拌西红柿端到校长面前。

妈妈皱着眉，喃喃地说："老韩，你真成圣人了，可这身体怎么受得了哇？"

"瞧，色香味俱佳，来吧！"韩风震津津有味地吃起来，为宽慰大家，风趣地说，"陆兄和嫂子不必为我担心，大象只吃草不照样是庞然大物吗？"

一句话把大家全逗乐了。

韩风震主动举起水杯，说："我们应当为红薇干一杯。她在我处境困难的情况下，给了我很大的帮助，而且，她干得非常出色！"

说罢，他像仗义而又海量的英豪一样，一仰脖，把杯中水一饮而尽，仿佛饮下烈酒。

陆红薇饮了一口白葡萄酒，说："处境虽难却可以了解人，我庆幸找到了一位良师益友。"

"我这女儿做事巾帼不让须眉，跟着你这个'拼命三郎'，能学出一身本事。"

陆天明饮干一杯白酒，望着老朋友，满怀友情地思量着，说："不过，鸟鸣翠谷，虎啸深山，要有适宜的环境才能达到极致啊！"

这句话深深触动了韩风震。他已经感到了少先队在召唤自己，也有信心去干出一番事业，这也许是自己生命中最有意义的事情。可他也完全明白，现在他走了一步死棋，在目前的环境里，是难以做成什么的。

"我这几天总在想，搞少先队工作的人为什么总像流水呢？"韩风震一边嚼莴笋一边说，"这么伟大的事业，难道不需要有些人去干一辈子吗？"

"当然需要！"陆天明激动地用拳头擂了一下桌子，碗碟一阵乱颤，"可怎么干一辈子？当一辈子少先队大队辅导员吗？到团市委或团区委当个芝麻官？级别待遇怎么解决？这不能不让人产生后顾之忧啊！"

韩风震一愣，马上又平静了，淡淡地说："有所不为才能有所为。"

陆红薇听他们的谈话似懂非懂，说："我就要干一辈子的少先队辅导员！当官有什么劲呀？！"

陆天明瞥了一眼女儿，冷冷地说："至少做十年辅导员，才有资格说这句话。你先好好体验一番吧。"

"孩子有这个心，总是好的嘛。"韩风震对老朋友说罢，转向陆红薇："我支持你！"

　　"一言为定，干杯！"

　　辅导员和校长"咣当"一下碰了杯。

第三章　归队

一

1979 年的北京，春天来得特别早。不久前还在想方设法御寒的人们，眨眼间，却要迎接满天飞扬的柳絮了。

春来早的更重要标志，是人们发自内心的微笑。去年年底，中国共产党召开了关乎中国命运的十一届三中全会。就像一道分水岭，从这次会议起，国家把工作重点转移到社会主义现代化建设上来。也从这次会议起，中国开始全面认真地纠正"文化大革命"及其以前的错误。这无疑给被折腾苦了的中国百姓带来了福音。

人们似乎猛然发现，春天并不遥远，生活充满了魅力。一时间，希望被春风带来了。过去一切不可能的事情，现在都变得可能了，至少让你觉得可以试一试了。

在天安门广场南侧的前门大街上，矗立起巨人般的高层建筑。从崇文门到宣武门，十里长街的南侧，几乎全是十二层以上的楼房。其中，离天安门广场仅几百米的前门东大街 10 号楼，是新成立的共青团中央的办公大楼。

此刻，一名戴白边近视眼镜的中年男子，轻轻地走进七楼一间宽敞的办公室，将一封信放在一位五十多岁的女领导面前，说："清华同志，这是殷都市的韩风震同志的来信，反映了一些问题和要求。"

"韩风震？"古清华一下子兴奋起来，"我了解他！这个少先队迷现在干什么呢？'文革'中也吃苦了吧？"

中年男子名叫黎民，是团中央少年部的一位处长。古清华是团中央书记处书记，主管少先队工作。黎民点点头说："他现在还在吃苦呢！前些时候，为恢复少先队的事，我搞了一些调查，发现许多老辅导员处境都挺惨。这个问题该解决了。"

古清华轻轻"嗯"了一声，便戴上近视眼镜，专心地读起信来。

信中写道：

我怀着非常激动的心情，给组织写这封长信。请看了之后，加以调查、分析，并给予恰当处理。

党中央粉碎"四人帮"后，我感到特别高兴。看到中央实现"四化"的决心和宏伟蓝图，看到不少受"四人帮"迫害的老干部、老模范得到平反昭雪，看到党的各项方针政策的落实，我备受鼓舞。特别是共青团"十大"开过之后，青少年工作纳入正常轨道，我的心情更为舒畅，就提笔写了一篇少先队工作要拨乱反正的文章。但想想我现在的处境，又觉得前进的道路上障碍重重。由于种种复杂的原因，区里个别领导总给我出难题、穿小鞋，加上"文革"遗留的问题，给我制造了许多苦恼。

可是，直到今天——1979年4月9日，这些问题仍没有好好解决，弄得我很狼狈，思想上很悲观。我不甘心啊！作为一名老少先队辅导员，我是真想挽起袖子大干一场啊！我是真想研究一下培养人的学问，为祖国实现"四化"培养人才做贡献呀！

接下来，韩风震详细叙述了自己"文革"以来遭受的种种磨难。古清华一边看一边叹气。这位1941年就加入中国共产党的知识女性，中华人民共和国成立以来一直在做少年儿童工作的领导人，还是一位儿童文学作家。她熟悉孩子们，也熟悉做孩子工作的人，但她却弄不明白一个问题：这些给孩子带来快乐的人，为什么这么容易受到伤害呢？他们富有保护孩子的经验，为什么却如此不善于保护自己呢？

她定了定神，继续看下去：

直到最近，中国少年报社想让我继续做通讯员，寄来了登记表。区里个别领导竟不准我当。最后，靠团市委的坚决支持，才解决了问题。想不到，我会落到这样一个地步！我苦闷，苦闷的是有些事没有给我拨乱反正。我焦急，焦急的是别人都在新长征的大道上阔步前进，而我却被困在泥潭里。

我写了这么长的信，但我绝无苛求。我知道人应当向前看。我的要求很简单，那就是：

第一，还是让我去做少先队工作，在基层也好，在哪一级团委也好。我年龄大了，可以当个少先队工作的参谋（绝不要官职），还想继续当我的"孩子王"。我现在对少先队工作还有浓厚的兴趣，不想丢开，也还有点儿"雄心壮志"。除了当好参谋外，根据自己工作的实践和体会，根据现在辅导员队伍青黄不接的状况，我为培训新辅导员写了系统的讲稿，并应团市委邀请，为全市少先大队辅导员讲过一次。我准备在实践中探讨一下，少先队教育如何面向全体少年儿童，如何让每个孩子都抬起头来走路，以及少先队教育的规律性，等等。请团中央给予帮助，促成我返回少先队工作的岗位，这是我最主要的请求。当然，领导可以鉴别一下，我是红心还是黑心，是热心还是野心，是积极因素还是消极因素，也可以了解分析一下，我是继续做目前的工作合适，还是做少先队工作更合适。

第二，要求给我恢复名誉，把强加给我的不实之词，一概推倒。不过，对这一点我绝不强求，领导如果认为不必要也就算了，关键是第一个要求。

写这封信时，我情绪比较激动，难免有些过激的话，但对组织讲讲也可以吧。我反映的情况，你们可以调查核实，如有出入，我个人负全部责任！

古清华读完信，禁不住落泪了：重返少先队工作岗位，再当"孩子王"，这就是一个受尽折磨的老辅导员的请求吗？有这样一批辅导员，少先队事业还愁没有希望吗？

她陷入了深深的沉思之中。

二

陆红薇成了殷都小学最忙的人，也成了最受孩子们欢迎的人。

一群群的同学跑到大队部来问：

"陆老师，我们哪天戴红领巾呀？"

"陆老师，我把买红领巾的钱带来了，什么时候交啊？"

"陆老师，别忘了发给我们中队旗！"

……

望着孩子们那一双双充满神往之情的眼睛，听着他们焦灼的声音，陆红薇感到一种难以言传的幸福。她像一个大姐姐似的，亲切地回答着孩子们关心的问题，目送他们雀跃离去。

在韩风震的指点下，她制订了恢复少先队的具体计划。譬如，学习队章，教唱队歌，训练队礼，等等。然后举行隆重的授旗仪式，让学生们佩戴上红领巾，一齐向星星火炬队旗敬礼，等等。

可她万万没有想到，韩校长要被调走了！

那天傍晚放学，她来找韩校长汇报少先队工作。两人研究了大约一个小时，终于把每个环节都讨论清楚了。陆红薇正想轻松地离去，韩校长却平静地告诉她："红薇，我要调走了。"

"真的？"

这个消息犹如惊雷，把陆红薇吓呆了。不就是冲着韩风震，她才选择了殷都小学吗？如今，一切才刚刚开始，韩风震却要走，她怎么干下去呢？想着想着，委屈的泪水涌了出来。

其实，韩风震寄出那封诉说心声的信之后，也没想到事情会解决得如此之快。仅仅十天工夫，团中央分别给殷都市党、团组织和韩风震发来三封信，妥善解决了韩风震重返少先队工作岗位的问题，并邀请他赴大连，帮助团中央筹备全国首届辅导员夏令营。

这种戏剧性的变化，连韩风震本人也觉得如在梦中。但他首先想到的就是陆红薇的情绪波动。

"红薇，你知道我要往哪儿调吗？团市委少年部，专职做少先队工作呢！"

　　他见陆红薇在注意听，愉快地继续说道："这样一来，我就可以把整个生命献给少先队了，其中也包括多帮助你一些啊。"

　　陆红薇怀疑地摇摇头，说："鞭长莫及啊！谁知道新校长重视不重视少先队？是内行还是外行？"

　　"这个你可以放心。毛瑞奇主任将接替我的校长职位，他虽然不很懂少先队，但会支持你的工作。"停了一会儿，他又说，"你跟我干也吃了不少苦，兴许这样缓冲一下倒好些。"

　　陆红薇是个通情达理的姑娘，她明白这次调动对韩风震以及对殷都市少先队工作的开展都具有特别重要的意义，自己难道能去阻拦吗？她沉默了一阵子，说："好吧，我会努力干下去的。我只有一个请求，请您多回来帮助我，行吗？"

　　"怎么不行？我还想把殷都小学当成实验基地呢。"韩风震兴奋起来，说，"我要亲眼看着一个年轻辅导员是怎样成长起来的。再说，少先队工作如果能在这样一所普通学校获得成功，不更有说服力吗？"

　　陆红薇的脸上露出了甜甜的微笑，那笑容很美很美，如同花蕾初绽一般。

三

　　十六天的夏令营生活，对于饱经苦难的韩风震来说，犹如在天堂里过盛大的节日。

　　韩风震和许多少先队辅导员一样，都是很重感情的人。当他与来自全国各地的优秀少先队辅导员见面的时候，大家彼此紧紧握手，深情端详，竟一时说不出话来。最近几年，他们哪个不是劫后余生？哪个没有历经坎坷？但是，这双手紧紧一握，心中的热流便融合到一起了。

全国首届少先队辅导员夏令营的营址，设在海军旅顺基地第二招待所，这是一个依山傍海的好地方。开营式那天，团中央第一书记，旅顺口驻军的司令员、政委，大连市委书记，还有一些著名的战斗英雄、全国劳动模范、科学家等，全都赶来表示祝贺。在这些来宾中，韩风震特别注意到了著名的"故事爷爷"孙敬修、《高玉宝》的作者高玉宝、雷锋当年辅导过的少先队员孙桂琴和陈亚娟，还有著名的儿童剧演员方掬芬。他想，这些人在孩子心目中是多么有魅力啊。

营委会主任古清华宣布全国少先队辅导员夏令营开营。在隆隆的鼓号声中，一大群少先队手持鲜花，呼喊着拥进会场。在那一时刻，少先队辅导员们无不热泪盈眶、热血沸腾。

古清华也被这场面感动了，她笑着对身旁一位将军说："瞧，这是少先队辅导员的职业病啊，一听到鼓号声就落泪。"

老将军默默地点点头，他的眼睛也湿润了。

跑上主席台的少先队员们，开始朗诵他们献给夏令营的诗：

为什么，队鼓敲得这么响？

为什么，队号吹得这么嘹亮？

为什么，人人扬着笑脸？

为什么，个个心花怒放？

我知道，我知道，我也知道——

啊！全国少先队辅导员夏令营

今天开营了！
庄严美丽的营旗啊，
在这葱茏的山岗上，
迎着习习的海风高高飘扬！
您看啊！
白玉山的青松，向您点头致意，
旅顺港的海浪，为您尽情鼓掌。
我们大连市的少先队员，
高兴得又蹦又跳，又笑又唱。
……

朗诵诗写得感人肺腑，全场观众静静地听着。特别让韩风震难忘的是下面两段：

敬爱的辅导员啊，
您的夏令营十分令人神往。
到大海，去游泳，
乘军舰，去远航，
月光下，讲故事，
山岗上，捉迷藏，
夜行军，看日出，
点篝火，把歌唱，
游览名胜古迹，
参观海岛、工厂……

啊，辅导员！

这样的活动有多棒，

馋得我们心里直痒。

希望您多学几手，

回来让我们尝尝。

　　他听着点起头来，暗暗对自己说：孩子是渴望走向大自然的，那里是他们生命的摇篮。小南海夏令营不就是一个很好的说明吗？接下来的一段诗，说出了他的心愿：

您——

没有辜负党的期望。

……

党的需要就是您的志愿和理想。

年纪大心不老，

让白发与红领巾一起飘扬！

这是多么坚贞的志向！

这是多么崇高的理想！

我们有这样的辅导员，

是我们的骄傲和荣光！

　　这天夜里，韩风震兴奋得失眠了。都凌晨两点了，脑子还是那么清醒，还沉浸在对往事的回忆之中。

　　韩风震是殷都县西见山村人，少年丧父，跟着母亲在苦难中长大。

最初报考师范学校的时候，并没有什么远大志向，仅仅因为上师范学校不花钱。于是，他上了三年初师，又上了三年后师（相当于中等师范水平）。也许，农村孩子身上压抑的东西太多，因而一旦获得适宜条件便会爆发。六年的师范生活中，他竟疯狂地迷上了音乐！他天资聪颖，加上能吃苦，很快由乐盲变成一个吹拉唱弹样样在行的音乐爱好者。在他的笔记本里，贴满了世界音乐大师们的画像和名言。贝多芬、莫扎特、肖邦、柴可夫斯基等人，成了他最崇拜的英雄。

早在从师范学校毕业之前，韩风震的音乐才能就已经在殷都市小有名气了。在全市的文艺会演中，他的二胡独奏和独唱，还有在混声四部合唱《英雄们战胜了大渡河》中的领唱，都给人留下深刻的印象。因此，当时的殷都地区实验小学千方百计把他抢到手，让他担任这所名牌学校的音乐教师。韩风震也如鱼得水，既教好了音乐课，又主动为少先队服务，使少先队组织屡屡获奖。学校领导便决定让他专职做少先队辅导员，兼教音乐。

这个决定对于二十三岁的韩风震来说，可谓是有生以来最大的一次冲击。他的确喜欢少先队工作，可这怎么能与对音乐的喜欢相比呢？音乐对于他，是寄托和希望，是生命中最珍贵的东西，怎么能轻易丢开？可在1958年，能有什么比党和祖国的需要更有感召力呢。因此，韩风震虽然经历了一番撕心裂肺的痛苦，仍然接受了学校的决定。反正还教音乐嘛，他安慰着自己。

少先队的工作岗位是一个"魔椅"，尤其对那些热爱生活、热爱未来的人，它有一种奇妙无比的吸引力。因为形成这种强大吸引力的，是孩子们那一颗颗圣洁的心灵。韩风震一坐上这把"魔椅"，果然乐此不疲，一干就是二十一年！当然，在这二十一年中，有时他并没有少先队工作的职务，却几乎一刻也没停止对少先队工作的钻研。要不，怎么会有今天呢？

他从未后悔过自己的选择。相反，他对少先队永怀感激之情。固然，少先队工作使他获得了很高的荣誉，使他认识了自己人生的价值，更重要的是，少先队工作把他带入了一个从未有过的境界，从而产生一种大彻大悟的感觉。这不是宗教意识，而是追求真理的过程中收获的情感体验。有了这些东西，还有什么力量能把他与少先队工作分开呢？

天已经蒙蒙亮了。灰白的玻璃窗前，有人在轻声唤他："老韩，醒了吗？出来一下。"

他听出是大队长康鹤翔的声音，就一边答应着一边穿衣下床。这次夏令营为培训辅导员，按少先队组织的建制编了六个中队，并组成一个少先队大队。每个辅导员都变成了少先队员，都像少先队员那样过队的生活。康鹤翔就是队员们推选出的大队长。韩风震被聘请为第四中队的辅导员。

"'康大'，又有什么鬼点子啦？"

"康大"是营员们对康鹤翔大队长的简称。再说，他本身又特爱逗乐，叫"康大"很贴切。韩风震便也这样称呼这个自己的同龄人。

"康大"眨眨带笑的眼睛，说："奉总辅导员刘玉香之命，来请两次荣获'全国优秀少先队辅导员'称号的阁下，准备让你在辅导员谈话会上介绍经验。"

"我哪有什么经验？让曹秀珍他们讲吧。"韩风震推托着，又补了一句，"我这人善于听别人发言，自己不会说。"

"你让我完不成任务？"

见大队长委屈地摊开双手，韩风震给了他一拳，说："落入'康大'

的网里是甭想逃出去的。这样吧，我写个书面发言稿。"

"向您致以少先队员的崇高敬礼！""康大"行了一个标准的队礼，转身跑远了。

辅导员谈话会在离海边极近的一个会议室举行。韩风震像小学生一样，带着本子和钢笔，认真地听和记。在所有的发言者中，他最欣赏的就是曹秀珍。这位年长他两岁的大姐，曾四次被评为"全国优秀少先队辅导员"。她真正了解孩子，对孩子有深厚感情，所以她能讲出连小说家也想象不出的精彩细节。

她说："辅导员是队员的楷模，队员又是辅导员的镜子。辅导员的精神世界、思想情操、兴趣爱好、行为习惯，凡能在儿童面前表露出来的东西，孩子像吸墨纸一样，都能把它吸收去。有一次，我处理两个吵架的孩子，到十二点多还没吃上饭。下午在带学生出发参观之前，其中一个吵架的学生急匆匆跑来找我，说：'曹老师，我给您带来两张饼，还热着呢！您快吃吧。'说着，他把帽子摘下来，从里边取出两张用纸包着的饼。我问他：'为什么把饼放在帽子里呢？'他说：'我快跑，头上出汗，不就像笼屉里的蒸汽一样吗？热着呢。'我为他擦去头上的汗，又问他：'你怎么想起给老师送饭？'那孩子很认真地说：'跟您学的。平时有的老师有事，没时间去吃饭，您不是常常给他们拿饭来吗？今天下午参观，要走很远的路，不吃饭您该走不动了。'"

韩风震听得出了神。那个用脑袋顶着饼跑的男孩子，似乎总在他的眼前晃动，向他暗示着什么。多年的教育实践，使他熟悉了不少这类孩子。人人都叫他们"调皮大王"，或干脆叫"后进生"，可对于他们身上的优点，人们看到了多少呢？而冤屈他们的事情又何其多啊！他似乎悟到了什么，可一会儿又似乎模糊起来。

下午去海里游泳。当他们躺在金灿灿的海滩上接受日光浴时，韩风震又与曹秀珍讨论起这个问题。

"曹大姐，您以为应怎样做调皮孩子的转化工作呢？"

曹秀珍翻了一个身，将后背对着太阳，缓缓地说："首先就是爱，不从爱出发，就无法理解这些调皮的孩子，也不会采取耐心细致的方法。"

"孩子的调皮常常散发出智慧花朵的芳香，可惜这些花朵很容易被成年人掐断。"韩风震抓起一把细沙，一边在胸前轻轻地揉搓着，一边若有所思地说着。

曹秀珍笑了，说："您这个观点是对的，但在许多教师眼里，却可能是奇谈怪论。"

"这正是我们教育失败的地方。人们的兴奋点总在那些尖子学生身上，调皮孩子处在被人遗忘的角落里。"

"他们被记起来的时候，就是挨训斥的时候。于是，这些孩子的破坏性就特别强。我们那儿有个小学生，在老师带病上课的时候，在自己肚皮上画了各种花纹。当老师面向黑板的时候，他就撩开衣服逗同学乐；当老师转过身来，他就装模作样地坐好，弄得老师没办法。我问那学生为什么这样做，他说：'我有一回病了，没上课间操，老师说我懒。这回老师病了，我也气气她，让她尝尝有病受气的滋味。'"

韩风震坐了起来，望着碧蓝无际的大海，感慨地说："雨果有句名言：比海洋宽阔的是天空，比天空宽阔的是人的心胸。我们的教育工作多么需要博大的胸怀啊！可有些人总不信任孩子，总挫伤孩子的自尊心，殊不知，这是最愚蠢的行为。"

曹秀珍也坐了起来，她兴奋地说："风震，我看您对这个问题很有些想法，可以在少先队教育中多搞些研究嘛！这可是一个重大课题。"

"我哪有水平搞研究？只想在实践中探索一下就是了。"韩风震谦逊地摇摇头。

　　"喂，老姐姐老哥哥在说什么悄悄话呀？游泳比赛开始啦！"

　　海滩的另一头传来"康大"的喊叫声。两人"哎"了一声，迅速赶去参赛了。

　　8月9日晚上，愉快而有意义的夏令营生活终于结束了，来自全国各地的289名辅导员将要分别了。大家是多么依依不舍啊。

　　夜幕降临的时候，篝火熊熊燃起，照亮了每个营员的脸庞。在"康大"的指挥下，辅导员们把自己亲手做的一盏盏孔明灯放飞，让它们徐徐升入夜空。韩风震对此颇为精通，他做的那盏孔明灯上升得又高又稳，引得年轻辅导员们阵阵赞叹。

　　营火联欢会开始了。营歌被唱起来：

　　　　面向大海迎着朝阳，
　　　　我们来自四面八方。
　　　　就在这美丽的海岸上，
　　　　夏令营的旗帜高高飘扬。
　　　　……

　　等到第二天营员们离去的时候，古清华和黎民等团中央的同志把大家一个个送上了火车。韩风震发现他们虽然都累瘦了，此刻眼里却含着泪水。他的心一阵颤动，将身子探出车窗，哽咽地说："谢谢！谢谢了！"

　　许多年之后，韩风震还清晰地记得大连站台上的那一幕。

四

社会与人生是复杂的，也许正因为如此，它才更富有戏剧性。

返回殷都市不久，韩风震就到团市委报到去了。他是心情愉快、轻轻松松地去的。可他尚未意识到，自己的到来在有些人心里却是沉甸甸的。

不要说在共青团殷都市委的历史上，即便是在全国地、市一级团委的历史上，调来一位四十四周岁的老干事，也是件少有的事情。因此，他的到来立刻成了机关里的议论话题。

"放着现成的校长不当，跑到这里当干事，太不值了！"

"团市委是青年机关，四十四岁的老干事没法提职，他难道不明白这个吗？"

"他可是团中央的红人，通天的人物，咱们可得小心些！"

"妈呀，他的年龄跟我爸爸一样大啊！"

……

各种各样的议论不断。

比一般干部想得更多的，自然是团市委的几位领导。书记孔方杰曾是韩风震的下级，韩风震在地区实验小学当大队辅导员时，他在那儿当中队辅导员，经常接受大队辅导员布置的任务。主管少先队工作的副书记兼少年部部长杨庆春，是韩风震的学生。此外，还有几位部长和主任也曾是韩风震的下级或学生。根据团中央的建议和市委的安排，调韩风震来团市委工作，他们是欢迎的。是啊，在殷都市的范围之内，论起搞少先队工作的水平，有谁能超过韩风震呢？

早在几年前，钢厂小学的大队辅导员李玉森就已经呼吁："快请韩风震出山！"这也是全市辅导员的一致要求。因此，他们一直积极主张起用韩风震，可也不能不考虑一个问题：调韩风震这样一个老名人来当干事，怎么和他一起工作呢？

　　团市委为韩风震的到来举行了欢迎会。二十多个年轻的团干部坐在会议室，好奇地望着这位老干事。孔方杰书记忙着为老上级沏茶，杨庆春副书记亲自支好折叠椅，请自己的老师坐下。韩风震的脸上一直挂着笑容，这是他发自内心的笑：终于摆脱了冷若冰霜的某些领导人，终于返回了少先队工作岗位，眼前这一张张青春洋溢的脸庞多么可爱，这是一个崭新的大有希望的世界啊！

　　会议开始了，主持人杨庆春介绍说："韩老师是咱们殷都市的名人了，也是我的老师。他先后两次被团中央表彰为'全国优秀少先队辅导员'，被共青团河南省委表彰为'忠诚于红领巾事业的标兵'。他曾出席1964年的共青团全国'九大'，受到毛泽东、周恩来、朱德等老一辈无产阶级革命家的亲切接见。最近，他又刚刚从团中央举办的全国首届少先队辅导员夏令营回来。从今天起，韩老师正式调入团市委机关工作了，让咱们以热烈的掌声表示欢迎！"

　　掌声如雷。

　　接着是书记孔方杰讲话。他毕竟是书记，讲话很注意把握尺度。他说："少先队历来是共青团的半壁天下。在我们进入改革开放的新时期之后，做好少先队工作，就是为实现四个现代化培养后备力量。在这样一个关键时刻，韩老师来到团市委专职做少先队工作，这将对振兴殷都市的少先队工作产生积极的影响！"

　　他转身冲着韩风震笑了笑，亲切地说道："我看《人民日报》啦，王任重副总理在你们夏令营闭营式上的讲话很精彩：'少先队辅导员的工作是光荣的、高尚的，是为培养共产主义接班人所从事的一种高尚的事业。'我们全团都应该有这样的认识，以团带队是我们的传统嘛！我希望大家都支持韩老师的工作，尽快使咱们殷都的少先队工作跨入全国的先进行列！"

轮到韩风震发言了，他看看两位书记，似乎不知该说些什么，笑了笑，说："孔方杰书记讲得很好。这次夏令营里，团中央书记古清华同志也强调：'少先队工作是一门培养人的学问，是一件很有意义、大有可为的工作。'所以，我这么大年龄到团市委里来，别的啥都不要，就为了做少先队工作，做一辈子'孩子王'！"

又是如雷的掌声。从大家激动的神情来看，这掌声是真诚的。

欢迎会一结束，韩风震就截住了两位书记。他掏出破旧的笔记本，说："我汇报一下夏令营的情况吧，再谈谈工作的想法。"

杨庆春脸红了，不好意思地说："啥叫汇报啊？传达传达就是了。"

"行！"韩风震答应着，戴上了近视眼镜，认真地翻开了笔记本……

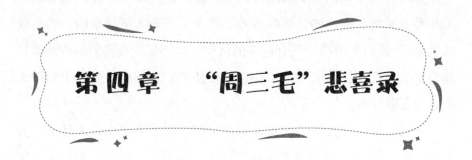

第四章 "周三毛"悲喜录

一

真正的路都是自己开辟出来的。

韩风震调走之后，殷都小学已经没有人再手把手教陆红薇做辅导员了。毛瑞奇接任校长之后，果然挺重视少先队工作，但他只提出要求，至于怎么做，全靠陆红薇去动脑筋了。这样一来，反倒培养了陆红薇独立工作的能力。

其实，陆红薇心里依然在琢磨韩风震留下的经验。她采取了三条措施：第一，为了取得实际工作经验，开始在三（1）中队蹲点，向经验丰富的朱玉兰老师学习；第二，认真研究每一期新出版的《辅导员》杂志和《中国少年报》，向全国各地的同行学习；第三，尽力收集少先队历史资料，从中总结少先队工作的历史经验和规律。这样做的结果，是她越来越心中有数了，工作也做得有条不紊。她甚至还组建了一个"小海燕艺术团"，已经排练了几个很不错的儿童歌舞。

如今，殷都小学与陆红薇已经像家人一样难分难舍了。她的笑声与歌声，都成了这所学校的一部分。譬如，她若外出半天，便会有四五个老师问："小陆呢？""她啥时候回来？"

可是，最近陆红薇心里正被一件小事折磨着。几天前，秦万隆寄来一条做工讲究的巴基斯坦头巾。他虽然一个字也没写，那意思还不明白吗？这让陆红薇为难了：收下吧，是否意味着接受恋人的礼物？可他算得上是自己的恋人吗？她没谈过恋爱，说不清这件事。但她觉得，恋爱应当是一种心与心的吸引，是一种千丝万缕的剪不断的思念。然而，她对秦万隆没有这种感觉呀！莫非是自己不懂得爱情？还是太醉心于工作，对爱情的反应迟钝了？不过，她是不打算稀里糊涂地接受爱情的，她要像爱上少先队那样自然而然地去爱，越来越深地去爱。因此，她决定把秦万隆的礼物寄回去，这样可以表明，至少在目前，自己还没有接受他的爱情，彼此都还有充分选择的权利。想到这里，她心里一阵轻松，便急匆匆地朝邮局走去。

可没等走进邮局的门，她又犹豫起来：秦万隆一向关心自己，这样断然寄回，万一伤了人家的心怎么办？她常常恨自己的优柔寡断，却又每每难以克服。

恰恰在这个时候，她看见了一幅残忍的景象：在路旁的一座小花园里，一个头大身子小的男孩子，正被另一个男孩子骑着满地爬。上面那个男孩子一边用棍子抽打他的"坐骑"，一边兴奋地叫嚷："不骑白不骑，不打白不打。"边上几个男孩子也都跃跃欲试。突然，被逼迫当"坐骑"的孩子反抗起来，猛地一下把背上的男孩子掀倒在地。可没等他站起来，周围那几个孩子如一群狼一样扑上去，把他压倒在地上。

陆红薇再也抑制不住自己的愤怒了，她飞快地冲过去，大喝一声："住手！"

几个男孩子撒腿逃掉了，只有那个被逼着当"坐骑"的孩子还趴在地上哭。他的大脑袋顶着青包，浑身沾满了泥土，胳膊上还流着血。陆红薇一见，惊叫道："周征帆，是你呀！"

她赶紧扶他起来。那男孩子困难地爬起来，愣愣地看了一会儿陆红薇，猛然扑进她的怀里，哭喊着："陆老师！"

周征帆是新转入殷都小学三（1）班的学生。他由于小时候生病，智力上有缺陷。本该由四年级升入五年级，但因为功课太差，反而退到了三年级。原来那所学校坚决不要他了，他爸爸妈妈只好鼻涕一把泪一把地来求殷都小学，毛校长心肠一软，就收下来了。可是，谁肯要这种学生呢？三（1）班的班主任朱玉兰，外号"活菩萨"，说："总不能把这孩子丢垃圾堆里去吧？好赖跟着我吧，唉！"

毛校长感动地解释说："殷都市没有专门接收有智力障碍问题学生的学校，不然咱怎么会接？这样吧，周征帆到你的班，但并不算入你们班的总人数。期末考试总评时，可以把他除外，不影响全班成绩。"

这样一来，周征帆实际上是个旁听生。同学们见他头大身子小，活像漫画《三毛流浪记》中的三毛，于是给他起了个外号叫"周三毛"。孩子们常常欺负他，拿他寻开心，骂他，打他，弄得他日子很不好过。

陆红薇掏出手绢，先替他把脸擦干净，又为他处理了胳膊上的伤口，然后才问："刚才那些男孩子是哪儿来的？"

周征帆呆呆地摇摇头。陆红薇又问："他们为什么欺负你？"

"不知道。"周征帆泪流满面、口齿不清地回答着。陆红薇叹了口气，扶着他的肩膀，一直把他送到家门口。在回家的路上，她忽然觉得十分疲倦，一种失望的情绪使她变得沮丧起来。原以为自己的工作做得还可以，现在看来，过去做的一切不过是表面文章。从周征帆的遭遇，不是可以看出许多发人深省的问题吗？教育工程是艰巨的，只有攻克一道道难关，才谈得上真正的教育。她时常渴望能在教育科学上入门，今天的事情却使她意识到，自己也许才刚刚来到教育科学的门前。

二

1979 年 10 月下旬的一天，陆红薇接到团市委的通知，去参加一个重要会议。

韩风震一见到她，马上放下手中的文件，迎过来热情地鼓励说："红薇，听说你这一段干得很出色！"

陆红薇苦笑了一下，诚实地说："那都是表面现象，我现在心里虚得很，都快失去信心了。"

"怎么回事？"

见老校长关心起来，陆红薇摇摇头，说："只是一种感觉，也许过一段时间会好的。"

在这次会议上，韩风震向全市的大队辅导员们传达了第六次全国少先队工作会议的精神。这是团中央召开的一次历史性的会议，它标志着中国少年儿童运动进入了一个新阶段。这次会议以中共中央十一届三中全会精神为指导，确定了新时期少先队工作的任务。讲到这里时，韩风震提醒大家："下面这段话，就是我们新时期少先队工作的任务。我读得慢一些，请大家一字不漏地记下来，回去反复琢磨一番。"

陆红薇准确地记下了这段话：

"坚持德、智、体、美全面发展的方针，贯彻'五爱'教育，把全体少年儿童组织起来，把少先队工作活跃起来，为把少年儿童培养成献身人民、热爱科学、具有民主精神和健壮体魄的新一代，为造就一

支朝气蓬勃的'四化'建设预备队而奋斗。"

起初，辅导员们并未理解"把全体少年儿童组织起来"的含义。于是，韩风震解释说："目前，全国有七千万少先队员，只占适龄少年儿童的三分之一。这表明，还有一亿多同学在少先队组织之外，这种现象不能再继续下去了。因此，'六少'会议决定，把全体少年儿童组织起来，让他们都戴上红领巾！"

这个解释一石激起千层浪。辅导员们立刻形成了两种截然不同的意见。

大嗓门的李玉森把笔记本一拍，说："早该这样啦！总拿考验当法宝，伤了多少孩子的上进心啊。"

反对的人马上嚷起来：

"都戴上红领巾，那少先队干脆改名叫学生队好啦，还有什么先锋作用？"

"让那些调皮鬼入队，能对得住少先队这个光荣的称号吗？"

……

韩风震宽容地笑着，告诉大家："这是组织决议，一定要贯彻执行的，请回去先做好入队前的教育工作。当然，这里面也涉及一些深刻的教育思想，大家可以敞开讨论。"

对于团中央的这个决议，陆红薇是赞成的。她有一个堂兄是位革新能手，少年时代却因为调皮一直没能入队，如今十多年过去了，提起这件事还是愤愤不平。这给她留下了很深的印象。她认为，关键在于组织教育，而不在于用入队卡孩子。因此，回校不久，她便开始了队前教育工作。

但是，陆红薇万万没有料到，要求入队最积极的竟是"周三毛"，他一天交了四份入队申请书！

"他的字都写不好，怎么能写出四份入队申请书呢？"陆红薇怀疑地问。

朱老师解释说："开头我也不信，就让中队长李冬瑞把四份申请书都拿来了，你瞧瞧吧。"

朱老师一边展示一边说明："喏，第一份请大哥代写的；第二份请二哥代写的；这第三份是请爸爸代写的。他听你在广播里说，要求入队必须自己亲自写申请，就比照爸爸写的申请，照葫芦画瓢地抄了一份。这'周三毛'读《中国少年报》还怪认真的，天天在操场边上大声读呢。"

"真的？"

陆红薇越发好奇起来，她听说这会儿"周三毛"还在那儿读，决定马上去看一看他。

果然，在操场附近的梧桐树下，一个大脑袋的男孩子在起劲地读报，只是读得磕磕巴巴，并且重复次数极多。

他读道："让——全——本（体）少——年——儿——里（童）都——都——框（戴）——上——红——领——巾——老——考马（验）——西（要）——不——得——让——全——本（体）——少——年……"

陆红薇近前一看，他读的是 10 月 31 日《中国少年报》第一版的文章。可他把通栏标题与第一篇文章的题目混起来读了，并且读错了好多字。周征帆见陆老师和朱老师都来了，马上站起来，两手放在裤缝处，深深地鞠了一大躬，说："老师，早晨好！"

已经是太阳快要落山的时候了，还说"早晨好"，这多可乐，可是

两位老师谁也没笑，她们被一个智障孩子强烈的入队渴望感动了。这颗向上的童心，多么珍贵啊！

"老师，请坐下吧。"周征帆怕老师累着，热情地指着梧桐树下的土地，就像指着家里的沙发一样说道。

朱老师叹口气，温和地回答："天不早了，你先回家吧。入队的事我们替你想着呢。"

周征帆走了，一路上还在看那张《中国少年报》。陆红薇目送着他的背影，说："他怎么不能入队呢？中队讨论过他的入队申请吗？"

"定在明天下午讨论。"朱老师说着，皱起了眉头，"我听队干部们的口气，恐怕不一定能同意他入队呢。"

三（1）中队的中队委员讨论会是在教室里开的，陆红薇和朱老师都来参加了，她们想听一听队干部怎么对待一个特殊同学的入队申请。

组织委员范红梅依次宣读了要求入队的同学名字，提到周征帆时，七个中队委都嘿嘿地笑了。文体委员王为民嚷起来："'周三毛'入了队，咱们少先队就成了'傻子队'啦！"

中队长李冬瑞的小脸上一副严肃表情，她不满地瞥了一眼组织委员，说："这学期发展队员太快，许多队员都不起模范作用。'调皮大王'刘澄宇入队时假装进步，现在不又变成'捣蛋精'了吗？周征帆两门主课都考零蛋，怎么能入队呢？他要能入队，所有的同学都能入队了！"

范红梅委屈地解释道："我知道周征帆学习成绩太差，可他一天交了四份申请书，不理他多狠心哪！再说，要等他考试及格，等到毕业时也难做到，我们就永远不让他戴红领巾了吗？"

李冬瑞更加严肃了，大声说："这是原则问题！光可怜他有什么

50

用？对不对？"

在中队委员里，李冬瑞一向威信很高。因此，听她这么一问，其他中队委员都纷纷表示反对周征帆入队。

听到这里，陆红薇的心一下子凉了，她似乎看见了周征帆绝望的神情。于是，她试图引导队干部们改变主意，说："周征帆有智力障碍，有强烈的入队愿望已经不简单了。再说，队章上没有规定有智力障碍的儿童不能入队呀。"

见队干部们在专心地听，她又启发道："团中央号召咱们少先队把全体少年儿童组织起来，周征帆不也是全体少年儿童中的一员吗？他更需要大家的帮助呢！"

不料，李冬瑞对大队辅导员也毫不客气，她斩钉截铁地说："我们可以帮助周征帆，但不能让他混入少先队！谁偏向他也不行！"

正式表决开始了。范红梅宣布："同意周征帆入队的请举手。"

结果，七只有权让周征帆戴上红领巾的胳膊，像事先串通好了一样，一只也没举起来。

陆红薇眼中顿时涌出了热泪。她虽然是大队辅导员，却无法改变一个中队委员会的决议。

三

韩风震得悉周征帆的情况后，很快来到了殷都小学。他幽默地问陆红薇："怎么，把眼泪都赔上了？"

陆红薇苦笑着回答："我明知他们做了一个错误决议，竟没力量纠正。您不是说，要尊重队员们的民主权利吗？"

"下一步怎么办？"

"我看《中国少年报》上，知心姐姐正组织'张勇、王红能入队吗'的讨论，这是个好机会。我想，在校内搞一个'周征帆能不能入队'的讨论。"

韩风震听完陆红薇的设想，摇摇头说："一把钥匙开一把锁。咱要先摸清楚，孩子们为什么不能正确对待周征帆？至于一般的认识问题，参加《中国少年报》的讨论，就可以得到澄清了。"

当天下午，他就约陆红薇和朱老师一起去周征帆家访问。然后，他们对周征帆的现状进行了分析：周征帆由于生病后遗症的原因，有些迟钝和呆傻，但基本道理还是明白的，是要求上进的，只是长期受到的歧视和欺侮，使他严重地丧失了自尊心，产生了自卑感，也影响了智力的开发。那么，孩子们为什么不能正确对待他呢？一是大家不了解他的过去，也不能真正理解他的苦闷心情；二是孩子们对少先队的性质认识不全面，给入队添了附加条件，如必须学习成绩好、不调皮捣蛋等等；三是他们不能以发展的眼光看待周征帆。

朱老师感慨地说："韩校长，还是您会抓问题啊，这一来不就清楚了吗？目前的关键，是让孩子们了解'周三毛'，唤起大家对'周三毛'的深切同情。"

"对！"韩风震赞同地说道，"我们不用包办代替，也不必改变中队的决议，只提议中队委员访问'周三毛'的爸爸妈妈就行啦。"

陆红薇的心里也豁然开朗起来，兴奋地补充道："我们可以根本不提入队的事儿。孩子们不是准备帮助'周三毛'吗？就以这个名义好啦，这样会更自然一些。"

几天后，三（1）中队的七个中队委员来到了周征帆的家。中队长李冬瑞对周征帆的爸爸妈妈说:"伯伯、阿姨,我们都想帮助周征帆进步,请你们把他的情况详细说说,好吗?"

"好啊!"征帆爸爸一口答应了。原来,在转入殷都小学之前,周征帆吃的苦更多。老师嫌他笨,不仅常罚他站,还动手打他。有一回上珠算课,老师见他总也学不会,赶他出教室,推了他一个跟头,算盘也在地上摔坏了。他一边哭着,一边蹲在地上捡散落的珠子。老师都欺负他,孩子们能饶了他吗?于是,征帆痛苦得天天以泪洗面。进入殷都小学以后已经好多了,老师们关心他,只有少数同学还欺负他。现在,少先队的干部们来了,不正可以解决这个问题吗?

征帆爸爸喝了一口水,开始诉说伤心的往事——

"征帆这孩子,生下来又胖又好看,谁见了都喜欢。他挺聪明,见过的、听过的都记得牢。我们也对他寄予很大希望,不然为什么给他起名征帆呢?

"他三岁的时候出麻疹,医生一粗心,当成感冒来治,把疹子给憋回去了。这麻疹是一种急性传染病啊!因为治坏了,征帆发高烧烧到四十一摄氏度,并且五天五夜不退,打镇静剂也睡不着觉,就那么整天瞪着眼睛受罪啊!五天以后,他就完全变成了另外一个孩子,不声不响,连路也不会走了。我天天背他去医院,把积攒的钱全花光了,也没用。这孩子慢慢长得头大如足球,脖子却细得跟棍子一样,连头都顶不起来。现在稍好一些,但智力仍比别人差很多。"

中队委员们听到这里,禁不住小声议论开了。王为民说:"我们还以为他天生就是大傻瓜!原来是生病害的,怪不得他功课学不好呢。"

这时,周征帆的妈妈说道:"征帆受了别人的欺侮,常常不敢吭声。我们看到他脸上新伤压着旧痕,心里有说不出的难过。他越来越没信

心，对学校也失去了感情，每天上学就像进地狱一样，吓得战战兢兢，直打哆嗦。有一天，他怕同学们再欺侮他，说什么也不去上学了。我说：'你本来就笨，再不上学不就更笨了吗？'他不听，我就打他，他还是不肯去。他号啕大哭着，用脑袋撞地，前额上起了像鸡蛋大的紫血包块，我忍不住也哭了起来。就这样，征帆的苦恼也成了我们全家的苦恼……"

讲着讲着，周征帆的爸爸妈妈又哭了。中队委员们也都忍不住流下了眼泪。他们一个个难过地低下了头，仿佛都在责备自己：我们太不了解"周三毛"了，忘了我们作为少先队干部的责任，这多不应该呀！

征帆爸爸擦擦眼睛，忽然笑了，说："他自从听说要把全体适龄儿童都吸收入队以后，就像着了魔，简直变了个样子。他三番五次恳求我们替他写入队申请书，还跟我要了两毛六分钱，说要买红领巾。我怀疑地问：'你能入队？'他说：'能！'可是，他没有被批准。他天天回家哭，连饭也不想吃了，非让我去百货商店买一条红领巾，给他戴上。我看他想入队都快想得发疯了！"

访问结束了，但中队委员们的心再也无法平静。他们在回校的路上就议论起来了。

李冬瑞眼睛湿湿地说："咱们重新讨论一下周征帆入队的事吧！"

范红梅挥着手说："咱们要把访问的情况，认真地向全体队员报告一番！"

队活动的时候，中队长李冬瑞向全体队员汇报了访问的经过，并出了个题目："我们应该怎样对待周征帆同学？"让大家讨论。

纵有冰雪寒霜冷，春风吹来尽消融。中队里出现了变化。绝大多数队员都改变了看法，说应该帮助周征帆，而不应该欺负他。一些打骂过周征帆的队员，纷纷向他赔礼道歉。

不久，周征帆入队了！

入队那天，周征帆清早六点多就到校了。他一会儿扫地，一会儿浇花，还站在校门口，向每位老师鞠躬问好。见到陆红薇走进校门，他更加热情关心，帮老师紧紧围巾，问："陆老师，您还冷吗？"

陆红薇心里一阵热流涌动：多好的孩子啊，这么执着地要求上进！戴上红领巾本身，不就是很好的教育吗？

在入队仪式上，陆红薇亲手为周征帆戴上了红领巾。周征帆用双手抚摸着红领巾，那份珍爱，那份自豪，人人见了都为之感动。直到这天晚上睡觉的时候，他都舍不得摘下红领巾。

周征帆入队的消息，震动了全校师生，特别震动了那些还没有入队的孩子："周三毛"都能戴上红领巾，我们还能戴不上吗？

当然，最受震动的是"周三毛"自己。每天一大早，他就戴着红领巾来到学校，坚持扫地，浇花浇草。课堂上认真听讲，回到家里自动完成作业。下课时，他帮老师收拾讲台上的粉笔、课本和教具，替老师送到办公室；看到女老师用小车推着小娃娃，他马上替老师推起来；他见客人在办公室里站着与老师讲话，急忙搬来凳子，请客人坐下……

周征帆并不是很傻，他和其他孩子一样，也是渴望进步的。当黑板报上表扬他时，他一天去看了好几回，回到家里骄傲地告诉妈妈："学校表扬我是'小雷锋'呢。"

他的妈妈听了十分欢喜，但仍不放心地问："你现在不怕别人欺负你了吗？"

他摇摇头，坚定地说："我是少先队员了，有少先队为我做主呢，还怕什么？"

"周三毛"毕竟有智力障碍的问题，在学习上还很吃力。在李冬瑞的提议下，七个中队委员组成了"包教小组"，利用课余时间，轮流到"周三毛"家帮他补习功课。她还号召全体队员人人向"周三毛"伸出友谊之手。因此，每个队员都成了"周三毛"的好朋友，使他处处有伙伴，处处有温暖，再也不感到孤单了。

课间十分钟，大家也不放过发挥集体作用的机会。范红梅喊："'周三毛'，咱们来玩'编花篮'的游戏吧，好吗？"

王为民则抱住"周三毛"，说："那是女孩子玩的游戏，咱们玩'斗拐'吧！"

就连"调皮大王"刘澄宇，也关心起"周三毛"来了，他悄悄地说："'周三毛'，咱们放学后去洹河上滑冰吧？我把冰车让给你玩！"

四

陆红薇给韩风震打电话，报告周征帆终于入队的消息时，韩风震正在读1979年最后一期《中国少年报》，那上面刊登了团中央书记处书记古清华的文章，作为"张勇、王红能入队吗"讨论的总结。

古清华写道：

> 七周岁以上的小朋友，都有一个美好的愿望：戴上红领巾，盼望高高举起右手行队礼。这是革命理想的萌芽，是积极向上的表现，少先队组织应该珍惜它。对于有缺点的小朋友，绝不能看

不起他们，要伸出友谊的手去帮他们。

但是，也有一些小同志很担心：有缺点的小朋友也入队，少先队就不是"先锋"队了，少先队就不起作用了，入队不入队就一个样了，这还有啥意思呢？不！让全体少年儿童入队，不是没啥意思，而是意思更大。

少先队用"先锋"命名，是要广大少年儿童从小学习"先锋"，并不是要队员起先锋作用。从小学"先锋"的人越多，以后建设和保卫"四化"的先锋就越多。如果认为少先队员越少越起"先锋"作用，那就把少先队当装饰品了……

这段话与韩风震的意思不谋而合，因为他一直主张教育应面向全体少年儿童。那么，少先队作为一个群众性的儿童团体，不更应该充分体现这个原则吗？

他又来到了殷都小学。在对周征帆入队经过做了进一步调查之后，他决定在这里举行全市少先队工作现场会，专题研究让全体少年儿童入队的问题。

听到这个消息，毛瑞奇校长与陆红薇都吃了一惊，因为在这所学校的历史上，还从未出现过"先进"的字样，更没有哪个上级部门来此开过什么现场会。这一开，别的学校会服气吗？

"在'全童'入队方面，你们就是先进。再说，你们还有个'周三毛'，别人有吗？"韩风震执拗而风趣地说道。他认定的事，非干成不可。

1980年元旦过后没几天，一个隆重的少先队工作现场会在殷都小学召开了。全市几百名分管少先队工作的中、小学校长和辅导员，颇觉新鲜地走进这所再普通不过的小学。其中，有一些是陆红薇在师范学校的同学，他们纷纷向这位敢走自己的路的老同学表示祝贺，这让陆红薇特别愉快。

现场会上，三（1）中队成了明星中队。中队长李冬瑞的发言，博得了来宾们的赞扬。

李冬瑞说："一开始，我是坚决把住大门，不准周征帆入队的。少年先锋队要起先锋作用，怎么能让个'傻子'混进来抹黑呢？在辅导员的建议下，我们中队委员访问了周征帆的爸爸妈妈，这才知道周征帆做梦都想入队的事。我们少先队要帮助他，为什么不满足他这个最强烈的愿望呢？为什么非要把他关在少先队大门之外呢？我们就把大门敞开了。周征帆戴上红领巾之后，简直像变了一个人。过去，他总低着头走路，生怕惹麻烦，不声也不响。现在，他敢抬起头走路了，什么事儿都很关心，还帮助路队长维持秩序呢。在队员们的帮助下，他的学习成绩也打破了零的纪录，语文得了70.5分，算术得了36分。这对周征帆来说，是非常了不起的好成绩啊！老师们都很惊讶，说他不傻了！通过这件事，我明白了，只有敞开少先队的大门，才能发挥队组织的作用，才能让同学们感到温暖和希望……"

轮到中队辅导员朱老师发言了，她说："'全童'入队，对我这个老辅导员也是新课题。实践证明，还是把全体少年儿童组织起来好。除了周征帆，我再举个'调皮大王'刘澄宇的例子。刘澄宇胆子大、主意多，又爱恶作剧。有一回，他把一盆水放在教室的门上，浇了我个浑身湿透。还有一次，他为了让数学老师批不成作业，把老师的眼镜藏了起来。可就是这样一个孩子，也很想戴上红领巾。中队不批准他，他就与少先队对着干。

"中队里组织队员们玩钓纸鱼的游戏，他就带着几个调皮鬼捣乱，还说:'钓纸鱼有什么劲?我们钓真鱼去,气死你们!'他带着几个调皮鬼,去洹河边玩了半天,真的钓了好几条活蹦乱跳的鱼。第二天,他们用罐头瓶子把鱼带进教室,好一通炫耀,把大家馋得够呛。后来,吸收他加入少先队了,他虽然还是很顽皮,但把许多点子都用在少先队活动上了。我想,这不就是少先队组织的一个成功案例吗?'全童'入队,可以激发孩子们的热情和智慧,可以使少先队产生更大的活力。当然,抓发展与抓活动,是缺一不可的连环套,应巧妙地结合起来才行。"

来宾们纷纷为朱老师热烈鼓掌。的确,她的话虽不多,也没什么大道理,却触到了问题的要害,引起大家的深思。

中场休息的时候,陆红薇让小海燕艺术团为来宾们表演了一组文艺节目。节目以歌舞为主,尤其是"皮筋舞"和"娃娃迪斯科",给人耳目一新的感觉。

韩风震并不知道殷都小学有了艺术团,他惊叹地说:"好呀红薇,有'秘密武器'啦!"

正忙着为小演员们换演出服装的陆红薇回答:"我想试着把气氛调节一下。从艺术的角度,可以更自然地影响孩子,起到潜移默化的作用,这是我的理解,不知对不对?"

韩风震点点头,说:"怎么不对?咱们市里准备每年举办一届'小伙伴音乐会',就是为了让孩子们接受艺术的熏陶,从小和谐全面地发展嘛。"

殷都小学的现场会取得了成功。

韩风震的总结很简单:"一个从前大家公认的'傻子',如今不傻了。是服用灵丹妙药了吗?不是。是有了什么魔法仙术吗?也不是。是靠着少先队组织的力量，才产生了如此巨大而神奇的作用。大家所在的学校没有'周三毛'，但会有'李三毛''王三毛'，让我们给他们带来信心和快乐吧，让红领巾鼓舞他们勇敢前进！"

　　殷都的许多孩子也许不会知道，正是通过这次会议，他们才获得了佩戴红领巾的权利。

第五章　清水池塘

一

　　吃午饭的时候，杨庆春和韩凤震在一起喝着粉浆饭。这粉浆饭算得上殷都的风味小吃"三宝"之首，它用粉浆、小米、黄豆、花生米、香菜、面粉、葱、姜、盐，再加猪油和小磨香油等多种原料熬制而成，喝起来酸香爽口。因此，两人喝得津津有味，头上都冒出了汗。

　　杨庆春舒服地咂咂嘴，说："韩老师，您来团市委才几个月，少先队工作便出现了好势头，不简单啊！"

　　"这都是辅导员们干得好。"韩凤震随口回答着，仍在专心致志地喝着粉浆饭，"再说，少先队工作的第二个春天来到了嘛。"

　　"可这与您的言传身教分不开呀。您知道文峰小学的大队辅导员于勇吗？"见韩凤震点头，杨庆春继续说，"这小伙子一心扑在少先队工作上，连和女朋友的约会都忘了。"

　　"哦？"韩凤震抬起头，他的眼前浮现出一个头发卷曲的小伙子的形象，"我去过文峰小学几次，他搞的'八仙过海，各显神通'队活动，让许多孩子增强了自信心。这小伙子很有潜力。"

说到这里，韩风震忽然来了精神，说："庆春，把他调到团市委来怎么样？这么大的一个殷都市，至少要有两个人专职做少先队工作呀。"

杨庆春为难地摇摇头，说："难哪！首先，缺少编制，即使争取了编制，文峰小学也不肯放。还有，他现在还属于工人编制，进机关特别麻烦。"

"我看，为了一个人才，值得'过五关斩六将'！"韩风震放下了饭碗，说，"少先队工作人才难得，应采取特殊政策。"

见他倔劲儿上来了，杨庆春只好顺水推舟，说："那我们慢慢争取吧，心急喝不了热粥，对不对？"

"你先走吧，我再来一碗粉浆饭，这粥烫不了人。"

见韩风震这样说，杨庆春立刻就明白了，他又要采取惯有的战术，在饭桌上与市委领导谈工作。对这种做法，杨庆春认为并不明智：领导也是人，谁不想在休息时间里放松一下？谁会喜欢连吃饭时也来缠着谈工作的部下？况且，又是为这样一件并非十万火急的事情。但是，他了解韩风震的性格，一旦认准的事，天王老子也敢去找，不达目的不罢休。

于是，他笑着提醒道："去感动'上帝'吧，点到为止就行啦。"

果然，市委副书记简捷刚刚在餐桌上坐定，韩风震便端着粉浆饭凑了过去。

简副书记四十五六岁的年纪，密密的黑发梳成界线分明的分头，方脸上神色沉稳。他主管人事和工、青、妇等方面的工作，颇有一番政绩，是一位受人尊敬的领导。

他一边夹菜一边亲切地问："风震，这一段身体怎么样？"

"好多了，差不多跟年轻人一样壮啦！"韩风震愉快地回答着。虽

然他只比简副书记小一两岁，城府却远没有简副书记深。他不再喝粉浆饭，把调于勇来团市委做少先队工作的必要性和困难详述了一遍。

"于勇今年多大年龄？"

"二十一岁。"

简副书记不动声色地细嚼着饭菜，仿佛在用心品味饭菜的质量。过了好一阵子，几乎快要吃完饭的时候，他才平静地说："调是可以的，只要真看准了是个好苗子。不过，这是调一般干部，应与基层单位协商解决，不可强行命令。"

得了这把"尚方宝剑"，韩风震喜形于色，他感动地说："简书记，市委对少先队工作的大力支持，会激励辅导员们加倍勤奋工作的。"

从这一天起，韩风震骑着自行车，在文峰小学、区文教组和市委组织部等单位之间来回奔波，到处讲好话。在关键时刻，也亮一下简副书记赐予的"尚方宝剑"。区文教组组长吕维殿是新调来的一位老校长，他理解韩风震，却舍不得放于勇："老韩，你总从我们这里挖好苗子，让我们白受损失，这样公平吗？"

"咦？这话怎么说的？"韩风震抓住区文教组组长讲话的漏洞，"咱们难道不是一家吗？你给我一个人，我们把全市的少先队工作活跃起来了，对各学校的工作不是极为有利吗？如果不相信，咱们可以签订协议书。"

吕维殿自知失言，转了个弯子又说："我们是准备培养于勇当副校长的，可调你那里只不过当个干事，你不也还是个干事吗？这会不会耽误人家的前途呢？"

这番话倒真将了韩风震一军。他只能保证开展好工作，却无任何权力许诺某某人的升迁。况且，他本人从校长的科长待遇降格为科员的待遇，早已受到不少人的奚落。但他一偏，淡淡地反驳说："在少先队的工作岗位上，的确没有那么多官职。可是，一个人对教育事业的贡献，难道非要用官职衡量吗？"

话一出口，他感到痛快。但他也意识到，这话也容易伤人自尊，不利于实现既定目标，便缓和了一下口气，说："当然，我知道你老吕一生爱才，可如果让于勇在全市少先队工作中发挥重要作用，这不也是你的贡献和光荣吗？老吕，我代表全市七十万少先队员恳求你啦！"

"你这个'鬼缠头'，我算服你啦。"老吕长叹一口气，说，"你再跟于勇本人谈谈吧。"

韩风震一本正经地站好，向老吕深深地鞠了一躬，说："我们会把你列入对少先队工作有贡献者名册的。"

二

于勇终于来团市委少年部报到了。

当杨庆春感谢韩风震创造了这个奇迹的时候，韩风震的身体却又拖起了后腿。于勇也获悉了韩风震为调自己而付出的心血，他一来报到，就想表达自己的感激之情。哪个年轻人不渴望有一个更广阔的天地呢？

韩风震说不清楚自己身上又有哪个部件出了毛病，只觉得缺神乏力。他倚靠在宽大的藤椅上，指指办公桌对面的木椅，示意自己新来的助手坐下。

"于勇，你拿定主意来这里了吗？"

"拿定了！"

"你知道跨进这个门，意味着什么？"

"献身少先队事业。"

"还意味着什么？"

"……"

见年轻人不知该回答些什么，韩风震直起身子，坦率地说道："献身少先队事业，意味着吃苦，吃大苦啊！我与共青团打交道二十多年了，知道这是个什么地方。这是个清水衙门，而少先队又是这个清水衙门中的清水池塘，没有高官可做，没有厚禄可得，没有油水可分。"他像一个已经修成正果的老师父，向新入门的弟子传授着经验。

年轻人激动起来，说："韩老师，您尽管放心，我是为少先队来的，不是为名利来的。您就严格要求我吧。"

于勇很快便尝到了苦滋味。

20 世纪 80 年代的第一个春节快要来到了。一向民风淳厚的殷都，家家户户忙于筹办节日用品。从农历十二月初八的腊八节开始，喝过用大米、小米、红豆、山药、红薯、栗子、花生仁、红枣等原料熬制的"腊八粥"，再吃了腊月二十三的灶糖，这过节的气氛就一天比一天浓烈起来。市文化宫门前的广场上，几百个老年人在练习击打战鼓，引来无数人围观。

击打战鼓是一种刚健、粗犷的民间舞蹈。跳舞的人每人挎一面圆鼓，四人一组，若干组同时表演。精彩的是，他们不仅队形变化无穷，跳舞者还以多种形式击鼓，或自击，或对打，朴实的动作擂出铿锵的鼓声，使人越发感到他们的强悍有力。

相传，这战鼓舞已有几百年历史了。明末清初之时，李自成率领起义军攻占北京，明崇祯皇帝自缢。吴三桂引清兵入关，与李自成的起义军作战。清兵追赶起义军到殷都附近的漳河时，正赶上大雨滂沱，河水暴涨，阻挡了去路。漳河南岸的百姓拥戴李自成，纷纷挎鼓赶来，组成十里长阵。一声号令，万鼓齐鸣，喊声震天。北岸的清兵闻风丧胆，不战自退。起义军大胜。当地百姓们为庆贺胜利，又一次大擂战鼓，并且随之起舞。后来，这战鼓舞便作为一项民间文艺活动流传下来了。

以前，每逢老人们练战鼓舞的时候，于勇总要来欣赏一番，并从中获得一些感受和启发。他在文峰小学组织的少先队大会舞，即人人会跳三个以上的舞蹈，便与学习战鼓舞有关。另外，他还喜欢看背歌、抬歌等民间歌舞节目，视为一种享受。

可是，调到团市委之后，不仅假期自动取消，连春节前后的时间也被排得满满当当。

韩风震对他说："一年的工作快要结束了，咱们抓紧时间拜年去吧，这是联络感情的最佳时机。"

"领导这么多，怎么个拜法呢？"于勇初来机关，只觉得处处是领导，理都理不清头绪。

不料，韩风震一挥手，说："领导的门前够热闹的了，用不着咱们再去凑。咱们还是去给辅导员们拜年吧。"

于是，这一老一少骑上各自的自行车，在殷都城里转悠起来。

于勇不解地问："咱殷都市有四区五县，面积7413平方千米，两千多所学校就有两千多名辅导员，怎么拜得过来呢？"

"积少成多，慢慢拜呗。当然，咱们可以先去给一些优秀辅导员拜年，他们特别辛苦。"

说着，韩风震想了一下，提议先去看望省优秀辅导员罗玉芳，因为她近来一直被病痛折磨着。

　　提起罗玉芳，这可真是个不幸的女人。由于感情不和，她与丈夫离了婚，自己带着六岁的女儿生活。原本已经够辛苦了，可命运之手偏偏要与这个要强的女人作对，她又患了重病，不得不去医院做手术。谁知，手术后肚子不但越来越疼，而且越来越大，常常疼得她满床打滚，无法忍受。到医院做第二次手术时才发现，她的腹内积满了尿水。原来，医生一时疏忽，竟误将她的输尿管切断了。为让病人暂时维持，医生只好把输尿管与大肠接在一起，如同两个管道合并成了一个。此刻，她正拖着虚弱的身子，蹲在地上择韭菜，想为女儿包一顿饺子吃。

　　听到敲门声，罗玉芳诧异地抬起了头，疑惑地开了门，见是韩风震和于勇，不由得心里涌起一股热流：到底是做少先队工作的人哪，心里总惦记着别人。她赶忙喊女儿："小燕，快刷两个杯子，妈妈要给韩伯伯和于叔叔沏茶。"

　　她行动不便，只好让女儿当小助手。韩风震和于勇刚刚坐定，小燕便举着两个湿湿的茶杯过来了。瞧着她那熟练的样子，让人在赞叹中感到一阵酸楚。

　　罗玉芳边沏茶边说："我做了二十多年辅导员，这是头一回有领导来我家里拜年啊！谢谢你们。"

　　韩风震原本正望着小燕愣神呢，听罗玉芳这样说，禁不住心酸，说："我俩不是领导，只觉得辅导员跟自家亲人一样，逢年过节的，能不来看看吗？你第二次手术后，感觉好些了吗？"

　　"唉，还是很不对劲儿，去找医生，医生还不耐烦！"罗玉芳伤感地说。

　　这时，于勇已经开始蹲在地上择韭菜了，罗玉芳劝也劝不住。

　　韩风震也走过来，乐呵呵地说："咱们一起动手包饺子，多有趣！"

于是，他们有的和面，有的剁肉，有的择菜、洗菜，热热闹闹地干了起来。小燕喜欢热闹，一会儿瞅瞅这个，一会儿望望那个。冷寂的屋子里有了节日的气氛。

包饺子的时候，韩风震已经完全弄清了罗玉芳手术的经过。他思忖了许久，说："罗老师，咱们和医院打官司吧，这是一起严重的医疗事故嘛！"

"打官司？"罗玉芳一惊，"咱一个小学的少先队辅导员，无钱无权又无势，能打得赢吗？"

于勇兴奋起来，说："有理走遍天下。咱少先队辅导员怎么啦？难道比谁矮半截吗？争口气！"

韩风震想了想，又说道："有勇无谋非真勇。你就安心养病，打官司的事由团市委和你们学校联合出面，具体嘛，还要再反复研究出几条无法驳回的申诉理由，做到不打无把握之仗。你说呢，小于？"

于勇佩服地点点头，劝慰罗玉芳道："罗老师，咱们会成功的，放心吧！"

说话间，饺子已经包出了一笸箩。韩风震和于勇起身告辞，急得罗玉芳泪都掉下来了，可也阻拦不住。

韩风震摊开手，说："难道我们会客气吗？不会的，只是为了多看几个辅导员。改日一定来吃饭！"

罗玉芳这才露出了笑脸，目送他们走出了家门。

三

到腊月二十九，韩风震已经带着于勇看望了二十多个辅导员。他们与辅导员谈心，与年轻辅导员的父母拉家常，获得了许多有益的启示。

从郊区赵家营乡回来的路上，由于风雪交加，道路又窄又滑，韩风震连车带人摔进沟里，磕破了脑袋。于勇把两条手绢绑在一起，才勉强帮他包扎好。可是，韩风震却依然兴奋不已，说道："怎么样？不虚此行吧？赵敏老师抓的赵丰收这个典型，多生动感人啊！"

赵敏是赵家营小学的一名中队辅导员，曾获过市级优秀辅导员的称号。两年前，她接收了一个失去双臂的孩子——赵丰收。在她和全班同学的鼓励和帮助下，如今，赵丰收已经学会了用脚写字，并且成为一名学习成绩优秀的学生。刚才，韩风震和于勇亲眼看见了赵丰收用脚写字的场面。

于勇点点头，说："的确不简单，谁见了都会感动的。可是，这样的事情不是挺多吗？最近，报纸上介绍了好几个类似的孩子呢。"

韩风震不以为然地摇摇头："世界上见苹果落地的人还少吗？可为什么唯独牛顿有那么重大的发现？想得深一些，想得开一些，想得远一些，你才会发现过去不曾发现的东西。对不对？"

见于勇在思索着，他又启发道："你想想看，殷都小学'周三毛'的例子，不就是一个很好的说明吗？"

提到殷都小学，于勇的心怦然一动，眼前立刻浮现出陆红薇的形象。在辅导员会议上，于勇早就注意到了陆红薇，但直到前天的走访，才第一次近距离地接触到这个富有灵气的姑娘。她眉飞色舞地讲着"周三毛"的变化，简直像在讲述世界名著中的精彩片段，让于勇听了越发对她产生一种微妙的感觉。他忽然明白了，早先家里人为他介绍女朋友，他一忙起来连约会都忘记了，那是因为女朋友对自己缺乏吸引力的缘故，如果换成是陆红薇，纵有天大的事情，他也不会忘记赴约的。从此，这个小伙子的心里，便增添了一个秘密。

韩风震骑在车子上，侧着脑袋瞅了于勇好几次，也不见他回答，还以为他陷入了思索之中，便不再发问。不过，一个重要的计划已经在他脑子里萌发，那就是：下大气力抓好赵丰收这个典型。

年三十的上午，阴沉沉的天空中，飘飘扬扬地飞起了雪花。眨眼间，道路变白了，屋顶变白了，树枝上也稳稳地托着一片片白雪。

团市委机关刚开完联欢会，每个人的脸上都闪耀着快乐的光辉，大家都准备回家享受天伦之乐了。于勇也很愉快。第一次与机关全体工作人员见面，使他感受到了这个团体中的青春活力，这正是他希望的。

韩风震和于勇没有回家。根据事先拟订的日程，他们今天要去看望钢厂子弟小学的大队辅导员李玉森。用韩风震的话来说，李玉森是殷都市少先队工作的"一员大将"。

出殷都城西不远，便进入了著名的十里钢城。在整个豫北地区，这座拥有三万职工的钢铁工业基地算得上是最大的企业了。放眼望去，只见高炉耸立，管道如龙，构成严密而粗放的生产线。

可是，在钢城东南的一隅，却立着一排排简陋的小平房。它们的矮小和拥挤，实在无法与钢铁基地的宏伟和谐起来。李玉森一家恰恰就住在这其中的一间平房里。

刚走近平房，于勇马上提醒韩风震："听，李玉森的声音，像是在吵架！"

韩风震眉头一皱，轻声说："咱们先别进去，听听他们吵些什么。"

他招呼着于勇一边在屋檐下避雪，一边侧耳倾听着屋内传出的吵

架声。

"你啥时候才回来？什么都不准备，这年怎么过？咱一家四口喝西北风吗？"

"你今天上午不是在家吗？"

"噢，我天天上班又加班，累得浑身散了架，刚休息这半天你就记住啦？你可是放了寒假的人，怎么就不准备？"

"嗐，少先队去慰问军烈属和孤寡老人，我是大队辅导员，你说能不去吗？"

"大队辅导员怎么啦？是受到优待还是多开工资啦？怎么就显着你啦？你光记着自己是辅导员，就忘记自己是丈夫、是一家之主啦？"

"你别胡搅蛮缠！"

"谁胡搅啦？你瞧瞧你把这个家搅成什么样啦？！整天少先队呀少先队，你干脆跟少先队过去吧！"

"你再说一句！"

李玉森的粗嗓子一吼，再加上猛一擂桌子，吓哭了两个孩子，屋里更乱了。

韩风震听声音不妙，赶紧敲起门来。屋子里顿时安静了。过了一阵子，李玉森才开了门。他一见韩风震和于勇，先是一愣，紧接着就笑了，说："我就说这时候不光我一个人在忙少先队的事嘛。秀敏，你看谁来啦？"他转身喊来了妻子。

韩风震曾来过李玉森家两次，都是为了调解他们夫妻俩的关系，很让鞠秀敏感动。因此，鞠秀敏虽然不喜欢丈夫做少先队工作，对韩风震却非常敬重。她热情地迎上来，一见韩风震身上和头上都被雪水弄湿了，忙叫："玉森，还不快拿毛巾来？"

屋子里的紧张气氛一下子消失得无影无踪，唯有两个孩子脸上还挂着泪。韩风震也做出对刚才的事毫无所知的样子，说："秀敏啊，我们代表团市委来给你拜年啦！"

"给我拜年？"鞠秀敏深感意外，团市委怎么会记得她一个普通女工呢？再说，她又做了什么呢？

韩风震认真地说："当然是给你拜年啦！李玉森为少先队做出了很多贡献，被评为省优秀辅导员，这哪一件离得开你的支持？你这个后勤部长当得不简单哪！玉森，你说呢？"

红脸汉子李玉森憨憨地连连点头："夫人辛苦！夫人辛苦！"

鞠秀敏嗔怪地"哼"了一声，不正眼儿瞧丈夫，向韩风震告状道："您这个兵呀，是一个实心眼儿的傻子，只顾少先队不顾家。其实，我也知道少先队工作很重要，可他也太过分了吧？"

韩风震像判官一样点点头，说："我们会批评他的。春节用品还没采购齐吧？于勇，你帮玉森去采购吧。我也好听听秀敏的意见。"

见丈夫和于勇提着篮子出了门，鞠秀敏明白韩风震听到了他们吵架的内容，心里一阵委屈，泪又涌了出来。她说："韩老师，我说几件事您听听，他是不是欠我太多啦？结婚第二天，他说有少先队活动，就上班去了；我们约好了蜜月回家乡旅行，他却带着少先队员去办夏令营，让我一个人回家乡旅行；我生大女儿时，他又跑外地参观学习；我生病做手术，刚从手术台上抬下来四十分钟，他只喂了我两口水，一看表，扔下杯子就跑了，说几千名孩子在等他，分秒不能耽误！就连大夫都骂他狠心，我能不恨他吗？我们俩的账永远算不清！"

听到这里，韩风震也忍不住落泪了。他相信鞠秀敏的话无半点虚假，他相信那些事李玉森都干得出来，他自己不也是毫无二致吗？可如今这些"控诉"，是一个善良朴实的妻子向他当面发出的，他的心受到了强烈震撼。一个少先队工作者，以高度的责任感去关心少年儿童的成长，这固然是美德，但难道非要以牺牲自己的家庭为代价吗？难道不应该以同样的责任感，去关心亲人的疾苦吗？可是，他的经历和信念，又使他对李玉森产生了深深的敬意：他为工作做出这么多的牺牲，竟从未对自己提及半句！少先队的光荣历史，不正是由这些人写下的吗？这些人又是为了什么呢？

人在精神郁闷的时候，是需要宣泄一番的。鞠秀敏把积压在心中的怨言一吐为快，在博得韩风震同情的同时，她的心情也一下子轻松了许多。虽然，她一时无法明白韩风震流泪的复杂原因。

韩风震擦了擦泪，说："不过，我相信你还是爱他的，不然，你就不会这样生气了，对吗？"

鞠秀敏只是长长地叹了一口气，没有回答。

这时，李玉森和于勇采购回来了。李玉森嬉皮笑脸地对妻子说："还是韩老师的主意高明，这时候去商店东西又好人又少，你瞧瞧。"

鞠秀敏推开篮子，警告丈夫："我可一五一十地告了你的状！"

韩风震接过话头儿，说："我已如实地记录在案。玉森，这几天你先戴罪立功吧，等一上班就来找我汇报表现，我要好好跟你谈谈呢。"

鞠秀敏得意地盯着丈夫的脸，见韩风震和于勇要走了，她无论如何也不肯放行，说："年三十来了，不吃顿饭就走，是瞧不起我们吗？"

于勇开了句玩笑："鞠大姐，韩老师再不走，回到家里不也成了'被控告的人'了吗？"

四个人哈哈大笑起来。

此时，雪下得愈加大了，行人的脚印都被厚厚的雪盖住了，外面仿佛是一片茫茫的雪野，人迹罕至。然而，随着爽朗的笑声，又有两道深深的车辙，格外清晰地印在了雪地上。

北方的雪，你是春天的精灵！

第六章　六十六只臂膀

一

春节还没有过完，韩风震就约着于勇又一次来到了赵家营乡，他们急切地想了解有关赵丰收的一切。

他们坐在民办教师赵敏家的土炕上，吃着香喷喷的花生米，喝着滚烫滚烫的浓茶，兴致勃勃地听赵敏叙述着。

赵敏是个身材瘦小的农村妇女，已经四十一岁了，讲起话来还容易脸红。其实，她在民办教师中也算是出类拔萃的：1962年高中毕业后，十八年来一直做民办教师，兼任中队辅导员。与青年教师相比，她童年的苦难经历也是非同寻常的：幼年丧父，家乡又遭了灾，她从五岁起就跟着妈妈讨饭，捡西瓜皮充饥……也许，经历过磨难的人，特别容易理解别人的不幸。在赵敏的讲述里，充满了理解和同情，一颗博大的爱心"咚咚"地跳动着。

于是，那一幕幕难忘的情景在韩风震和于勇眼前重现出来。

在赵家营小学的历史上，还不曾有过接收失去双臂的儿童入学的事情，自然也毫无教此类学生的经验。可是，赵敏却爽快地接收了六岁半的赵丰收。

他们之间有什么特殊关系吗？没有。当她第一眼瞧见这个男孩子两只空荡荡的袖筒时，心立刻就软了。不用看泪流满面的母亲，也不用看男孩子虎头虎脑的稚拙神态，单单失去双臂这一个事实就足够了：有什么理由把这个孩子拒之门外呢？

一名年轻教师忍不住好奇心，问起赵丰收是怎么失去的双臂。这个残忍的问题，引来一个让人震惊的回答：

"两年多以前，丰收刚过了四岁生日，他戴着爸爸为他买的新帽子，与伙伴们在村子边上玩。这时候，来了一个稍大一些的男孩子，他摘下丰收的新帽子，恶作剧地朝空中一扔，落在了变压器附近的高压电线上。丰收哭了，他舍不得失去新帽子，就爬上墙去够。他双手刚一碰上高压电线，立刻被强大的电流打落下来，手臂已经被烧坏了。刚开始送到医院的时候，医生提出锯掉小臂，我们怕孩子受不了这罪，没敢同意。可情况越来越坏，后来两只胳膊全保不住了，再不锯掉就有生命危险，我们只好由医生做主，结果就成了今天这样。"

年轻教师听完丰收妈妈的回答，无法克制自己的愤怒，问道："那个男孩子呢？你们没去找他算账吗？"

农民自有农民的胸怀。丰收妈妈说："孩子已经没了胳膊，找他又有什么用？再说，孩子们在一起玩，又不是成心的，唉！"

全办公室的人都沉默起来。

赵丰收是个渴望上进的孩子。第一天上学的路上，他见地上有一分钱，想拾起来却没法做到，就用脚踢了一路，碰上沟沟坎坎不好踢时，便趴下用嘴咬住。他终于来到了学校，一见赵敏就兴奋地嚷道："赵老师，我捡到一分钱，请交还给失主。"

赵敏一愣："你怎么捡？"

"喏！"赵丰收一努嘴巴，吐出了那一分硬币。见此情景，在场的老师无不落泪，校长也激动地在开学典礼上表扬了赵丰收。

在第一节课上，赵敏望着坐得端端正正的赵丰收，对全班同学说："咱们班有三十三个小朋友，其中有一个失去了双臂。那么，在这个团结友爱的集体里，我们每个人的双臂，当然也包括老师的双臂，共六十六只臂膀，都等于是赵丰收的臂膀，对不对呀？"

"对！"

天真纯洁的一年级小学生，一齐响亮地回答着老师。

可是，难题马上就来了。老师讲完了课，大家都认认真真地写着汉语拼音，唯有赵丰收呆呆地坐在那里，望着妈妈给自己买的作业本出神。时间一天一天过去了，他的本子上仍然一个字也没有。这可怎么办呀？赵敏和赵丰收一样心急如焚，同学们也都在想办法。

一天，几个同学气喘吁吁地跑来了，紧紧抓住赵敏的手，说："赵老师，人民公园来了一个蛇展表演队，里面有个叔叔也失去了双臂，但他有一双'万能脚'，能用脚写字哪！"

"真的？"赵敏惊喜万分。她赶忙约上赵丰收和他的爸爸妈妈，一起来到了人民公园。果然，号称"万能脚"的赵楠，用脚为大家表演了写字、穿针引线、洗脸、洗头、刷牙……

赵丰收简直看得目瞪口呆。赵敏和丰收的爸爸妈妈也惊叹不已。如果赵丰收掌握了这些本领，该有多好啊！因此，表演一结束，赵敏便带着赵丰收来到了后台，拜访赵楠。赵楠是个豪爽的青年人，他听了赵丰收的情况后，乐呵呵地说："我姓赵，你也姓赵，我能做到的，你也能做到，只要刻苦练习就行啊！"

赵丰收憨憨地笑着，一会儿看看赵叔叔的脚，一会儿又看看自己的脚，他被这个意想不到的主意迷住了，说："'万能脚'叔叔，您能再写几个字让我瞧个明白吗？"

"行啊！"

"万能脚"答应了，他麻利地先用脚从胸前取下一支钢笔，又摆平一张白纸，再用脚趾夹住钢笔，唰唰地写了起来：

苦难能使懦弱者更懦弱，苦难也能使勇敢者更勇敢，愿同姓小兄弟赵丰收，从小做一个坚强勇敢的人！

写完后，他还热情地把这张赠言送给了赵丰收。对一个一年级小学生来说，这段赠言的含义深了一些，但赵丰收却懂了，他知道自己正应当做一个这样的人。

从这一天开始，赵丰收学着用脚写字了。赵敏让丈夫垒了一个土台子，又找来一块方木板垫上，好让赵丰收坐着写字。赵敏的丈夫也同情赵丰收，特意在台子正面刻下"身残志坚"四个字。同学们也纷纷凑过来鼓励他，说：

"赵丰收，向'万能脚'学习呀！"

"千万别向困难低头哇！"

"让我们来帮助你，好吗？"

……

老师和伙伴们的鼓励，像一道道热流暖遍了赵丰收的身心，他如同一个坚强的小战士一样，踏上了艰苦而漫长的路程。用脚写字，对于一个六岁半的儿童该有多么艰难啊！他费了好半天劲儿，才用脚趾

夹住了铅笔，笨拙地在纸上写着。笔一次次地掉落在地上，而他留在纸上的哪像字啊！用脚写字，秋天还稍好一些，一进入冬天，赵丰收就受罪了。尽管北风呼呼叫，雪花满天飘，赵丰收也只能赤着脚。于是，教室里形成了鲜明的对比，大家穿着厚厚的棉鞋还直嚷脚冷，而赵丰收依然光着小脚丫写字。

赵敏看在眼里，疼在心里，动员赵丰收到离炉子近的地方坐。谁知，赵丰收挺倔，不同意调位子，说："我要练出一只不怕冷的脚！"

可是，作为三个儿子的母亲，赵敏怎么忍心呢？她讲一会儿课，就到火炉上烤烤手，然后再去用手抱起赵丰收的脚焐一焐。赵丰收脚热了，心里更是热乎乎的，热泪在眼眶里打着转转，更加起劲地练起字来。

终于，他学会了用脚写字，并开始用脚做课堂笔记。

二

"太感人啦！我一定要写一篇长长的报道，投给中央人民广播电台《星星火炬》节目组。"

韩风震听完赵敏的介绍，按捺不住激动的心情，脱口而出。

接着，他又问道："我想，赵丰收在你们中队两年多了，他不仅仅是大家帮助的对象吧？他的存在，尤其是他顽强拼搏的精神，对其他三十二个同学也会产生一些影响吧？"

于勇也补充说："这种效果可以与邻班比较得出，看看赵丰收究竟是'包袱'呢，还是'财富'。"

听了这句话，韩风震满意地望了于勇一眼，肯定地说："这是一个很有意思的问题，从这个角度可以思索一些教育理论问题呢。"

赵敏脸红红地说："我可没想那么多。不过，别的老师开始说我是傻子，主动背'包袱'，自讨苦吃。可后来见我们班风气越来越好，又羡慕起来了，甚至有人要和我抢赵丰收呢。"

"快说说具体是怎么回事？"韩风震和于勇顿时兴趣大增。

随着赵敏的讲述，他们像看电视连续剧一样，又看到了精彩的第二集、第三集……

赵丰收在班里虽然少言寡语，可在全班同学眼里，他一直是最受关注的对象。他的每一个动作，每一个表情，都被大家看在眼里。

俗话说，人心都是肉长的。在寒风呼啸的冬天，同学们见赵丰收天天光着脚丫写字，怎么能无动于衷呢？况且，赵老师经常用手为他焐脚的举动，早已深深印在同学们的心里。二年级，同学们全体戴上红领巾之后，少先队历史上那些助人为乐的小英雄的事迹，也常常激励着每个队员。

一天，少先队员袁泉到河边破冰逮鱼时，忽然被一块大石头吸引住了。去林县老家的时候，他曾见爷爷把大石头放在炉里烧热，拿到床上暖被窝。他想：我也可以把这块大石头带到学校，为赵丰收暖脚呀。于是，他真把这块大石头带到了班里。

每天早晨，他先把大石头放在火炉上烤得热烘烘的，然后放在赵丰收脚旁。石头散热慢，赵丰收可以随时用石头暖暖脚。下课的时候，袁泉也不忘再把石头放火炉上加热，等上课时又把石头送回赵丰收脚旁。没有任何人要求他这样做，他却将它视为自己的职责一样，天天坚持，从不间断。

张峰捡到一个破铁壶，也想起了赵丰收。他费了好多天的工夫，

在爸爸的帮助下，将破铁壶改制成一个小火炉，供赵丰收专用。

渐渐地，帮助赵丰收成了这个中队的自觉行动，而赵丰收的困难就是大家行动的信号。他的鞋掉了，马上有人给他提上；他要上厕所，马上有男队员跟着去帮他；他的作业本用完了，队员们送的作业纸，如雪片一样飞到他桌前……

虽然，赵老师从来没有布置让谁来帮助赵丰收，一个"帮赵丰收小组"却自然形成了。张峰、袁泉等七名少先队员，几乎形影不离地跟在赵丰收身后。

赵敏问他们："你们谁是组长？"

七名少先队员你看看我，我看看你，一时不知该怎么回答，因为他们从未选过组长。

张峰一眨眼睛，说："赵丰收是组长！"

队员们一齐嚷起来："对，赵丰收是组长！"

赵敏更奇怪了，说："'帮赵丰收小组'怎么会由赵丰收当组长呢？"

袁泉笑嘻嘻地解释："赵丰收的一举一动'指挥'着我们，他不很像个组长吗？"

一个大雨倾盆的日子，雨击地面，好似绽放千朵莲花，烟雾茫茫，犹如百里云海。"帮赵丰收小组"的成员们，担心赵丰收上学有困难，竟不约而同地来到了赵丰收的家。高个子张峰背起了赵丰收，袁泉负责撑伞，其余队员分别替赵丰收背书包、提鞋，还有的在张峰两侧护卫，准备接替。等他们浩浩荡荡地走进学校时，许多师生都赞叹说：

"真是一群小雷锋！"

"三（3）中队真是好样的！"

的确如师生们所言，帮助赵丰收，使三（3）中队形成了助人为乐

的好风气，每个队员都变得更加善良、热情，富有同情心。

赵丰收就像一面镜子，每个队员一见到他，便会自觉地反省一下自己的行为。譬如，队员们会这样问自己：赵丰收没有双臂，作业却写得那么认真，我四肢健全还能落后吗？赵丰收有数不清的困难，我帮助他了吗？

这种特殊的教育力量，自然不是每个班都有的。因此，当有些中队缺乏彼此关心的良好风气时，他们的中队辅导员就感慨地说："要是赵丰收在咱们中队该多好！"

三（3）中队的帮助赵丰收活动，并没有简单地结束，而是朝着更丰富的领域发展，给人更深刻的启示。

赵丰收在三十三颗心和六十六只臂膀的热情帮助下，不仅战胜了生理上的巨大困难，而且也战胜了可怕的心理疾病——自卑，他终于能够像健全的孩子一样，抬起头走路，抬起头生活。

在一次中队主题会上，他激动地说："刚走进学校的时候，我感到一切都是可怕的。因为大家如果欺负我，我不但没法子还击，就连保护自己也做不到。可是，队员们却像兄弟姐妹一样帮助我，使我生活得很快乐。我爱我们的中队，我决不辜负集体对我的期望，我要和健全人一样去奋斗！"

他这样说，更是这样做。

体育课上，进行队列训练的时候，体育老师怕赵丰收平衡有困难，命令道："赵丰收出列，到场外休息。"

他倔强地一动不动，说："报告老师，我能练好！"

训练开始了。前后转，左右转，正步走，齐步走，变化莫测。赵丰收摔倒了好几次，可没等体育老师说出话来，他已经一骨碌爬了起来，其动作之迅速，几乎让人看不清他是怎么做到的。

有一次，小队要去困难户佟明家劳动。小队长袁泉故意没通知赵丰收。不料，赵丰收探听到消息后，生气地追问袁泉："小队长，啥时候把我从小队里开除了？我犯什么错误了吗？"

弄得小队长袁泉一时摸不着头脑，张嘴结舌不知说些什么好，只说："你是优秀队员，怎么会被开除呢？"

"那为什么去佟明家不通知我？"

见赵丰收快气哭了，袁泉反倒乐了，说："照顾体弱队员，是本小队长的职责。"

赵丰收赌起气来，大声说："我是体弱的人吗？那好吧，等着和我比赛吧，看看谁先喊累！"

第二天下午，全小队队员来到了佟明家，决定帮他家从水坑里捞泥积肥。分工的时候，赵丰收偏偏要和小队长袁泉一组，非要比个高低不可。袁泉拿着铁锹，心里直犯嘀咕：我用手握铁锹，他用什么握呢？忽然，他见赵丰收已经用铁锹捞起泥来。原来，赵丰收用肩膀和下巴夹着铁锹干哪！袁泉真怕输了，也赶紧干了起来。

大滴大滴的汗珠凝结在赵丰收的头上，前胸后背都湿了一片，可他却没办法擦汗，只是一个劲儿干着。袁泉不忍心了，掏出手绢过来为赵丰收擦汗，赵丰收却一扭头，说："别管它，不然咱们的比赛就不公平了！"

袁泉瞧见赵丰收的肩膀与下巴已经被光亮的铁锹把磨红了，不由得心疼起来。但他知道，赵丰收的牛脾气一上来，是难以劝住的，只好继续干起来。

在场的队员们见赵丰收拼命干，谁还不多加一把劲呢？劳动结束的时候，小队长袁泉请大家互相查看各自的劳动成果，并决定授予赵丰收"劳动小能手"的称号。可是，当队员们为他鼓掌祝贺时，赵丰收却急得直摇头，他说："干得最多的不是我，凭什么叫我'劳动小能手'？我不要！"

任凭小队长怎么解释，赵丰收也不接受这个照顾性的荣誉。他长大了，知道该怎样去赢得真正的荣誉。

三

在赵敏的陪同下，韩风震和于勇来到了赵丰收的家，想看看这个无臂少年怎样度过寒假生活。没想到，他竟破冰钓鱼去了。

韩风震听了双眉飞扬，问："他一个人吗？"

"一群孩子哪！"赵丰收的妈妈说，"袁泉来喊的他，说是要搞什么破冰钓鱼比赛，丰收还让我给他炸了一小碗玉米饼子条，打算当诱饵用呢。"

于勇听了也觉得新鲜有趣，一刻也不想在这里耽误，忙问："他们在哪里钓鱼呢？"

赵敏笑了，抢着回答："你们跟我走吧，保准在柳树湾。"

三个人急忙出了村子，绕过一道丘陵，果然见到密密的柳林和结了冰的长河。八个男女队员和一条大黑狗，正静静地蹲在河边上。

赵敏把手掌弯成喇叭筒，刚要喊他们，被韩风震迅速制止了，轻声说："别喊，钓鱼吵不得！"

可是，担负警戒任务的大黑狗，已经狂叫着冲了过来，似乎要阻止三个大人的逼近。赵敏装作生气的样子，挥着手喊："叫什么！你看看我是谁？"

大黑狗显然认出了赵敏，摇着尾巴表示歉意，不再撒野，只是小心地看着两个陌生的来客。这时，队员们也都放下了钓竿，向三位老师迎上来。

韩风震发现，赵丰收是光着右脚走过来的，那胖胖的脚丫子已经冻得发青了。他急忙紧走了几步，把赵丰收的棉鞋取来，让他穿上。这是他们第二次见面了。赵丰收喜欢这位身高一米八六的巨人，觉得他特别和蔼可亲，又会讲道理，让人听了浑身有劲儿。

"袁泉，大过年的，怎么起了这主意？"赵敏冲着小队长开门见山地问。

猴儿一样的袁泉摸着脑袋，回答："五保户温奶奶病了，想吃新鲜的鲤鱼，可是买不着，我们就来这儿了。"

赵丰收"嘿嘿"地笑着，主动"揭发"道："我们小队长是破冰钓鱼的专家！"

"钓着了吗？"于勇关心地问。他小时候也爱去河边钓鱼，却从未破冰钓过，很想见识一下。

一个女队员兴奋地嚷着："袁泉钓上来一条大鲤鱼，还是红颜色的呢，好看极了！"

三个大人一听，好奇地走过去瞧。一点儿不假，一条圆滚滚的红鲤鱼正在水桶里游来游去，悠然自得的样子。

"真了不起啊！"韩风震啧啧赞叹说，"我们想学习一下你们钓鱼的本领，你们不保密吧？"

队员们见三个大人不是来训他们的，已经放宽了心。现在，又听韩风震这样说，一个个又激动又自豪，一致推举道："还是让我们的小

队长说吧，他的办法最多！"

袁泉已经不再紧张，说："其实，也很简单。鱼在冰下游，多闷得慌啊，它们也想呼吸点儿新鲜空气。所以，在冰河上砸上一个洞，鱼就会从四面八方游过来，呼吸新鲜空气，寻找食物，这正是钓鱼的好机会。"

停了一会儿，他补充说："这次能钓上鲤鱼来，赵丰收有很大的功劳呢。他带来的炸玉米饼子条特别管用！喂，你说说吧。"

赵丰收"嘿嘿"笑了笑，说："我爸爸小时候也爱钓鱼。我听他说过，鲤鱼是河中最好的鱼，乱七八糟的东西它不吃，只喜欢吃香的、干净的食物。所以，我在妈妈做玉米面饼子时，要了一些玉米面，又加上一点儿豆面，搓成细条条，请妈妈在油锅里炸一下，就成了钓鲤鱼的诱饵。"

"用脚搓吗？"听于勇这么问，赵丰收点点头，脸却红了。

于勇接着又问："为什么要炸一下？掰一块玉米饼子不行吗？"

赵丰收说："炸一下又香又结实，泡在水里不容易散。如果用饼子，泡一会儿就掉光了。"

韩风震赞赏地点点头，问："我小时候也是钓鱼迷。可我们总用蚯蚓当诱饵呀，如今的鱼换口味了？"

袁泉"扑哧"一下笑了，说："用蚯蚓钓上来的是鲫鱼、黑鱼和草鱼。有时用碎肉或鸡肠子也能钓上来。但是，鲤鱼不爱吃这些东西。"

韩风震恍然大悟，说："那你们继续钓吧，别耽误了你们小队的计划。"

于是，八个队员各就各位，分别把钓竿垂向八个冰洞。大黑狗也尽职尽责地蹲在一旁，威风凛凛地守卫着它的小主人。

赵丰收在第一个冰洞旁。他脱掉了棉鞋，用脚趾夹住钓竿，稳稳地立在那里，目光炯炯地盯着竿上的小铃铛。

柳树湾重新变得静悄悄。太阳快升到头顶了，冰河泛起耀眼的银光。偶尔有几只小鸟飞来，唧啾的叫声更显出这里的空旷寂寥。

韩风震低声对于勇说："什么叫队活动？难道只有大、中队主题会是队活动吗？这才叫队活动哪！简便易行，富有情趣，既助人为乐，又增长知识，我们应大力倡导这一类小队活动。"

于勇点点头，疑惑地问："您对这个中队'帮赵丰收小组'兴趣那么大，究竟想要搞出什么名堂来呢？"

"还没有完全想好，不过有一点可以确信，这个中队创造的经验很有价值。"韩风震眼睛望着赵丰收，说，"'帮赵丰收小组'的最可贵之处在于，队员们充分体现了少先队的主人翁精神，做到了自己的队员自己帮，自己的事儿自己管。赵丰收在集体的帮助下，锻炼了毅力，获得了进步，体会到少先队集体的温暖。队员们呢？也分享了赵丰收的快乐。同时，他们从赵丰收的身上，也学习到了奋力拼搏不畏艰难的优秀品质。这样，从帮助赵丰收开始，整个中队集体形成了互相关心、互相帮助、共同进步的良好风气。这不正是我们少先队工作的出发点吗？"

于勇还没来得及回答，忽听赵丰收大叫起来："嗨，鲤鱼咬钩了！"

只见他用脚趾猛一甩竿，又用两只脚迅速交替着收线。啊，一条金黄色的胖鲤鱼被拖上了冰面，正噼里啪啦地跳呢。队员们叫着扑过来。这时，赵丰收已经用两只脚夹住了金鲤鱼，可那鱼儿身上有一层黏滑的东西，一挤一钻便溜掉了。队员们一齐动手，这才捉住了金鲤鱼，让它与红鲤鱼做伴了。

队员们兴奋极了。要知道，这条金鲤鱼是由赵丰收用脚钓上来的呀，是他们亲眼看见的，这是多么值得骄傲的事情啊！于是，他们举着水桶，在河滩上又唱又跳起来。

　　柳树湾沸腾了！

　　韩风震、于勇和赵敏呆呆地望着这一幕动人情景，一时说不出话来。他们瞧见赵丰收光着双脚，蹦跳得最欢快，两只空袖筒也随之狂舞。

第七章　数学课上的风波

一

春节一过，韩风震用自行车驮着铺盖卷儿，来到了团市委机关。传达室的冯大爷见状，大吃一惊，问："怎么，刚过完春节就跟弟妹闹翻啦？"

韩风震一边解绳索，一边回答："闹翻了，又当单身汉喽！"

"你跟弟妹一向和和美美，怎么搞的？你也学时髦闹离婚？"一向爱管闲事的冯大爷，叹口粗气，想好好劝劝韩风震，忽然见他咻咻地笑，这才明白了几分。

韩风震解释说："事情多得干不完，就只好住单位了，与您做个伴吧。"

韩风震包揽的事情太多，大有全面出击之势。虽然说起来，他基本上只专心做少先队工作一件事，可他却扯出许多条线，必须经纬交叉，加班加点，才能勉强忙过来。譬如，组织"全童"入队、辅导员培训、小伙伴音乐会、发现和总结典型经验、协调与教育局等部门的关系、少先队知识竞赛、少先队队长学校的创立等等，几乎都在同一

时期进行，能不忙乱？有人批评他事必躬亲，他苦笑一下，心想：总共两个人，我们不躬亲，让谁去干呢？

除了这些之外，韩风震还常常顺手接一些零活儿，也必须全力以赴才能干好。眼下他最上心的，就是帮罗玉芳打好官司。他明白，伤一个辅导员的心，就等于伤全市辅导员的心；同样，暖一个辅导员的心，也就暖了全市辅导员的心。

为了确保打赢这场官司，他除了与罗玉芳所在学校的校长取得一致意见，又分别拜访了几位主治医师和律师。针对医院不承认这是医疗事故的蛮横态度，他确定了以下四条交涉意见：

一、由于该医院在实施手术的过程中，误将病人输尿管剪断，造成病人承受了巨大痛苦，并被迫接受剖腹手术，这已构成严重的医疗事故。

二、由此带来的对病人身体的损害，以及对将来的影响，应由医院承担全部责任。

三、鉴于医院的恶劣态度，将视情况发展向医院上级主管部门和新闻界披露，并准备向法院提起诉讼。

四、共青团殷都市委对本市少先队辅导员负有保护的责任，将直接负责与有关部门的交涉和处理，直至问题得到妥善解决为止。

在征得团市委两位书记同意之后，韩风震立即以团市委的名义，给那家医院的团委书记打了电话。他说："请将团市委的四点意见完整地转告院长，并在三日内答复。否则，我们将立即采取下一步行动。这叫先礼后兵吧。"

这一招果然十分奏效。

第二天一上班，医院的院长便亲自打来了电话，一再地道歉说：

"罗玉芳的手术问题完全是我们医院的责任，我们今天就向病人道歉，并决定派医生陪病人去上海精心治疗，一切费用由医院承担。请团市委放心，我们将尽最大努力保证少先队辅导员罗玉芳恢复健康！"

韩风震握着话筒，兴奋得一阵发抖，但他克制住自己，用尽量平静的语气说："好的，希望你们能善始善终地做好这件事，我们等着见到一个健康的罗玉芳。"

放下话筒，想象着罗玉芳得到这个消息后会怎么样，韩风震感到由衷的幸福。他悟出一个道理：关心部下的切身利益，永远是最好的领导方法之一。

二

几个月前，秦万隆收到了陆红薇退回来的真丝围巾，同时也收到了一封措辞委婉的信。他读着信，开始有些绝望，可反复思量之后，又产生了信心和勇气。一个姑娘如此慎重地处理事情，不正说明她的认真吗？自己的确操之过急，甚至有些愚蠢，现在应当改变策略。

人间最好的东西，往往是那些得不到的，因为得不到，使人增添了更多的渴望和想象。眼下，陆红薇筑起一道道防线，不许秦万隆进入她的世界，这个世界便愈加神秘，对他有无穷的魅力，让他穷追不舍。许多好心人把一个个漂亮的姑娘介绍给他，可是，与陆红薇一比较，他就觉得她们俗不可耐，而陆红薇多么高贵非凡！

爱河之水既可以使人神魂颠倒，也可以使人聪明百倍。奇妙的是，秦万隆同时兼具了这两点。他知道陆红薇目前的心思，一是做好她的少先队辅导员工作，二是提高知识水平。于是，他决定投其所好，开创

一个新的局面。首先，他从市文化宫搞来两张听课证，一张是听改革开放新观念的讲座，另一张是听一些著名作家谈创作。为了稳妥起见，他没有鲁莽地跑去殷都小学，而是先打电话试探了一下。果然，陆红薇一反常态，惊喜万分地接受了，并且说了好多个感谢，主动要到秦万隆那里取听课证。秦万隆自然心满意足。自陆红薇开始来听课以后，他们见面的机会就大大增多了。

然而，这段时间里，陆红薇的心情并不愉快。她与毛校长之间，第一次出现了严重的分歧。

自从接替韩风震的校长职务起，毛瑞奇就意识到一个危机，那就是，如果不把教学质量搞上去，他将很难把校长当下去，更不用说更大的发展了。

在一次校务会上，他说："作为一个教育工作者，我当然不赞成加重学生负担的做法，但是，我们必须把成绩搞上去。分数面前人人平等。咱们的学生分数高了，竞争力就增强了，这难道不是我们的责任吗？只有让全校学生的平均分数大大提高，咱们殷都小学才有地位。因此，这个学期之内，为了实现这个中心任务，要特别重视语文数学这两门主课，副课和少先队活动可以适当少一些。有所不为才能有所为嘛！"

毛校长的决断，赢得一些老师的赞赏，他们鼓起掌来。毛校长感激地点点头。可是，陆红薇却站起来，反驳说："这样做符合全面发展的教育方针吗？对学生的成长真有好处吗？再说，少先队仍处在恢复时期，减少活动非常不利。"

教导主任马若霞替校长辩解说："这是权宜之计，为解燃眉之急嘛。全面发展的教育方针执行多年了，谁不知道？可哪个学校不是狠抓分数？连幼儿园都为升个好小学测验小朋友呢！追求升学率的风气，好像一台已经隆隆开动的庞大机器，谁不跟着转谁倒霉，这难道不是事实吗？"

总务处主任耿喜顺说得更不客气："最能搞乱学校秩序的，就是少先队！不减少队活动，学校能正规起来吗？"

听了这句话，陆红薇的眼泪一下子涌了出来。她感到的不仅仅是委屈，更是一种侮辱。来殷都小学快两年了，她这个大队辅导员是怎么干过来的呀！毛校长丝毫不想伤害这个热情实干的姑娘，赶紧解释道："耿主任的心是好的，但这句话说得欠公平。咱们学校的风气日益好转，连家长都承认这有少先队很大的功劳。陆红薇的工作是出色的。全市少先队现场会能在咱们学校开，这在咱殷都小学的历史上，不是头一回吗？"

"对不起，陆老师，我不是嫌你这个人不好，我是……"没等耿主任说完，陆红薇已经冲出了会议室，跑进大队部，呜呜地哭了起来。毛校长来敲了两次门，她都没去开。

陆红薇实在想不明白，为了搞好殷都小学的少先队工作，她付出了那么多的汗水和心血，可为什么得不到别人的理解？她苦苦地奋力开拓，可为什么路越走越窄？论工作量，全校无人不承认，她超过班主任。可班主任有岗位津贴，她分文没有。她问校长："辅导员工作不是岗位吗？"校长奇怪地说："怎么不是？""那为什么没有像班主任那样的岗位津贴？""上级没有规定。""那么设置辅导员这个岗位，是不是上级规定的？"

其实，她并非为了争那点儿钱，只觉得憋了一肚子气，就来质问校长。实际上，校长又有什么力量解决这类全局性的问题呢？她发泄

完了怨气，工作一点儿没有少干。平日里，她除了做少先队工作，还要当老师们的服务员。什么买煤、分苹果、收电影票钱、送各种材料、照顾病号等等，她都是头一号人选。她觉得自己年轻，多出些力没什么，再说为大家服务，不是可以换来对少先队工作的支持吗？所以，她从无怨言，像天使一样给大家带来欢乐。可是，到头来竟是这样一个结果！

她忽然盼着秦万隆来电话了。假若，秦万隆再给她一次调动工作的机会，她会痛痛快快地答应一声："太好了！"

三

殷都小学一片紧张气氛。

当像鸟儿一样欢快的小学生们走进学校时，他们惊奇地发现，一夜不见，老师们变样了。瞧，一个个表情严肃，脚步匆匆。学生们很快就明白了，这是冲着他们来的呀，想要让他们的小脑袋立刻变聪明呢。作业量一天天增多，考试成了家常便饭，孩子们一下子变老了似的，整天唉声叹气。

朱老师为了照顾病重的老伴请假了，三（1）班的班主任暂时由陆红薇代理。可她没料到，班里发生的一件事给她带来了新的麻烦。

那天，轮到上音乐课的时候，教数学的程眉眉老师走进了教室。同学们一齐笑了起来，以为程老师糊里糊涂走错了门呢。可是，程老师却稳稳地站在那里，一本正经地准备讲课。

调皮大王刘澄宇终于按捺不住了，提醒道："程老师，这节课是音乐课呀！"

程老师皱了皱眉，训斥说："你怎么又忘啦？上课讲话要先举手。"

刘澄宇马上举起了小手。程老师无可奈何，只好让他重复了一遍刚才的提问，简短地回答："根据校领导的决定，暂时取消音乐课，这一节课继续讲数学。"

她话音未落，刘澄宇又举起了手。她有些火了，气呼呼地问："你又有什么事？"

"我想知道，为什么取消音乐课？我们大家都特别喜欢唱歌，对不对？"刘澄宇有些滑稽的表情上，又添了可怜巴巴的成分，他转身问着同学们。七八个男孩子嚷起来：

"对！我们想唱歌。"

"要陆老师，不要程老师！"

这一句话，刺伤了程老师的心。她大声地吼道："刘澄宇，你坐下，我知道你不把课堂搞乱不甘心！你们要谁我不管，有意见下课向校长提去。现在上课！"

中队长李冬瑞赶紧喊"起立"。大家懒洋洋地站起来，用很不情愿的腔调，喊："老师好！"

"同学们好！"程老师也应付地回答着。李冬瑞又喊"坐下"时，小个子李正忽然摔倒了，坐在地上"哎哟哎哟"叫个不停，引得同学们探头探脑，想看个明白。程老师忍着怒气，伸手把李正扶起来。她刚在黑板上写下一道算术题，忽听身后又有人喊"报告"。这一次举手的是"周三毛"，经程老师批准，他嘟嘟哝哝地说："老师，我的铅笔盒不见了。"

程老师发现刘澄宇脸上闪着神秘的笑，断定准是他做了手脚，厉声说："刘澄宇，把铅笔盒拿出来！"

刘澄宇装作害怕的样子，低着头慢慢腾腾地取出铅笔盒，放在桌子上。程老师快步走过来，伸手就要抓铅笔盒，却被刘澄宇紧紧护住了，说："您凭什么拿我的铅笔盒？"

"你的？周征帆的呢？"程老师一愣，问道。

刘澄宇耸耸肩，说："我从来不动他的铅笔盒，谁知道在哪里呀！不信，您问问'周三毛'。"

程老师以为刘澄宇睁着眼睛撒谎，便让周征帆过来辨认。周征帆拿起铅笔盒端详了好半天，用手一推，说："这不是我的。"

这一来，程老师陷入了被动的局面。

刘澄宇嚷嚷开了："什么坏事总是先想到我，还把我当成小偷了。我偷什么啦？我要求恢复名誉！"

见他模仿大人的样子讲话，同学们忍不住乐，嘁嘁嚓嚓地议论起来。程老师知道，这节数学课无法上下去了，抄起教材和课本就走了。她临出教室时留下一句话："你们就成心捣乱吧，看看将来吃亏的是谁！"

毛校长接到程老师的报告，先让陆红薇回班里管理一下。陆红薇一进教室，同学们竟如同见到久别的亲人一样，激动地鼓起掌来。

刘澄宇兴奋地嚷道："我们胜利了！"

陆红薇已经觉察出发生了不愉快的事情，但在没有调查清楚之前，她不想轻易评论。于是，她以音乐老师的身份，提议说："只剩下半节课了，咱们就练习一下《让我们荡起双桨》这首歌。没有琴，我给大家打拍子吧。注意，要优美热情地唱！"

同学们立刻端端正正地坐好，润一润喉咙，在陆红薇优雅的指挥下唱起来：

让我们荡起双桨，

小船儿推开波浪，

海面倒映着美丽的白塔，

四周环绕着绿树红墙。

小船儿轻轻漂荡在水中，

迎面吹来了凉爽的风。

红领巾迎着太阳，

阳光洒在海面上，

水中鱼儿望着我们，

悄悄地听我们愉快歌唱。

……

同学们唱得很有感情，也唱得浑身舒服，仿佛真的乘上了小船，在碧波涟涟的湖中漂荡，在星星火炬队旗下歌唱。

陆红薇更喜欢这首歌。在她小的时候，做少先队辅导员的爸爸就教会了她唱这首歌。甚至可以说，她之所以喜欢做少先队工作，与这首歌还有某些关系呢。这些天，有许多令人心烦的事，可现在，当她望着那一双双格外明亮的眼睛，那一张张兴奋得放光的脸蛋，她一下子忘掉了烦恼。她无法想象，怎么能离开这些诚实可爱的孩子呢？

她突然激动地告诉同学们："今天，大家唱得好极了！充满感情，吐字清楚，神态自然。嘿，好好练，等'红五月歌咏比赛'时，争取在全校夺第一啊！"

同学们的心更齐了，随着陆老师的指挥，又抒情地唱起来：

让我们荡起双桨，

小船儿推开波浪，

……

四

吃午饭的时候，教导主任马若霞悄悄地问陆红薇："你们班学生轰老师的事，你知道吗？"

陆红薇点点头，说："我已经了解过了，准确地说，那不是轰老师，而是表示了一种情绪。他们不愿意取消音乐课。"

"这种情绪跟你有关吧？"马主任有些含蓄地问，因为有人说是陆红薇鼓动学生抵制主课老师。

陆红薇没听出这层意思，随口说道："怎么可能没关呢？我教音乐课，自然努力运用音乐的魅力，孩子们受了熏陶，偏爱音乐一点儿有什么错？"

"你还年轻啊，"马主任关心地说，"带班老师特别忌讳的，就是与学科任课老师发生矛盾，尤其不能让学生卷入这种矛盾。可你们班竟发生了学生轰学科任课老师的事件。"

陆红薇这才意识到问题的复杂。

当天下午，毛校长找来陆红薇，进行了一次严肃的谈话。

毛校长直截了当地说："暂时取消音乐课，是校务委员会做出的决定，你是不是至今还持反对意见？"

见陆红薇默默地点头，他叹口气，说："你可以反对，但怎么能影响你们班学生的情绪呢？据程老师说，你们班有几个学生态度特别恶劣，还喊'要陆老师不要程老师'，这像话吗？"

"童言无忌嘛。"陆红薇不以为然地说，"学生对程老师有不礼貌的地方，可是程老师对学生的态度就没有问题吗？孩子们虽小，可他们也是人啊！"

"你这种态度很危险。"毛校长加重了语气，"我们一定要维护教师的尊严！"

"这完全是两回事！不尊重孩子，就无从谈到尊重老师。"陆红薇有些激动起来，"学生们要求上音乐课有什么错？这不是国家规定的课程吗？中央电视台如果临时改掉受欢迎的节目，成人观众也都会抗议的。小孩子唱不了歌，闹一阵子，何罪之有？"

毛校长避开她的话锋，开导说："光讲这些大道理有什么用？生活中有些问题是很实际的，甚至是讲不出道理来的。咱们现在是用这个法子先打个翻身仗，回头再抓全面发展的问题，你难道不理解？"

见陆红薇低头不语，他用命令的语气说："你必须抓好三（1）班的纪律，保证校务委员会决定的贯彻执行！"

第二天上午，于勇来到了殷都小学。他在少先队大队部没找到陆红薇，一问才知大队辅导员兼了班主任，正在三（1）班教室里看着学生自习呢。他一边等待，一边欣赏着眼前的大队部兼队室。

队室正面的墙上，钉着用三合板制成的"时刻准备着"五个大字，上面用掺和了金粉的清漆涂成了金色，周围还有用硬纸板制成的鲜红队徽和用白色塑料泡沫制成的誓词。正面墙的两侧，一侧支着一排鼓架，放着三面大军鼓和八面小军鼓，还有九把青年号和六只大小军镲；

另一侧放了一排队旗架，以大队旗为中心，插入各中队的队旗。队室的其他三面墙上，分别布置了队史挂图及小英雄像、领袖人物为少年儿童题的词、本校少先队活动的照片及各种荣誉证书。此外，长方形的会议桌上，还整齐地摆放着会议记录、大队日志、光荣簿等等。在整个布置中，突出了少先队组织的标志，明确地表明了少先队组织的目的和任务。

于勇边看边点头。这一切他都非常熟悉并感到亲切，他深知这其中花费了辅导员多少心血！

"于老师，让你久等啦！"陆红薇边说边走了进来，沏了一杯茶，递给于勇。

于勇注视着她，惊讶地说："半个月不见，你瘦多了，脸色也不好，怎么回事？"

"我这个大队辅导员，快成地下工作者了。"陆红薇苦笑一下，又问，"你这个大忙人，轻易不光临我们学校，一定是有什么'吩咐'吧？"

于勇摇摇头，关切地说："我的事不急，先说说你有什么难处，看我们能不能帮上忙。我也是大队辅导员出身，有难处不必瞒我。"

陆红薇便如实地把校内的变化讲述了一遍，讲到气愤处，又忍不住掉了泪。于勇听得很专心，神色严峻，眼睛有些湿润。他没料到，陆红薇正经受着这么大的压力，而自己居然刚刚获悉。他内疚地说："我们失职了！"

沉思了一会儿，他接着说："大厦将倾，独木难撑。你在校内能撑到现在，已经很不容易了。在这股愈演愈烈的坏风气面前，仅靠个人的力量是无法与之抗衡的。你忍受那么多委屈去抗争，能改变学校的决策吗？"

陆红薇叹口气，说道："太难了！不过，我真奇怪，大家明明知道这不是好办法，却人人这样去做。这样下去，咱们中国不就完了吗？我真想给教育部长写封信，呼吁解决这个问题。"

于勇眼睛一亮，叫道："好哇！为了一代人的健康成长，敢开顶风船。为了让这封信更有分量，我可以多跑一些学校，替你多收集些材料。"

"替我？难道你是局外人吗？"陆红薇的眼里放出异常明亮的光彩，说，"咱们年轻的少先队工作者一起干不好吗？"

"我举双手赞成！"于勇满心欢喜地答应下来。

这时，陆红薇又问起他要谈的事情。原来，韩风震惦记着殷都小学有一套鼓号，建议组织一个鼓号队，准备庆祝"六一"儿童节时使用。

"就我们一个学校吗？"陆红薇问。

于勇解释说："目前共十五所学校有鼓号，准备先各自分头练，然后合起来表演。可你目前这么困难，能行吗？"

陆红薇点点头，说："我来想办法吧。路，总会有的。"

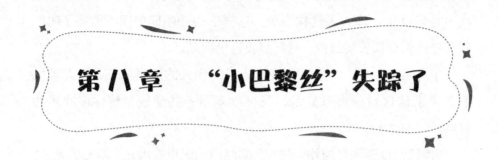

第八章 "小巴黎丝"失踪了

一

于勇走后的第二天早晨，陆红薇就接到了韩风震打来的电话："红薇，遇到困难啦？怎么不来找我？"

"我想自己挺过去。"

"好样的！你和于勇的想法，我完全赞成。我们正准备与市教育局的领导商量，想用组织的力量纠正片面追求升学率的不正之风。"

"太好啦！您最近能来吗？"

"我想，过些天去效果会更好……"

陆红薇好像明白了什么，她愉快地放下电话，哼着歌朝三（1）班教室走去。如果说，前一段对片面追求升学率的抵制是出于本能，那么，现在的她则是出于理智。因此，她又充满了信心，青春的热血使她渴望拼搏，渴望胜利。

上课铃还没响，三（1）班的教室里传出来喊叫声。陆红薇听出了刘澄宇的高嗓门："喂，最新消息——爆炸性新闻，咱班'小巴黎丝'的妈妈，卖服装以次充好，被工商所罚款五百元！"

"噢——这下看范红梅还神气什么！"

这是李正在跟着起哄。陆红薇不由得心头一阵发紧。中队组织委员范红梅，是卖服装个体户范怡香的女儿。关于她妈妈做买卖的情况，陆红薇不是十分清楚，只知道她被丈夫抛弃之后，疯狂地做买卖挣钱，也疯狂地培养女儿成才。于是，范红梅在殷都小学成了一个特殊的学生，她不但拥有一台星海牌钢琴，还有三个家庭教师，一个教她钢琴，一个教她语文，一个教她英语。这使她成为一个骄傲的小公主。几乎每天，她都穿着新潮童装来上学，什么日本"六月雪"短裤啦，香港"玫瑰红"超短裙啦，巴拿马儿童猎装啦，让人眼花缭乱。她的辫子上，还总爱扎上一团亮闪闪的金丝。几个眼馋的女同学问："范红梅，你戴的什么丝？"范红梅撇撇嘴，回答："连这都不认识？哼，这是巴黎丝！"谁知，这话偏偏让刘澄宇等几个男生听见了。他们常到小商品市场游玩，知道范红梅的妈妈善于胡编乱吹，凡是特别亮的丝绸一概命名为"巴黎丝"，已经得了一个"巴黎丝"的外号。所以，刘澄宇一听就乐了，说："好哇！你妈妈叫'大巴黎丝'，你就叫'小巴黎丝'吧，跟进口的一样。"从此，许多同学就管范红梅叫"小巴黎丝"了。

其实，在陆红薇的印象里，范红梅是个很有个性的女孩子。她聪明伶俐，敢说敢做，并且有很强的乐感，能随着任何一支曲子即兴表演一段舞蹈。但是，这一切都无法掩饰她深深的孤独，只要瞧瞧她那双大眼睛就足够了。

陆红薇走进了教室，同学们立刻安静了下来，只有坐在前排的范红梅仍然嘤嘤地哭着。她今天穿了件孔雀绿毛衣，外罩雪白的小马甲，趴在课桌上哭得一阵阵颤动。陆红薇一时没有讲话，她用责备的目光扫视了一遍同学们。见刘澄宇和李正低下了头，她走到课桌前，轻轻

抚摸了一下范红梅的肩膀，说："红梅，要经得起风雪啊！"

听到这句温暖的话，范红梅缓缓地抬起了头，感激地望着陆红薇。她停止了哭泣，眼睛里的阴云却没有散去。陆红薇冲她笑了笑，开始上起了语文课。

课间的时候，陆红薇叫住了刘澄宇，悄悄地问道："你怎么知道范红梅的妈妈被罚款了？"

"我们昨天傍晚亲眼看见的，一点儿都不假。"刘澄宇怕陆红薇不相信，眼睛急剧地眨动着，强调说，"她妈妈'大巴黎丝'只知道赚大钱，特别不讲理，跟工商所的人大吵大闹，还动手打人呢！"

"可你干吗在班里宣扬这件事？你看范红梅多伤心啊！"

听陆红薇这样说，刘澄宇不犟嘴了，他喜欢这位年轻活泼的辅导员，从不愿意与她作对。陆红薇见他低着头，正用右脚狠踩自己的左脚指头，不由得笑了起来，问："左脚指头也犯错误了吗？"

刘澄宇忍不住"嘿嘿"地乐了，那模样儿既滑稽又可爱。

二

殷都小学的学习气氛越来越紧张了。全校性的测验，已经由每月一次增加到两次，而年级的测验每周举行一次。为了让学生适应这种气氛，有的班干脆隔天就抽查一次。学校还规定，凡年级以上的测验成绩，必须记入成绩册，并请学生家长签字。这一系列"关卡"，吓得学生们心惊肉跳。据说，有的学生进校门时腿都哆嗦。

三（1）班的学生稍稍幸运一些，陆红薇已明确宣布本班不再单独搞什么抽查，只劝同学们认真迎接年级以上的测验。说心里话，陆红薇很为她的学生忧虑。尤其是替刘澄宇、李正和留级生王为民、唐小峰忧虑，他们哪经得起如此折腾？万一考砸了，回家还免得了一顿胖揍吗？她走访过他们的家长，那些健壮如牛的爸爸们，虽说自己写字解题的水平不高，抡起巴掌来倒蛮劲儿十足的。然而，令她疑惑的是，刘澄宇他们倒是镇定自若，该玩照玩，该乐照乐。

一天晚上，陆红薇在去市文化宫听课的路上，碰到了李正的爸爸。她心里一阵紧张：前天全校测验，李正数学考了54分，语文也只考了62分，回家这一关是怎么过的？没想到，李正爸爸眉开眼笑，一个劲儿向她道谢，居然说："多亏老师抓得紧，李正这孩子终于考出了好成绩，谢谢您啊！"

陆红薇简直蒙了，问："您仔细看过成绩册了吗？"

"嘿，怎么能不看？语文95分，数学86分，我还签了字呢！"

"噢，鼓励孩子继续努力吧。"陆红薇一时搞不清怎么回事，只好支吾了过去，心里却更加疑惑不解：莫非是李正自己改了成绩？还是我看马虎了？

第二天，收成绩册的时候，李正坦然地交了上来。陆红薇想：这下可以真相大白了。于是，她急切地打开李正的成绩册，只见上面清清楚楚地写着：数学54分，语文62分。咦，难道这成绩册会变魔术吗？她真惊呆了！她断定其中有人做了手脚，决定暗暗调查明白。

几天后的年级测验，凭空又添了一件让人揪心的事：一向成绩良好的范红梅，竟昏倒在教室里，弄得考场大乱。陆红薇急忙把她背到医务室。经过校医的治疗，范红梅很快醒过来了，可她一见陆红薇，立即大叫起来："我不考试！"

陆红薇扶住她，安慰道："别紧张，今天不考试了，你先在这儿安

静地休息一会儿。"

　　下午放学的时候，陆红薇决定送范红梅回家，她想与范红梅的妈妈好好谈一谈。

　　"红梅，这些天你是不是太累了？"

　　听陆红薇这样问，范红梅眼圈红了，说："我每天晚上过十一点才能睡觉，困极了，白天总迷迷糊糊的。"

　　陆红薇一惊，问："怎么那么晚睡？是帮妈妈干活儿吗？"

　　范红梅摇摇头，说："妈妈从不用我干活儿，就让我学习、学习、学习。老师布置的作业就够多的了，妈妈还让三个家庭老师给我布置作业。只要一样作业写不完，就不准我睡觉。"

　　"那你能学进去吗？"陆红薇皱着眉头问道，"譬如，课上讲的听明白了吗？"

　　范红梅悲哀地说："开始挺明白的，越听越写就越糊涂了，一心盼着下课铃快点儿响。晚上，就更稀里糊涂了。还有那个破钢琴和臭英语，烦死人了！"

　　走过校门前的长街，她们进入一条小巷。这里摆满了各种各样的小吃摊，有卖粉浆饭的，卖血糕的，卖皮渣的，还有卖豆腐脑、灌汤包、溻糕、扒糕、灯笼馄饨等小吃的。

　　范红梅指着一个卖粉浆饭的姑娘，羡慕地对陆红薇说："我真想一下子长大，也到这儿来卖粉浆饭，多轻松！"

　　陆红薇一愣，心情变得沉重起来。

　　小巷的对面是殷都最有名的小商品市场。走到这里，范红梅说："陆老师，您稍等一下，我去喊妈妈快点回家。平常，天黑她才收摊呢。"

三

大约过了半个小时的样子，陆红薇瞧见一个高耸的大包慢慢地向自己这里挪动着。从边上跟着走的范红梅可以断定，扛包人就是范怡香了。她赶紧迎上去，热情地问："您就是范大姐吧？来，让我帮个忙。"

大包朝后晃了晃，从底下探出一个头发凌乱的脑袋，客客气气地说："陆老师，这活儿您甭沾手了，我一个人行的！红梅，快先陪陆老师回家。"

范红梅"哎"了一声，就拉着陆红薇先走了。陆红薇不太忍心，边回头看边问："你妈妈每天都这么扛吗？"

"不，"范红梅解释说，"平日早晚包了平板三轮车接送的，今天提前收摊，只好自己扛着了。"

师生俩在家里等了好一会儿，范怡香才扛着大服装包回来。她把大包往地上一扔，顾不上洗脸，只用手一拢乱发，便来与陆红薇握手，说："太欢迎您了，红梅回家总念叨您，您是位好老师啊！"

"您真辛苦啊，先洗把脸吧。"陆红薇客气地说着。她这才发现，范怡香年纪有三十五六岁，黑黑的脸上已刻上了不少皱纹，如同记录她辛劳的印记一般，嘴角微翘，又显示着倔强的性格。

见她洗完了脸，陆红薇便提起了范红梅在课堂上昏倒的事，问："范大姐，红梅太累了吧？"

"不是太累，是早晨和中午都没好好吃饭吧？"范怡香思索着，说，"我一早就去摆摊，中午也回不来，每天给她五块钱，可这孩子最近没食欲，总不好好吃饭。"

"过度疲劳也会影响食欲的。"陆红薇提醒道。

范怡香从冰箱里取出三听可口可乐，"砰砰砰"地依次打开，分别递给陆红薇和范红梅，朝范红梅努努嘴说："你喝完了就快写作业去。今天晚上钢琴老师还要来上课呢。"

范红梅很不情愿地到里面的小屋去了。范怡香喝进一大口可乐，长舒一口气，说："吃得苦中苦，方为人上人。如今这孩子吃什么苦啦？她一天的生活费，等于我小时候一个月的生活费哪！"

"您是高中毕业？"

听陆红薇这样问，范怡香哈哈大笑起来，不过那笑充满了苦涩。

"我连小学都没毕业，家里穷啊！所以，我现在拼命赚钱，我要让女儿才华出众，让她上大学，让她出国留学。那狠心贼走了，他以为我们娘儿俩离了他活不成呢，我们偏偏要活得更好！"

忽然，她把话停住了，忧伤地望了陆红薇一会儿，说："我把全部希望都寄托在女儿身上了，为了她，我不怕当牛做马。可她越来越不争气，挺聪明的脑袋变得跟木瓜似的。三个家庭教师都不愿再教下去了，我只好多给钱，这才勉强教着。您说，我累了一整天，回来跟她着这份急，她还不体谅我，我心里不苦吗？"

瞧着她盈满泪水的眼睛，陆红薇一时感慨万千。多少年轻的父母，都想把自己的遗憾与梦想，在孩子身上补回来，并为此不惜血本。可他们唯独忘了一个最简单的事实：想在孩子身上做成的事，离开了孩子的积极性，一切都是枉费心机。小苗儿生长固然需要水，但它需要的是涓涓细流，是雨露滋润。如果总是倾盆大雨，滚滚洪流，那不成灾了吗？小苗儿生长是这个道理，小孩子成长不同样是这个道理吗？

"范大姐，我理解您的一片心。可是，教育必须讲究方法。小学阶段最重要的就是培养孩子的兴趣与习惯。如果孩子失去了兴趣，感到学习是一件枯燥乏味的事情，怎么可能学好呢？"陆红薇诚恳地说。

这时，响起了有节奏的敲门声。范怡香一阵风似的开了门，迎进一名留长发的中年男子，他瘦长而白净的脸上，一副傲慢冷漠的表情。范怡香忙为他介绍了陆红薇，又说："这就是红梅的钢琴老师胡啸天，是殷都歌舞团有名的钢琴家哪！"

胡啸天掏出一张精致的名片，递给陆红薇，笑容可掬地说："陆老师，认识您很荣幸，有事请吩咐，愿为您效劳。"

陆红薇说了声"谢谢"，就再没什么可说了。她见范怡香的心思已转向女儿学琴，便告辞了。范怡香夹着一包衣服追了出来，低声说："这是真正的巴黎丝裙，您这个年龄的姑娘穿上别提有多迷人啦。请一定收下，算是我的一点儿心意。"

"范大姐，别这样。我们当教师的，不收学生家长的礼物。再说，做生意也不容易。"

说罢，陆红薇将巴黎丝裙一推，就跑远了。路上，刘澄宇的声音在耳边响着："巴黎丝，巴黎丝……"

她默念着，憋不住笑出声来。孩子爱起外号，也是善于抓特征的表现啊！可她一想起在那双傲慢而冷漠的眼睛的逼视下，"小巴黎丝"战战兢兢弹琴的样子，又不寒而栗了。

四

陆红薇心里一直惦记着李正成绩册之谜，却始终没理出个头绪。无独有偶，她在了解刘澄宇、王为民和唐小峰的家长的反应时，也发

现了惊人类似的情况。她忽然意识到，这一切恐怕都与刘澄宇有关。

在许多老师的眼里，刘澄宇是个坏点子极多的调皮大王。有个老师描绘说："刘澄宇之所以长不高，全是叫心眼儿坠的。他一眨眼三个主意，一皱眉五个主意，活动起来手上脚上全是主意。"

中队干部们也不喜欢刘澄宇，因为他们想搞什么队活动，只要不对这"猴精"的心思，他一折腾，麻烦事就不断。因此，碰到什么活动，大家总变着法儿不让他沾边。

可是，在那群调皮鬼当中，刘澄宇绝对最受欢迎。于是，他自然地成了"头儿"，他一"感冒"，几个调皮鬼就"打喷嚏"。上回音乐课，见他总与程老师过不去，调皮鬼们便有的故意摔倒，有的偷走周征帆的铅笔盒，遥相呼应，配合默契。

陆红薇对这一切都清楚，也批评过刘澄宇，却丝毫不曾把"坏"字与这个男孩子连在一起。她甚至觉得，这个精力过剩的男孩子身上，有不少可爱的地方，譬如他的机智、憨厚、热心和幽默。现在，为了进一步证实自己的判断，她决定与刘澄宇开门见山地谈谈。

放学的时候，陆红薇约刘澄宇来到了大队部。一路上，她瞧见这个调皮大王不停地眨眼睛，知道他在"眨"主意呢。一坐下，她就问："刘澄宇，咱们是好朋友吗？"

男孩子认真地点点头，说："是！"

"好朋友之间要讲实话喽。"陆红薇引着男孩子，朝她预定的目标走着。

男孩子很顺从，回答："当然喽！"

"那好，我来问你一个问题。"陆红薇见他乖乖地跟着走，心头一阵轻松，问，"你和李正他们的成绩册有人改过，这是怎么回事呢？你

能告诉我吗？"

　　刘澄宇从容地点点头，眨着眼睛说："陆老师，让我讲个故事给您听吧。从前，有四只小兔子要过一座山，可这山上有老虎和老鹰把守着，一见小兔子就要吃掉。怎么办呢？小兔子心想：老虎和老鹰只见过白兔、黑兔和灰兔，从没见过红兔子，一定不敢吃红兔子。于是，四只小兔子互相涂上了红颜色，果然顺利地翻过了那座可怕的山。您说，这四只兔子是坏兔子吗？"

　　陆红薇几乎不相信自己的耳朵了：这是一个三年级小学生讲的故事吗？这不是一个绝好而辛辣的讽刺吗？刘澄宇的比喻是夸张了一些，可在孩子眼里，世界就是这样稀奇古怪。她望着自喻为"红兔子"的刘澄宇，一时真不知该说什么好了。她只好让"红兔子"先走了，自己一个人品味着这个寓言故事。

　　轮到又一次全校性测验那一天，"小巴黎丝"范红梅没来上课。陆红薇以为她累病了，吃过午饭，便骑上自行车去她家里看望，却只见到了紧闭着的门。她又去小商品市场找范怡香，没想到，范怡香一听说女儿没去上课，眼睛一下子直了，半天讲不出话来。周围的小摊贩忙凑过来，又拍双颊又掐人中，好一阵子范怡香才缓过气来。她抓住陆红薇的手，说："快，火车站！"

　　这时，陆红薇也才大梦初醒，知道出了大事。范怡香冲上马路，截了一辆出租车，拉上陆红薇，向殷都火车站飞驰而去。到了车站，范怡香扔下三张十元的大票子，匆匆地向候车室走去。她俩的目光像梳子一样，把候车的乘客来回"梳"了几遍，也没见范红梅的人影。

　　陆红薇建议："要不要去长途汽车站看看？"

范怡香又拦住一辆出租车，两人去了长途汽车站。结果，仍然没有找到。她们干脆乘出租车在城里城外转起来。最后，只好来到殷都市公安局，报了案。这时的范怡香，早已哭成泪人一个。她哽咽着说："是我逼她逼得太狠了。可她要不回来，我还活着干吗呀！"

陆红薇把她送回家，劝道："红梅只是一时想不开跑出去了，等她想明白了，会回来的。"

"可是，一个十岁的小女孩，出去怎么生活？万一碰上坏人可怎么办呀？"

范怡香越想越怕，哭得更厉害了。其实，这也是陆红薇最担心的事情。

陆红薇返回学校后，立即向毛校长和马主任报告了这件事。于是，"小巴黎丝"失踪的消息，成了殷都小学为之震动的头号新闻。

教师们议论纷纷：

"如今的孩子气性大，一不顺心就出走，报上登过多少！"

"陆老师没经验，数她那个班出事多！"

"这事儿怎么怪她？准是连环考试逼的，瞧着吧，事情刚刚开始呢！"

"这一来，咱们殷都小学又成典型喽！"

……

学生们也议论纷纷：

"嘿，想不到，'小巴黎丝'胆子还挺大，一抬腿就走了！"

"哼，到哪儿也比在咱学校强。考考考，都快把咱们烤煳啦！"

"我看呀，就该这样吓唬吓唬老师和家长，不然咱们怎么活呀！"

"听说，现在拐卖小孩儿的挺多的，'小巴黎丝'会不会被坏人拐卖了呀！"

"天黑了，'小巴黎丝'上哪儿去住呀？她一定饿坏啦！"

……

五

"小巴黎丝"一直没有消息。殷都小学已在报纸上登了寻人启事。她妈妈早已停止营业，亲自到外地寻找女儿了。

于勇连续几天都来殷都小学。在韩风震的支持下，这些天他跑了十几所小学，搞了大量的调查研究，积累了许多重要的材料。

在不上课的时间里，陆红薇就跟于勇一起分析那些材料，归纳主要的论点。由于"小巴黎丝"的失踪和刘澄宇"红兔子"故事的冲击，她再也无法平静忍耐了。只有向上级部门以及全社会呼吁，她才觉得做了应该做的事情。她感激于勇，是他第一个肯定并支持了自己的想法；她也佩服于勇，是他的剖析与判断，厘清了自己过于激动的思绪，而他又那么谦虚，总使自己处于主导地位。

一天晚上，她照例去市文化宫听课。课后，秦万隆邀她沿街心花园散步，她欣然同意了。因为听课的缘故，他们接触既多又自然，常常在一起聊天。

春天的夜晚，还有着较足的寒气。但对年轻人来说，恰恰可以感受到空气的清新。陆红薇吐了一口气，忍不住谈起这些天发生的事，自然也提到了于勇。

秦万隆对"小巴黎丝"和"红兔子"并无兴趣，却对于勇这个名字很注意，问："这人多大岁数？"

"和咱们差不多大，倒挺老练的。"陆红薇随口回答着。

秦万隆"哼"了一声，用不满的口吻说："这种年龄的人，越老练越危险，你还津津乐道呢。"

"危险？"陆红薇先是一愣，一看秦万隆的表情，明白了他的醋意，心中涌起一丝不快，说："我们还不能在一起工作了？再说，人家没有任何感情方面的表示！"

"你着什么急？凭我的直觉，他这是放长线钓大鱼呢。"秦万隆并没有解除心中的顾虑，继续提醒着陆红薇。可他忘记了一条恋爱规则：看得越紧等于离得越远。因为，离开了信任，爱也就不复存在了。他的话又一次伤害了陆红薇的自尊心。她用沉默表示着抗议。

秦万隆着急了，表白说："你难道不理解我的心？我怕失去你！"

"失去？"陆红薇冷冷地问道，"难道你已经得到我了吗？这样说话对人尊重吗？"

两人又一次争执起来，不欢而散。

第二天下午，于勇又来到了殷都小学。他把最近收集到的一些情况告诉了陆红薇。陆红薇一边听着一边思想开起了小差：秦万隆说的是否对呢？她仔细回忆着他们的交往，也隐隐感觉到的确有一种奇妙的东西在心中生长，而且这生长虽然无声无息却又难以抑制。有时，他的眼神也像在诉说着什么，可一闪又过去了。唉，今后要留点儿神，别跟傻瓜一样！

"陆老师，你想什么呢？"于勇见她发呆，笑着问道。

陆红薇脸一热，支吾说："现在，揪心的事太多了。"

于勇理解地点点头，低声说："这份调查报告的写作，我建议你回家完成，并且暂时保密。如果需要我继续参与讨论，随时叫我就行了。你还年轻，做这种惹麻烦的事要特别谨慎，减少不必要的牺牲。"

陆红薇笑着说："听口气，好像你跟韩校长一样大。其实，你不过比我大两岁，你不年轻吗？"

"我已经闯荡几年了，多少有点儿经验，再说我是男子汉嘛！"于勇大度地笑着，"咱们有言在先，万一有谁怪罪下来，我来承担责任！"

陆红薇一时无语，但她心里受了很强烈的震撼，眼中闪动着亮光。

六

一篇题为《片面追求高分数已严重影响小学生全面发展》的调查报告完成了，全文一万二千字，作者署名：陆红薇、于勇。

韩风震用了整整一天的时间，仔细地读完了这篇调查报告，心情非常振奋。首先，这个问题是目前教育界的主流，也是阻碍少先队工作活跃起来的关键，攻克这一难关是当务之急。其次，他看到了两个年轻的少先队工作者的成长。本来他还担心陆红薇娇弱，想不到她也愈挫愈勇，敢于接受挑战了。

为了更有效地解决这个问题，他除了精心修改这篇调查报告外，同时又总结了实验小学重视少先队活动的经验，并起草了有关文件。然后，他和杨庆春一起来到市教育局。

几天后，一份由殷都市教育局与共青团殷都市委共同签发的文件，发到了全市每一所学校。

毛瑞奇校长接到这份文件的时候，正在与陆红薇谈话。他已经听说了陆红薇和于勇写调查报告的事，心里十分恼火，说："你那个班里连续出问题，我都没怎么追究你的责任，你倒告起咱们学校的状来了，你成心与咱们学校过不去吗？偏偏选在这个时候使出杀手锏！"

"毛校长，学校里连续出了些问题，我作为大队辅导员，当然负有不可推卸的责任。"陆红薇平静地说，"我爱咱们学校，正因为爱，才关心它的发展方向。况且，咱们学校办学方向出现的偏差，与全市全国有着类似的特点，这将影响一代人的成长啊！作为一个教育工作者，我当然有权利发出呼吁。如果说这是什么杀手锏，就算是吧，用它杀掉恶风之源，不是很好吗？"

"年轻人讲话太狂了点儿吧？教育问题是那么简单的吗？"毛校长不耐烦听陆红薇解释，因为年轻人的能言善辩是他最讨厌的。所以，他挥挥手，说："我要看一份重要文件，你先回去好好想一想，想通了再来见我。"

见陆红薇离去了，他这才打开手中的文件。这一看，令他出了一身冷汗。原来，市教育局和团市委的文件后面，正附着陆红薇和于勇写的调查报告，还有实验小学全面贯彻教育方针和重视少先队工作的经验。

他用手绢擦擦脸上的汗，一字一句地读起来：

片面追求升学率、单纯追求高分数，已经严重地影响了全面发展的教育方针的贯彻执行，也严重地阻碍了少先队活动的蓬勃开展。关于这一点，陆红薇和于勇两位年轻同志的长篇调查报告，列举了大量的事实，并做了比较深刻的剖析，很值得全市教育工作者一读。市教育局和团市委认为，造成以上问题的原因，是重智轻德思想的影响，也是不懂得教育规律的表现……

看到这里，他的心像被针扎了似的。多少年来，他从一个普通教

师，好不容易升到教导主任，又"熬"到校长的职位，总以小学教育专家自居。如今，他居然被批评为"不懂得教育规律"，这岂不是最大的讽刺吗？他急忙翻开那篇调查报告，企图找出一些可以驳倒的观点。可是，翻来翻去，都是些无法否认的事实，都是些根本驳不倒的观点。翻到最后一页的最后一行，那上面写着："抄送教育部、共青团中央、省教育厅、共青团河南省委。"

他颓丧地扔掉文件，无力地靠在椅背上。他的手摸到了半导体收音机，下意识地拧开了开关，希望能听到点儿什么好消息。忽然，他听到了一个熟悉的声音。他一愣，听出是实验小学校长姚一平的声音：

"前些时候，我们学校也出现了片面追求升学率的现象。许多老师加班加点，使学生终日泡在作业堆里，题海战术把孩子们压得喘不过气来。后来，我们发现一些学生思想涣散，纪律松弛，悲观失望，抬不起头来。长此下去，培养出来的人分数高、能力低、品德差、体质弱，将来会受到历史的惩罚。

"我们是殷都市的重点学校。有人说：'重点学校升学率不高有压力，品德不好不稀奇。'我们认为，重点学校应做全面贯彻党的教育方针的示范，不能做片面追求升学率的示范。

"怎么扭转这个状况呢？我们编写了《少年儿童思想品德教育提纲》，狠抓贯彻不放松。譬如，有个中队，考试成绩全年级第一，但思想品德抓得不好，不但评不上优秀中队，中队辅导员也评不上先进。贯彻这个《提纲》，除去通过教学的途径，主要依靠少先队。过去，补课复习与队活动争时间，现在我们除了把队活动时间安排在课程表里，不准随便占用外，每周还安排两节课，开展少先队的兴趣小组活动。实践证明，凡是少先队工作活跃的、抓了全面发展的中队，学习成绩也都比较好。因为，孩子们思想觉悟提高了，知识面开阔了，智力发展了，身心健康了，就必然会促进学业的进步。德、智、体是一个整体，队活动与教学并不矛盾，而是相辅相成、相得益彰的。"

毛瑞奇一向佩服姚一平治学有方，所以一直听到最后一个字，但对他今天的广播讲话却将信将疑。他忽然意识到：天哪，连电台都在宣传文件精神，这来头可真不小啊！

这天下午，韩风震来到了殷都小学。他亲手交给陆红薇一份文件，风趣地说："瞧瞧吧，你和于勇的调查报告，已经变成了文件的一部分，全市学习呢！这下，你可是知名人士啦。"

陆红薇刚从于勇的电话里得知了这个消息，并未见过文件，现在接过文件手直抖，说："我知道，您一直是我们辅导员的坚强后盾。不过，我不想让毛校长太难堪。"

"我这不来了嘛！"韩风震冲陆红薇会意地笑了笑，说，"来，陪我去见见毛校长。"

第九章　争气鼓号队

一

毛瑞奇校长一大清早就来到了殷都小学，他要为上午即将召开的校务委员会会议做些准备。

他不能不承认，自己打了一个败仗。原来幻想的奇迹没有出现，反倒惹出一堆麻烦，尤其是那份文件，使他无咒可念了。如果这只是团市委的文件，他完全可以应付一下，可这是团市委与市教育局联合发的文件，他必须认真对待。据说，上面还要派专人下来检查文件的执行情况呢。

昨天见到韩风震，他的心情也很复杂。他能猜出来，韩风震肯定是这份文件的重要促成者，有些观点也明显是他的观点。想到这一层，他真有几分怨恨，可又不便流露。韩风震自从调入团市委，虽说级别不高，可毕竟在上级部门工作，与市委书记、教育局局长常来常往，说起话来分量也不一样了。就连那些一心想整他的人，如今见了他也常赔笑脸，生怕断了自己的升迁之路。但是，毛瑞奇又不能不感激韩风震，在自己狼狈困窘的时候，是他第一个来看望自己，并为自己走出困境出了许多主意。

韩风震出主意，自然还是少先队那一套，可他描绘的前景颇让毛瑞奇动心。正像姚一平校长说的："自觉行动的效果十倍于强迫行动的效果，士气高昂时的干劲十倍于情绪低落时的干劲。少先队活动恰恰可以创造这种奇迹。"

正是在这种犹豫不定而又渴望出现新的奇迹的时候，陆红薇就像什么也不曾发生过一样，主动向他汇报一整套少先队工作设想。她的声音还是那么柔和，她的眼睛还是那么热情，她的态度还是那么谦逊，这让毛瑞奇大为感动。本来，陆红薇完全可以"痛打落水狗"啊，可以趾高气扬地等他赔礼道歉，可陆红薇似乎永远起不了那种念头。毛瑞奇心里感叹着：真是一个心地善良的好姑娘啊！于是，他充分肯定了这个好姑娘的计划，并且说："振兴殷都小学的希望，就寄托在少先队身上了！"

殷都小学校务委员会共有十二名委员，由校长、教导主任、工会主席、团支部书记、大队辅导员、总务处主任和几位有威望的教师组成。这是学校最高的权力机构，一切重大决策必须由此产生。

在这次校务委员会会议上，校长首先原原本本地宣读了市教育局和团市委联合签发的文件。不用说，很多委员都像挨了当头一棒，因为这份文件严厉指责的那种错误倾向，正是上次他们郑重其事做出的决策。所以，他们有的叹气，有的皱眉，有的冷眼瞥陆红薇。唯独毛瑞奇校长依然镇静自若，谈笑风生，说："我们已经进入了改革开放的新时期，需要各种新的探索与尝试，自然要交出学费的。前一段狠抓主课教学而忽略副课和少先队活动，走了些弯路，主要责任在我这个校长。"

稍停顿了一会儿，他发现委员们都在认真听，继续说道："陆红薇写的调查报告我看了，大家也应该看看。我认为她是出于公心的，是因为忧虑一代孩子的健康成长而写的。这种勇于探索的精神，值得我们每个人学习。"

在大家的注视下，陆红薇的脸涨红了。她没料到，昨日还气急败坏的毛校长，今天竟会对自己大加赞扬。人的思想会转变得这么快吗？也许，这就是韩校长说的"组织的力量"吧。

"我的想法总的是这样，"毛瑞奇沉稳地呷了口浓茶，说，"认真贯彻这份文件的指示精神，取消本校增加的考试，恢复所有副课，加强少先队工作，用全面发展的思想做指导，实现咱们学校打一个翻身仗的既定目标！"

委员们开始讨论了。

团支部书记邢彩珍是五（2）班的班主任，刚刚休完产假。她第一个发言说："我同意毛校长的决策。我虽然刚上班没几天，可一来就感觉校内气氛压抑。没有歌声，没有笑声，怎么可能有生气？我建议通过丰富多彩的少先队活动，把孩子们的积极性调动起来。"

"我看，要警惕一个倾向掩盖另一个倾向。"总务处耿主任拖着长腔，提醒大家，"学校就是学校，不狠抓教学能行吗？"

六（1）班班主任毕直兼工会主席，他是殷都小学仅有的几位男班主任之一，有三十年教龄，很受人尊敬。他反驳耿主任："还要怎么狠呢？一个'小巴黎丝'失踪还不够吗？据了解，六年级有好几个男生准备出走了！"

"真的？"委员们听了无不大惊失色。

毛校长忙不迭地问："毕老师，采取什么对策了吗？"

毕直冷笑一声，反问："光让班主任采取对策，有什么用？上次校务委员会会议并未决定频繁考试，这是谁兴的招儿啊？我想，咱们在座的各位，如果每周接受一两次考试，恐怕蹦得比学生还要高呢。"

听到这里，陆红薇不由得又想起了"红兔子"的故事，但她没讲出来。她不愿让老师们再对刘澄宇增加坏印象。

见时机成熟，毛校长请陆红薇讲述了少先队工作计划，其中包括把队活动排入每周的课程表，并增加两节兴趣小组活动课，组建第一支鼓号队，恢复小海燕艺术团等内容。大家虽然有些争议，但终于以多数赞成的结果通过了这个计划。自然，首先通过的是毛校长的决策。

会后不久，一个令人激动的消息传来：失踪十二天的"小巴黎丝"回来了！原来，她一个人乘火车去了郑州，果真被人贩子拐走了。几经转折，在路过一个县城时，她急中生智，跑进了县公安局，这才脱离了危险。县公安局特意派人把她送回来了。

陆红薇见到又黑又瘦的"小巴黎丝"，两人猛抱在一起，双双放声大哭。整个三（1）班的孩子们全都哭了，刘澄宇哭得最凶。

二

说来也巧，正当陆红薇可以大干一番少先队工作的时候，三（1）班原班主任朱玉兰老师回来上班了。朱老师握着陆红薇的手，说："让你受累了，谢谢！"

陆红薇回想起那些不寻常的日子，百感交集，又忍不住流泪了，说："不！这些天让我终生难忘。我喜欢咱们三（1）中队。"

全面发展的春风，给殷都小学带来了勃勃生机；星星火炬队旗，给队员们带来了无穷的快乐与希望。

一天，大队部门口贴了一张大红纸，上面写着招收鼓号队队员的通知：

为了使我校少先队活动正规化，并迎接今年"六一"的庆祝活动，经大队委员会研究决定，成立少先队鼓号队。凡是三、四年级的少先队员，只要身体健康、牙齿整齐、有一定的负重能力，均可报名。

报名时间：4 月 2 日至 3 日

试吹时间：4 月 4 日

殷都小学少先队大队部

1980 年 4 月 1 日

这个通知立即吸引来了一大群少先队员，他们围拢过来，翘首望着，叽叽喳喳议论着：

"嘿，吹喇叭、打大鼓，太棒了！"

"吹号跟解放军似的！"

"我得第一个报名！"

"妈呀，期末考试怎么办？"

"哎呀，怎么只要三、四年级的？为什么不要咱们五年级的？太不公平啦！"

三（1）中队的刘澄宇和李正闻讯赶来，站在人群后面望了半天，只见一片后脑勺，急得直叫唤。两人只好变作泥鳅，哧溜一下钻了进去，一读条件，眉开眼笑："咱俩都合格！"

"快看看我牙齿整齐不整齐？"

两人赶紧龇牙咧嘴，你看看我，我看看你，互嚷一声："没问题！"便钻了出来，回中队去报告消息。

陆红薇本来一直担心，刚刚解了"紧箍咒"的队员们一定会心有余悸，不肯前来报名参加鼓号队。可是，第二天，大队部的门差点儿被挤破了。队员们争先恐后报名的动人场面，让她又惊又喜。仅到下午放学为止，已经有一百三十七名队员报了名，而实际只需要二十五个人。

等陆红薇静下心来，仔细研究报名的队员名单时，这才大吃一惊：天哪！各中队的调皮大王怎么都在里面？还有不少是留级生，而优秀队员和队干部寥寥无几。她的心一下子凉了半截。其实，她并不歧视调皮孩子，却担心调皮孩子太集中了会误事。离"六一"儿童节仅剩一个多月的时间，这些从未摸过鼓号的孩子能训练出来吗？再说，头一回在本校组建鼓号队，如果出了洋相，不等于自己断了自己的路吗？要知道，还真有人等着看热闹呢。

她忽然想起跟韩风震去小南海办夏令营时韩风震吹号的场面，立即给团市委少年部挂了电话。

"喂，是韩校长吗？"听出是韩风震接的电话，她心里一阵高兴，便把鼓号队的事说了一遍。

韩风震似乎很感兴趣，问："那些调皮孩子身体都不错吧？"

"嗨，个个跟小牛犊子一样，竞争力都强得很哪！"陆红薇对试吹结果心中有数，这样说道。

韩风震哈哈大笑，说："不知该怎么办了？好多所学校组建鼓号队

都碰上过这种情况。我自告奋勇，给你们的鼓号队当个辅导员，欢迎不欢迎？"

陆红薇惊喜万分："您能来太好了！我正为此发愁呢。请您在 4 号试吹时就来，行吗？"

"几点钟？"

"下午三点半。"

"好，一言为定！"

陆红薇放下电话，松了一口气。

4 日下午三点半，韩风震准时来到了殷都小学。这时，一百六十多名报名参加鼓号队的队员，早就来到了操场上。测试台上放着的几把金灿灿的青年号，早被眼疾手快的队员抢去，胡乱地吹着，引得其他队员心痒难忍。

陆红薇与韩风震简单交谈了一会儿，便开始集合队伍，收回青年号。队员们虽然人人都想被录取，集合却很慢，乱糟糟的，半天才站好，急得陆红薇嚷个不停。她宣布说："今天的鼓号队队员测试选拔，我们请来了老校长、团市委少年部干部韩风震伯伯担任总考官，大家欢迎！"

队员们都熟悉这位巨人般的老校长，听说由他当总考官，既新鲜又兴奋，噼里啪啦地鼓起掌来。韩风震笑眯眯地望着大家，顺手抄起一把青年号，说："当个号手可不简单哪！今天只是初步选拔，主要测试站立和行进姿势、吹号的底气以及牙齿整齐与否等。咱们一百六十多个队员，要逐个进行测试。"

队员们不禁"嘘"了起来，想不到还这么严格。韩风震又说："为了同时测试队员们的反应能力，具体要求我只讲一遍，请想被录取的队员听清楚。"

这句话威力无比，全体队员一下子鸦雀无声，眼睛一齐盯着总考官。韩风震轻咳了一声，挥动着手臂，一字一顿地说道："每个队员依次走近测试台，向考官亮出你的上下牙齿。然后取过青年号，面对考官采取立正姿势，手持号身上四分之一处，将号嘴放在嘴唇中央上下各半的位置上。准备时，舌尖自然舔住上牙尖。吹气时，将舌尖后拉，嘴发出'tu'音。如果你的姿势正确，就会吹出声音。最后，把号放回原来的位置。"

对有些队员来说，长这么大，也许还是头一回如此用心听人讲话。一个队员嚷起来："韩伯伯，请再讲一遍吧。"

韩风震严肃地说："谁再提出这种要求，取消选拔资格。测试选拔，现在开始！"

陆红薇惊奇地看见，刚才还是一盘散沙的队员，现在个个抖擞起精神，挺胸抬头走向测试台。她忽然悟出一个道理：爱，不仅仅是微笑，严格要求往往是更高层次的爱。

三

测试选拔的结果，证实了陆红薇的判断，录取的二十五名队员中间，调皮孩子和留级生占了百分之七十！

陆红薇看着名单，忽然发现没有刘澄宇的名字，眼前立刻浮现出那张恳求的小脸，她不解地问："韩校长，那个吹得最响的小个子刘澄宇，为什么不录取呢？"

"他吹得虽好，走路姿势不行。"韩风震并无惋惜之情，"一身猴气

儿，与鼓号队队员的气质不符。"

"这能改得过来吗？"

见陆红薇关切地问，韩风震回答："没有改不了的毛病，关键看他有没有顽强的毅力。你看他有潜力吗？"

"一时说不好，不过，似乎值得一试。"陆红薇说着，又讲起"红兔子"的故事。

韩风震津津有味地听罢，说："好吧，收下'红兔子'，让他先当候补队员，激一激他！"

鼓号队录取名单一张榜公布，在殷都小学引起强烈反响。一些老师议论道：

"好家伙，这简直是调皮鬼大会师喽！"

"哼，练吧，越练留级生越多！"

"这群'蛤蟆老鼠'凑一块儿能有好，除非太阳从西边出来！"

"老韩和小陆净来新鲜的，这回就等着出洋相吧！"

俗话说，世上没有不透风的墙。教师们的这些议论，很快就传到了鼓号队队员们家长的耳朵里，引起了骚动不安。本来，这些家长已经因为孩子的学习头疼不已，如今知道这些调皮鬼混到了一起，真害怕他们如脱了缰的野马，把心跑得更野。因此，他们互相约着来到学校，要求取消孩子的鼓号队队员资格。

韩风震已经回团市委机关了。陆红薇出面接待了来访的家长，她说："请家长们放心，我们建立鼓号队是鼓励孩子进步的，而不是鼓励孩子退步的。再说，你们的孩子非常积极地参加鼓号队，如果生拉硬拽不让来，他们闹起别扭，怎么能学习好？"

家长们听陆红薇讲得实实在在，也只好暂时不逼孩子退出鼓号队，但仍然存着一桩心事。

鼓号队的训练放在每天下午四点以后。韩凤震这个辅导员从不迟到一次，陆红薇开始不理解，这个全市少先队的"头儿"，怎么舍得为此下这么大功夫呢？

韩凤震回答："我们需要一支出色的鼓号队。但我更感兴趣的，是如何在鼓号队的训练过程中，培养这些调皮孩子和留级生上进的信心，激励他们抬起头来做人！"

在第一次训练的时候，他为鼓号队队员们请来了一位戴眼镜的叔叔，介绍说："大家从电视里已经熟悉这位叔叔了吧？他就是咱们殷都市著名的发明大王——罗奇！"

"噢，真是他！"

"他刚从国外领金奖回来耶！"

队员们兴奋地谈论着。

韩凤震神秘地点点头，说："罗奇叔叔的发明已经家喻户晓了，可他童年是怎么进步的，却很少有人知道。今天，咱们请他自己揭开这个秘密，好吗？"

"太好啦！"队员们嚷着，热烈地鼓掌。

罗奇叔叔走过来，很有感情地摸了摸青年号，说："就从号说起吧。上小学的时候，我是全校头一号调皮大王，有一回竟一脚把球踢在了校长的脑门上。我的学习成绩也很糟，红叉子一道又一道。可是，我参加了鼓号队，迷上了吹号。大队辅导员很信任我，全校举办夏令营时，她让我当号手。那时候，生活比较困难，许多老师还没有手表。辅导员把一个双铃马蹄表往我脖子上一挂，整个夏令营的作息时间归我掌握。当我的起床号划破黎明的寂静之时，营员们就迅速地起床洗

漱；夜晚，我的熄灯号刚落，营房里的所有灯火就相继熄灭；在军事游戏中，我的冲锋号激励着伙伴们奋勇地冲向'敌人'的阵地……总之，全体营员都听从我的号令，我第一次感到了自豪，感到了一个人应当活得有意义，应当因为自己的存在让大家快乐！从此，我总觉得号声在耳边响，催促我勇敢前进，不怕困难，去做一个真正值得自豪的人。就这样，我的学习成绩一天天好起来，纪律方面也有了挺大的进步。直到今天，我已经参加工作好多年了，仿佛还能听见童年的号声。我常常想：少先队的号声为什么有这样强大的力量呢？就因为它代表了祖国的呼唤，它能鼓舞人走向光明！我相信，你们这些新一代的号手，会在少先队号声的鼓舞下，取得更大的进步，骄傲地超过我们！"

一阵热烈的掌声。

韩凤震不失时机地问："新一代的小号手们，你们能做到吗？"

"能！"鼓号队队员们放开喉咙，激动地嚷着。

韩凤震并未满足，他还要进一步激励孩子们，让他们的心灵受到更深刻的触动。他说："罗叔叔相信你们能做到，我和陆老师也相信你们能做到，但是，也有不少人断定你们做不到。"

孩子们一下子愣住了。

"他们说我们这支鼓号队，是调皮鬼大会师，越练留级生越多，将来非出洋相不可。他们还说，我们要想练好，除非太阳从西边出来。"

不等韩凤震说完，孩子们已经怒不可遏了，他们愤怒地嚷着：

"好哇，瞧不起人，咱们非争口气不可！"

"让他们等着大吃一惊吧！"

"只要太阳还从东边出来，我们就一定能练好！"

"咱们的鼓号队，改名'争气鼓号队'吧，团结一心争口气！"

"对，叫'争气鼓号队'！"

愤怒出自尊，愤怒出志气。韩风震把真实情况告诉了孩子们，不但没使他们自卑，反而如干柴碰着了烈火，使他们心中原本微弱的自尊火苗，熊熊地燃烧起来。在此之前，陆红薇曾担心，这些非议会伤孩子们的心。韩风震则说："我们不能捂上孩子们的一只眼睛，那样看世界是不完整的。我们要让孩子们睁开双眼，看到一个完整而真实的世界，经得起风霜雨雪。"

现在，看到这个群情激昂的场面，陆红薇愈加敬佩韩风震棋高一着。韩风震平静地听孩子们发泄完心中的怒气，不动声色地说："说那些话的都不是坏人，也没什么恶意，他们是不敢相信你们会创造出奇迹来。他们的担心也是有道理的。咱们有些队员平时纪律散漫一些，可鼓号队必须纪律严明；咱们不少队员学习成绩差，一参加鼓号队，学习时间又减少了，怎么能赶上去呢？再说，掌握鼓号队的各种乐器，也不是件轻松的事情。"

见队员们陷入了思索之中，韩风震把话停住了。他知道，这短暂的沉思对孩子们是有益的，但必须适时地再加以激励。所以，他再一次问道："你们有没有信心战胜困难？"

"有！"孩子们是不甘心失败的，起劲地嚷道。

四

第一次训练结束时，刘澄宇像个尾巴似的跟在韩风震身后。自从昨天录取名单张榜公布，他就来找韩风震，可是没见着。因此，今天非黏住他不可。

"韩伯伯，为什么李正、王为民、唐小峰他们都是正式队员，而我只是个候补队员？"他轻轻拽住韩风震口袋的一个角，委屈地说，"我吹得比他们响啊！"

　　韩风震转过身来，和蔼地说："你吹得响，我听见了。可我问你，你会走路吗？"

　　"走路？"刘澄宇奇怪地说，"谁还不会走路哇？妈妈说我一岁就会走啦！"

　　"那好，你走一遍，让我和陆老师瞧一瞧。如果合格，马上转为正式队员。"

　　"真的？"

　　"韩伯伯一诺千金！"

　　刘澄宇见韩风震毫无开玩笑的样子，顿时来了劲儿，神气活现地走来又走去，然后停下来等着转为正式队员。

　　不料，韩风震说："跟测试时一样不合格！走路就是走路，你是什么？两个肩的高低差了至少一寸半。若不是陆老师极力推荐，鼓号队还不要你呢。"

　　见"红兔子"莫名其妙的样子，韩风震拍拍他的脑瓜，说："你瞧瞧韩伯伯怎么走路。"

　　说罢，他挺胸抬头，目视前方，如同仪仗队队员一样，稳稳地向前走去。两肩平直，放上一碗水大概也不会洒出来。

　　陆红薇也没想到，韩风震还有这一手功夫。她叮嘱刘澄宇说："好好学吧，这是你的第一道关。"

　　刘澄宇呆若木鸡。长到十周岁，他头一回发现自己还没学会走路，这多么可笑！

韩风震走回来，告诉他说："鼓号队队员就要像仪仗队队员一样，一身正气，整齐威武。怎么样，能练好吗？"

"能！"刘澄宇答应一声，跑远了。

回到家里，他不停地走来走去，还随时照照镜子。爸爸妈妈问他怎么回事，他回答："我要学会走路。"

第二次训练的时候，二十六名鼓号队队员首先进行了分工。身体强壮的王为民和另外两个男队员担任大军鼓手；乐感良好的唐小峰等六个男队员担任了大、小军镲手；动作灵巧的范红梅等八名女队员担任了小军鼓手；心肺功能较强的刘澄宇、李正等九名男队员担任了号手。

韩风震按乐器不同，将鼓号手们分成了小组，分别进行指导。大军鼓、大军镲只有四分音符和八分音符两种节奏，较好掌握，一会儿便"咚咚咚""嚓嚓嚓"地打击起来。小军镲也不太费劲。小军鼓却有些难度，它要求演奏者右手以前三指为主，正握鼓槌的下三分之一处，而左手以前三指为主，反握另外一支鼓槌的下三分之一处，让两支鼓槌形成九十度角，放在纱带前方的鼓皮上。而且，练习时要求以每分钟三十拍渐快至六十拍的速度，在五种主要节奏型音乐中反复演奏。范红梅毕竟学过钢琴，对音乐节奏及指法比较熟悉，勉强可以掌握，还能为队员们做示范。小军鼓总算被敲响了。

可是，号手们却迟迟不能入门。韩风震反复强调说："要想根据号谱吹出音高、音量和音质都符合要求的乐音，首先需要掌握一种正确的呼吸方法，即追求一种'闻花'和'吹土'的感觉。"说着，他做起示范动作，果然吹出了嘹亮的号音。小号手们听了十分羡慕。可轮到自己吹时，除了"噗——噗——"的单调声音，什么调儿也吹不成。

一个星期过去了。

范红梅已经能熟练地敲小军鼓了。自从出走归来，她感觉像走进了一个新世界似的，频繁的考试取消了，妈妈请的三位家庭教师也不见了，由着她参加各种有趣的活动。因此，她觉得一切又变得可爱起来。现在，她最盼望的是鼓号队能出场演奏，让妈妈惊讶一番。

然而，小号手们仍然吹不成调儿，不是高音吹不上去，就是低音降不下来，整天就是单调的"噗——噗——"声。

范红梅烦躁地嚷道："喂，你们小号手只会放屁吗？"

队员们一听全乐了，从此叫他们"放屁号手"。小号手们垂头丧气，甚至不相信自己还能吹好。只有韩风震依然满怀信心。

一天，韩风震从殷都歌舞团借来一支带活塞的高级小号。他说："大家训练得很辛苦，今天我和陆老师慰问队员们。我吹奏世界名曲《多瑙河之波》，陆老师即兴跳舞。"

这个提议太让队员们意外了。他们不敢相信，小号能吹出世界名曲？吹出的曲子还可以跳舞？可是，奇迹就出现在他们眼前。韩风震吹出了抒情动听的乐曲，陆红薇跳起了优美舒展的舞蹈，那和谐默契的精彩表演，仿佛是在舞台上演出呢。队员们简直看呆了。

"韩伯伯，您太了不起了！这是怎么练出来的？"

"您以前是歌舞团的吗？"

队员们纷纷问道。

韩风震笑着说："这是我当大队辅导员时学会的，我还教会了一批小号手呢！"

刘澄宇急了，问："我如果苦练，也能吹得这么好吗？"

"能！"韩风震肯定地点点头。

刘澄宇又请求："让我把号带回家吧，每天的早晨和晚上我都要练一练！"

韩风震和陆红薇欣然同意了。九个小号手都兴冲冲地把号带回了自己家。

五

鼓号队终于进入了合练阶段。

意志力的增强，为刘澄宇的潜力发挥开辟了道路。他已经能顺利地吹出五个音，无论从低到高，还是从高到低，均可以稳稳地吹奏出来。不仅如此，每当他开始吹奏时，那小小的个子，立即显出凛然不可侵犯的神态。

看到他的显著变化，韩风震格外兴奋。经与陆红薇商量，韩风震决定把他和范红梅作为指挥人选培养。

合练阶段的第一步，是将大军鼓、大军镲和小军鼓、小军镲以及青年号分作三组，分别进行齐奏训练，以体现不同乐器的演奏特色。利用这个机会，韩风震带着两个小指挥，熟悉了整个鼓号队的各个部分。

韩风震告诉他俩："指挥是鼓号队的灵魂，要善于将五种乐器融为一体。譬如，以音响巨大的大军鼓，构成整个鼓乐队的演奏骨架；以音响密集的小军鼓，充填音乐节奏；与大、小军鼓同步，用大、小军镲为鼓乐增添金属撞击的辉煌音乐；在这其中，用雄壮嘹亮的青年号，担当起全部旋律声部的演奏任务。"

两个小指挥投入了苦练之中。

5月5日，是殷都小学举行春季运动会的日子，也是鼓号队首次出场表演的日子。

消息传出，全校轰动，一千多名师生，无不翘首以待。自然，教师们又是议论纷纷：

"刚刚训练一个月，就敢为全校表演，真不简单哪！"

"别说，这些调皮鬼进了鼓号队，还真有不少进步哩，连走路姿势都好看了。"

"哼，那是花架子，真能顺顺当当走下来，才让人服气呢。"

"哈，反正今年的春季运动会，有热闹可瞧了！"

"我就不信，三（1）中队的那个猴精刘澄宇，能不出洋相。"

毛校长和马主任来到了鼓号队训练场地。他们知道老校长在此亲自辅导，除了派人送水外，很少插手过问训练情况。但在心里，他们也有不少疑问：这帮调皮鬼若能操练整齐，就算不小的成绩了，靠他们完成复杂的鼓号表演，会有把握吗？

"韩校长，这一个月辛苦啦！"两位校领导握着韩风震的手，问候着。与陆红薇一样，他们习惯称韩风震"韩校长"，似乎不这样叫显不出熟悉和尊重。

陆红薇走过来介绍说："整个训练都是韩校长一手抓的，我跟着学了不少东西。"

韩风震谦逊地摆摆手，说："这帮孩子很可爱，是好苗子！"

"过两天的表演有问题吗？"

见毛校长这么关心，韩风震回答："这很难说。孩子嘛，摔摔打打，磕磕碰碰，失败了有啥关系？但他们的显著进步，是每个人都会看到的。"

毛校长听了这种模棱两可的回答，心里更不踏实了。他朝鼓号队

队员们望了望，只见有的吹、有的打、有的在舞动指挥旗，一片混乱和嘈杂，不由得感慨道："我真服您了，韩校长，您不嫌乱？"

韩风震看了看陆红薇，幽默地说："乐在其中，也妙在其中啊！"他想了想，又说，"我建议，鼓号队表演的时候，请鼓号队队员的家长也来观看，并且请他们坐在最佳观看位置。这将是最好的教育。"

5月5日来到了。这是一个风和日丽、春光明媚的日子。殷都小学像过节般热闹。宽阔的操场上，正回荡着欢快的乐曲。各中队陆续到达自己的位置。铺着白色台布的主席台上，坐着校领导和邀请的来宾。主席台两侧各放了一长排折叠软椅，坐满了鼓号队队员的爸爸妈妈或爷爷奶奶。其实，他们的视线毫无阻挡，却仍忍不住抻长脖子，盼着早点看到自己的宝贝出场是啥模样。

八点整，音乐戛然而止。穿着一身中山装的毛校长，在立式麦克风前站定，大声宣布："殷都小学 1980 年春季运动会现在开始，请少先队鼓号队和运动员、裁判员入场！"

这时，已集合在操场北侧的鼓号队前，腰板挺得笔直的刘澄宇，将鲜红的指挥旗向右上方斜举四十五度，鼓号队队员立即全体立正，直盯着刘澄宇将指挥旗移至正前方上四十五度，又猛地垂直落下。几乎就在同一瞬间，鼓号齐鸣，队伍开始行进。

队伍的最前面，有四个一样高的女队员，抬着一面特大的国旗。她们各扯一个角，前低后高，使全场都可以看到国旗上的五角星。与国旗相隔约三米，走着手持指挥旗的刘澄宇，再往后两米，是鼓号队的阵容：八个男号手，一齐鼓足腮帮奋力吹奏，号声清脆嘹亮；三个大军鼓手，抡圆了带红布的鼓槌，猛击鼓面，震得人心沸腾；三个大军镲手和三个小军镲手，也让金灿灿的军镲尽量翻出花样；八个小军鼓手一律身穿花裙,她们灵巧地挥舞着双槌,发出细碎柔和的鼓声,与整个演奏相映成趣。

刘澄宇走在跑道的中间,前后五米只他一人,显得格外神气。走近主席台时,他把高举的指挥旗大幅度地上下挥动。鼓号队队员得令,一齐用力,顿时号声、鼓声惊天动地,大镲、小镲搅动春风。细心的人会听出,这声音虽猛却有度,虽大却不乱,它把朝气蓬勃、奋发向上的主旋律,传向祖国广袤的天空,也传进每个人的心里。

一千多双羡慕的眼睛,一齐注视着这支新生的队伍。谁能相信,过去那些被人们瞧不起的调皮鬼和留级生,竟会演奏出如此令人振奋的雄壮乐曲?过去那些被斥为"蛤蟆老鼠"的孩子,竟会团结成如此光彩夺目的集体?过去那些被自卑的阴影笼罩全身的孩子,竟会昂着头骄傲地从千人面前走过?

人们被震动了,沉浸在思考之中。直到鼓号队已经绕行进入操场中央,这才想起忘了鼓掌,不约而同地拼命鼓掌和激动地议论:

"嘿,太来劲了!"

"应当给他们发奖!"

"这简直是个奇迹!"

"咦,韩校长和陆老师呢?"

此刻,韩风震和陆红薇这两代少先队辅导员,不在主席台上接受人们的称赞,也不在鼓号队里接受人们崇敬的目光。他俩正站在鼓号队出发的地方,默默地流着热泪……

第十章　快乐的夏天

一

陆红薇已经二十一周岁了。

妈妈总念叨她找对象的事，还时不时带一张小伙子的照片回家，让她看看是否中意。这事儿弄得她心烦意乱。

其实，她也渐渐产生了一种渴望，渴望有一个理想的男朋友，能够倾听她的诉说，能与她讨论一些使她困惑的问题，能敞开宽广的怀抱给她以安慰和保护。但是，她目前怎么能去谈朋友呢？秦万隆怎么办？

上次因提到于勇引起的不愉快，虽然一直没有消除，但陆红薇心里明白，秦万隆还在痴痴地等着她。他之所以那么敏感，那么嫉妒，不也是因为太痴情吗？回味这些，她有一种甜丝丝的感觉。

在许多姑娘眼里，秦万隆都是理想的男朋友。他健壮有力，英俊潇洒，待人大方。务实一点儿看，他家庭经济富裕，本人又在收入多的单位工作。如果做他的妻子，生活上是不用愁的，与他走在一起，别人也会觉得挺般配。再说，他几年来一直在追自己，这不是很难得吗？

可以说，妈妈介绍的那一大堆，没一个能比得上秦万隆。只是妈妈并不知道，她与秦万隆是怎样一种关系。

在参加工作的这两年里，她发现自己变化很多。是变得成熟了，还是变得幼稚了，她说不清。按一般人理解，自然是越往前走越现实，也就越成熟。可她觉得自己似乎是个例外，她越来越追求一种诗意，一种蕴藏于教育乃至整个人生中的诗意。从"周三毛"入队，到"红兔子"的自述，再到争气鼓号队的成功，这些教育诗篇使她狂喜不已。每次经历这些活生生的伸手可触的现实，她便会产生深深的透彻周身的喜悦。因此，虽然常常有些不如人意的事情发生，但她仍迷恋着辅导员的工作。在她的师范同学当中，已经有好几个人相继"逃离"小学，调入一些世人眼热的大单位。还有一些人正发誓不当教师了，那毅然决然的神态，好像是一个觉醒者要弃暗投明一样。她理解这些同行的苦处，自己不也一度想调走吗？但她终归定下心来，再不生迁移之念，因为她悟出自己的生命属于教育事业，自己的幸福源自教育事业，尽管有时要以经受磨难为代价。

有人告诉过她："教育工作容易使人理想化。"现在，她已尝到这种滋味，常常与世人的看法格格不入。她曾暗暗说服自己去喜欢秦万隆，可她越痴迷于教育工作，越无法靠近秦万隆。当他俩在一起散步的时候，明明是并肩而行，心却隔得很远，有时甚至产生一种陌生人的感觉。这使她恐惧：难道这是爱情吗？

相反，跟于勇在一起的时候，虽然话没讲那么多，彼此却像知己一样，能在无言之中继续交流，这一点让陆红薇惊异不已。

自从他们合写的调查报告被印发后，陆红薇有许多感受想跟于勇说一说，可紧接着就忙鼓号队的事情了。但她料定于勇会来找自己。

仿佛有心灵感应，她此念一生，那于勇便来了，只是来去匆匆。与往日不同的是，于勇临走时从书包里取出一本精装的《海涅诗选》，送给了她，说："听说你喜欢诗，送你做个纪念。海涅的诗可以让人回味再三。"

他说得很随便，丝毫没有郑重其事的样子。那天晚上回家吃过饭，陆红薇便开始读这本诗集。她喜欢海涅。在她的印象中，海涅的诗，尤其是那些爱情诗，如紫罗兰一样芳香迷人。读着读着，她突然发现有四行诗被画了标记：

> 星星们动也不动，
>
> 高高地悬在天空，
>
> 千万年彼此相望，
>
> 怀着爱情的苦痛。

这四道标记是全书唯一的标记，这使陆红薇的心一阵猛跳：天哪！他这是以前做的标记还是为我而标？假若是以前所标，这么厚厚一本诗集，怎么会只标四道呢？倘若是为我而标，我该怎么办呢？

那一夜，这四句诗总在她耳边萦绕。他在"怀着爱情的苦痛"吗？如果真有此心，为什么不用一封信说明呢？她躺在床上想着想着，突然跳下床来，重新打开诗集，仔细研究起四道红色标记。果然，她有了一点新发现，那红色标志并不像钢丝一样光滑，而是像毛线一样蓬松着，又好似多刺的蔷薇花茎。这显然是故意用颤笔画成的！她轻轻地一声惊呼，无力地倒在床上。

星期六的下午，陆红薇接到了秦万隆打来的电话。秦万隆主动为上次的争吵道歉，并邀请她星期天看电影吃西餐。陆红薇稍稍犹豫了一阵子，还是答应下来，因为她也想与秦万隆认真地谈一谈。

星期天下午，陆红薇换了一件乳白色的连衣裙，准时赴约了。刚走近光明电影院门口，西装革履的秦万隆便迎了过来，挥动着手中的票，热情地说："大忙人，今天请你看一场日本电影。"

在师范学校读书时，陆红薇就是个电影迷。所以，一提电影，她就很容易兴奋。她急切地问："什么名字？"

秦万隆故作神秘状，凑近她耳边说：《生死恋》。"

陆红薇一下子脸红耳热。她早听说过这部片子，一直想看，嘴上却嗔怪道："就你挑这电影，怪吓人的。"

实际上，秦万隆事先并不了解这部电影。他以为这类片子对于恋人都如同加温剂一样。可等他全神贯注看进去，发现女主人公夏子果断地结束与第一个恋人野岛的关系，而不顾一切地去追求野岛的朋友大公，并由此发生一幕幕动人故事，展示生死相恋的主题后，他开始有些后悔了。陆红薇与夏子多么相似啊！连容貌都有几分像呢，都那么美丽温柔，都那么活泼顽皮，也都像天上的云彩一样飘忽不定。他侧眼看了一下陆红薇，发现她正流着眼泪看呢，不由得更担心起来。

散场后，秦万隆把眼睛湿湿的陆红薇引进一家豪华讲究的西餐厅，在安静的雅座间坐了下来。餐厅里的空调效果极佳，仅坐了几分钟便把客人身上的汗消尽了。秦万隆熟练地取过菜谱，请陆红薇点。陆红薇只点了可乐和拿破仑蛋糕。秦万隆又点了七八样，弄了满满一小桌。他们慢慢地吃着，自然议论起《生死恋》这部电影。

"真感谢你，请我看这么精彩的电影，太美了，简直像一首抒情诗！"陆红薇擦干了泪，赞不绝口地说。

秦万隆警惕地问道："这三个人物，你最欣赏哪一个？"

"当然是夏子喽！"陆红薇放下正要喝的饮料，说，"她是真正的新女性。在爱情问题上，她不违心地爱别人，也不违心地接受别人的爱，而是听从内心情感的召唤。这就很了不起。你说呢？"

秦万隆摇摇头，不以为然地说："看过易卜生的《玩偶之家》后，人们盛赞娜拉出走，可是鲁迅却提出娜拉出走后怎么办，这是一个更深刻的问题。夏子选择了大公，可大公真比野岛强多少呢？如果夏子再碰上什么人，也许又会离开大公吧？这种水性杨花的女性，不值得大加吹捧。"

陆红薇又产生了那种陌生的感觉，她一边嚼着蛋糕，一边反驳说："什么叫水性杨花？中国人的婚姻有那么多悲剧，一个重要的原因就是受从一而终的思想影响。不管爱与不爱，硬凑合在一起！"

"那你赞成目前的'离婚风'喽？"秦万隆皱起眉头问。

陆红薇说："离婚现象不能轻易否定。爱失去了，剩下的是两人的互相折磨，不离婚干什么？"停了一会儿，她又说，"所以，我赞赏夏子的勇敢态度，这样的人多起来，不幸的婚姻就会减少。难道你不相信这一点？"

"电影归电影，生活归生活，这不完全是一回事！"秦万隆大口饮下啤酒，皱起眉说，"咱们这是怎么啦？被一场电影搅了个不愉快，何必呢！"

"不能把这两者截然分开。电影还不是从生活中来的吗？"陆红薇放下了刀叉，"说真的，我倒觉得看了这部电影，许多问题一下子想清楚了，包括咱俩的关系。"

秦万隆吃惊地问："你怎么想的？"

陆红薇一时表情也严肃起来，她知道这番话的分量，沉默了一会儿，才缓缓地说道："万隆，我知道你对我非常好，我也曾真心地喜欢过你。可我花了很长时间想这件事，终于想明白了，咱们无法超越友谊的界限。我曾努力试过，可是不行，你知道感情是没办法勉强的，一勉强就埋下了悲剧的种子。因此，我必须明确地告诉你，我们之间只有友谊，没有爱情。"

说到这儿，她看见秦万隆眼里掉出大滴的泪，也忍不住红了眼圈，说下去："你是个好人，你会幸福的。但如果娶我做妻子，你未必会幸福，这是我的预感。我的预感一向很准。咱们干吗自寻烦恼呢？来吧，为了感谢你对我的关心，也为了衷心祝福你，我敬你两杯酒！"

说着，她颤抖着站了起来。

二

鼓号队首次出场表演大获成功，产生了多方面的良好影响。

首先，增强了鼓号队队员的自信心。以三（1）中队为例，刘澄宇、李正、王为民、唐小峰回到中队里，简直像立功回来的英雄，队员们对他们刮目相看，朱老师也充分地表扬了他们的进步。在这种气氛下，他们怎么甘心落后呢？他们悄悄地互相约定，决不给鼓号队抹黑，期末考试要争取考出好成绩。以后，他们不迟到早退，也不在课堂上说笑打闹，一心要把学习成绩搞上去。就连教数学的程眉眉老师，也禁不住称赞道："这鼓号队还真神哪，孩子们一进去就变了个样！"

其次，激起了老师们对少先队活动的兴趣和支持。运动会刚刚结束，就有好几位老师来找陆红薇，要求再送几个调皮鬼进鼓号队，那急切的样子就像把病号往医院送似的。陆红薇同意扩大鼓号队招生，成立 A、B 两个鼓号队，既多培养人才，又适当减轻队员负担。于是，刘澄宇和范红梅分别成为 A、B 两队的队长兼指挥。同时，陆红薇提出成立各类兴趣小组，让队员们八仙过海，各显神通，在发现和施展个人才能的过程中培养自信心。这一建议，也得到各中队辅导员的响应。殷都小学的少先队活动日趋丰富多彩。

另外，父母们也尝到了甜头儿，成为学校和少先队工作的热心人。那几位曾经找陆红薇要求让孩子退出鼓号队的父母，现在满面笑容地向陆红薇表示感谢。刘澄宇的爸爸是位殷墟考古工作者，但脾气暴躁，他说："刘澄宇这孩子没少挨揍，可他打死不求饶，倔得让人没法子。参加鼓号队后，我没动他一指头，他倒进步了。我佩服你们少先队的办法高明，今后就把他交给少先队吧！"

范红梅的妈妈范怡香，原来一直担心女儿出走历险受了刺激，回来一紧张落下个什么病，或者被同学们瞧不起伤了自尊心。现在，见女儿神气地成为一个小军鼓手，还要指挥鼓号队到市里参加表演，心中既为女儿感到自豪，又对少先队充满了感激。她拿着一个大红纸包，递给陆红薇，慷慨地说："少先队的事是大家的事，咱们有钱的出钱，有力的出力。这两千元钱，送给鼓号队做队服吧，算是我一个服装个体户的赞助！"

陆红薇长这么大，还从未拿过这么多钱，不知该怎么处理，连忙喊来毛校长。毛校长当即感谢了范怡香的支持，决定专门举行个仪式，接受这笔个人捐赠。说干就干，学校当天便办妥了这件好事，并即刻给鼓号队队员量了尺寸，派总务处耿主任定做服装去了。

韩风震带出了殷都小学的鼓号队之后，便回团市委筹备"六一"

国际儿童节的庆祝活动去了。但是，他心里仍惦记着这支鼓号队，尽量抽空回来看一看。此外，他还要履行一个诺言，即满足鼓号队队员们的一个请求。

似乎已经成了习惯，韩风震仍是在鼓号队训练时间来到了殷都小学。当他来到训练场地时，队员们恰好在合练。刘澄宇立即举起指挥旗，示意大家各就各位做好准备，又用左手手指伸出一个"V"字形。随着他的指挥旗猛然下落，队员们迅即奏出雄壮的鼓乐，并围着他转起圈来。韩风震知道，这是孩子们以新学会的最高级的礼仪欢迎他。他激动地抬起右臂，向孩子们敬队礼。站在一旁的陆红薇，被这场面感动了，她忽然来了灵感，决定写一首关于辅导员的诗。

鼓号队队员们跟着刘澄宇转了整整三圈，见指挥旗向正前方移动并在空中画了一个漂亮的圆圈，知道这是演奏即将结束的信号，都注意起来，想来个干脆的收尾。不料，刘澄宇的指挥旗已经落下，李正的号还在吹。刘澄宇狠狠地瞪了他一眼，他一慌，号里发出"噗——噗——"的声音。队员们一起谴责起来：

"这个'放屁大王'，总捣乱！"

"让他进B队吧！"

"让韩伯伯罚他！"

陆红薇告诉韩风震，有一次鼓号队为大队集会吹奏出旗仪式的行进号，结束时，李正的号突然发出"噗——噗——"的声音，引起了哄堂大笑。所以，队员们送了他"放屁大王"的外号。

韩风震点点头，招呼孩子们先放下鼓号，然后说："你们闯过了很多难关，取得了引人注目的成绩。但还有重要的一关，不知你们能否闯过去。"

"什么关?"刘澄宇一急,脱口问道。

韩风震笑着说:"荣——誉——关!如果骄傲起来,大意起来,'放屁大王'会越来越多的,还怎么练成一支高水平的鼓号队?"

他掏出一沓白纸条,说:"好吧,这个问题留给你们自己去讨论解决。今天我履行诺言来了,请你们每个人把自己最强烈的要求写在纸条上。如果要求合理,将由我和陆老师一起来满足大家。"

在做出这个决定之前,陆红薇曾表示担心,万一不能兑现,岂不是失信于孩子们吗?其实,韩风震也不知道孩子们会提出什么要求,因为他对这一代孩子既熟悉又陌生。但是,他知道鼓号队里聚集着一批调皮鬼和留级生,而且与自己已建立了友谊,利用这个机会了解他们内心的愿望,不是很有价值吗?因此,他决定搞这样一个小小的民意测验。

二十六张纸条都收回来了。韩风震和陆红薇急切地翻阅着,惊奇地发现,孩子们最集中的要求是参加夏令营。孩子们写道:

夏令营,多迷人的名字啊!可那是好孩子的乐园,从来没有我们的份儿,难道我们真是坏孩子吗?现在,我要求以鼓号队队员的身份,参加今年夏天的夏令营!

去年夏天,听说学校要去珍珠泉办夏令营,我第一个报名,还买了太阳帽和军用水壶,可夏令营根本不要我。我伤心地哭了。今年,请一定让我参加夏令营,哪怕只参加一天也行。

我要求参加小号手夏令营,像韩伯伯那样学会吹世界名曲!

如果还不让我们参加夏令营，那我们干脆自己办一个捣蛋鬼夏令营。我就不相信，我们玩不过那些好孩子！

此外，还有的孩子要求参观飞机场，有的要求去林县参观红旗渠，有的要求去殷都县了解西门豹治邺的故事，等等。

韩风震与陆红薇商量了一会儿之后，陆红薇向队员们宣布道："队员们要求最多的是参加夏令营活动，今年夏天，学校一定满足大家的愿望！"

"噢——"队员们欢呼起来。王为民抢起鼓槌，"咚咚"地敲起了大军鼓，李正又吹响了号……

三

"六一"过后的一天深夜，韩风震骑着自行车，从钢厂小学返回团市委机关。此时的机关大楼已经是漆黑一片，像个庞大的怪兽矗立在那里。

韩风震停下了车子，在楼前摸索了一阵子，发现门已上锁，无处可进，只好喊道："冯大爷，麻烦您开门哪！"

伴随着窸窸窣窣的响声，传达室的灯亮了。只穿着裤衩的冯大爷打着哈欠走出来，一边开门一边嘟哝："不是过完儿童节了吗？怎么又忙成这个样子啊？"

"儿童节忙完了，该忙暑假喽！只是这一忙，又连累您啦。"韩风震带着歉意解释着，推着自行车进了楼道。

冯大爷补了一句："你们这些人哪，都是属龙的，翻江倒海可真能折腾啊！"

冯大爷这话实际上是称赞的意思。自从韩风震主抓少先队工作以来，他常从孙子那里听到些新鲜事，也对少先队感兴趣了，并常对韩风震格外关照一些。他拿出一包点心，说："饿了吧？给！"

韩风震边吃边问："您孙子觉得今年'六一'过得怎么样啊？"

他知道冯大爷的孙子也是个调皮鬼，在学校是个不受欢迎的主儿。

没想到，冯大爷兴高采烈地说："嘿，美得很哪！他讲故事得了第一，被评上'故事大王'啦。"

"是吗？真值得好好祝贺一番！"韩风震愉快地说。他经常通过各种校外的渠道了解孩子们对少先队的反映，这样得出的结论往往更真实可靠。今年"六一"儿童节，除了规模盛大的少先队大检阅外，团市委还要求开展小型多样的活动，让每个队员有事做。现在看来，还是有些效果的。

与全国很多地方的团委机关一样，在这座多部门合用的办公楼里，团市委在最高一层。年轻人嘛，腿有劲。可辛劳了一天的韩风震向六楼走去时，却腿重如铅。

这一夜，他失眠了。

从殷都小学回来以后，他的面前总浮现出孩子们那满怀期望的目光：参加夏令营！参加夏令营！！参加夏令营！！！他理解，参加一次夏令营，对一个调皮儿童和留级生来说，是一件多么荣耀的事啊。其实，对他来说，举办一次夏令营，是轻车熟路，并不困难。但从孩子们的强烈要求中，他突然意识到，这是全体孩子的共同要求啊！无论是谁，如果在童年时代连一次夏令营也没参加过，那该是多么难以弥补的遗憾啊！于是，一个大胆的设想在他脑子里产生了。

下午，他去了钢厂小学，与李玉森和几位中队辅导员讨论这件事。去年夏天，钢厂小学每个中队都举办了夏令营，每个少先队员都当了营员，很受欢迎。可这毕竟只是在钢厂小学啊，厂党委给了人力、物力、财力的支持。放在其他学校，尤其是那些贫穷的农村学校，能行吗？

当钢厂小学的辅导员们听说，韩风震打算让殷都市的少先队员，在20世纪80年代的第一个暑假里，全部参加一次夏令营活动时，无不为之惊讶。然而，等他们听韩风震讲完这个设想的由来，再思量自己多年来的教育实践以后，又一下子非常理解了。于是，他们和韩风震一起投入到把设想变为现实的艰巨工作中。

现在，轮到韩风震一个人静思默想了。这样一个庞大计划的提出，在中国少先队的历史上，无疑是第一次。尽管，韩风震几乎没想过填补什么空白之类的问题，可他不能不为这个计划的可行性，做出慎重的预测。他也不止一次地问自己：我这是好大喜功吗？是痴心妄想吗？他似乎难以完全否认这一点。在他的习惯性思维中，孩子的事从来都是大事，而这些大事离开痴心是办不到的。同事们常因此笑他幼稚，他却痴心不改。譬如，现在他已经执拗地认定，夏令营不应该像稀有的名贵鲜花那样，只让天下孩子仰慕其名，或远远地观赏。只有让每一个孩子都有权利和机会参与，这样的夏令营之花，才会真正成为孩子们的心中之花。于是，他为自己的计划选定了一个可心的名字——夏令营之花！

又一个早晨来到了。孔方杰和杨庆春两位书记刚刚走进办公室，韩风震便开始向他们汇报"夏令营之花"的计划，对方听完汇报，当即表示赞成，仿佛这不过是一个普通提案。

韩风震愣住了：就这么简单吗？尽管，他盼望自己的方案获得通过，但他多么希望领导能够高屋建瓴地提出一些问题，以完善这个方案啊。可是，杨庆春对他说："韩老师，您就放手干吧，有困难我们一起解决，出问题我们承担责任！"

与青年人合作就是这么痛快。

韩风震自知身负重任，他也深知，取得全市辅导员们的理解与支持，已成为落实"夏令营之花"计划的关键。同时，他一向主张，讨论清楚每次活动中的教育思想，是辅导员们最好的业务学习。因此，他决定暂不以文件的形式部署"夏令营之花"计划，而是先作为一个研讨的课题，在辅导员会议上讨论。

这个课题，引起了辅导员们的兴趣。他们热烈发言，发表各种各样的建议，提出了数不清的问题。韩风震边听边记，兴奋与忧虑的表情交替出现在他疲倦的脸上。

他在总结中说："我们少先队工作者应树立这样一个观念，夏令营是属于全体孩子的，是群众性的有着极大创造余地的活动样式。衡量夏令营成功与否的最主要标志，是看对孩子高尚情感与健康兴趣的培养。只要达到这个目标，采用什么方式举办夏令营都是可以的。我们希望校校举办夏令营，班班队队搞活动，让每一个孩子都尝到夏令营生活的快乐！"

"夏令营之花"的计划，被辅导员们接受了。新的奇迹正在孕育中。

四

1980 年的暑假终于来到了。

几乎每个殷都的孩子都能感受到，一种新的有趣的生活，正像浪潮一般向他们涌来。

刘澄宇一下子接到两个邀请：学校大队部请他去林县的冰冰背，参加小号手夏令营；三（1）中队请他参加"西瓜节"夏令营，喜得他逢人便"嘿嘿"地咧嘴乐。

"西瓜节"夏令营，就在殷都小学三（1）中队的教室里举办。不过，气氛与平时大不相同，孩子们吃的是西瓜，说的是西瓜，画的是西瓜，比的还是挑西瓜，简直是一个西瓜的世界。在热闹的气氛中，辅导员朱老师提议，每个人讲讲自己名字的意义是什么。

刘澄宇心里高兴，头一个站了起来，说："爸爸妈妈为我起这个名字，是希望我长大当个天文学家，澄清宇宙的奥秘。"说完，他忍不住瞅了范红梅一眼，提议她讲讲"小巴黎丝"这个名字的意义。大家全笑了。

范红梅瞪了他一下，说："谁叫'小巴黎丝'？我叫范红梅！我出生时很瘦弱，医生把我放在保温箱里。当时，我妈妈真怕我活不了，就给我起了'红梅'这个名字。她希望我能像冬天的红梅那样，迎风斗雪，顽强地活下来。她还希望我像红梅装扮冬天一样去装扮祖国。"

队员们没料到，这个看似单薄柔弱的美丽小姑娘，名字原来有这么深刻的意义，全都鼓起掌来。刘澄宇走到她面前，鞠了一个九十度的深躬，道歉说："范红梅，我再不叫你'小巴黎丝'了，顶多叫你'中国红梅'。"

队员们一听又乐了。

这时，王为民挠着脑袋站起来，不好意思地说："我以前叫王强。小时候，家里一有好吃的东西，我总爱抢着吃，不顾别人。妈妈生气

了，就给我改名叫王为民，希望我改掉抢吃的坏毛病，时时处处想着别人。"

教室里又是一阵笑声。

站了好几回都没争上发言机会的李冬瑞，急忙说："我的名字叫李冬瑞，'冬'是冬天的冬，'瑞'是瑞雪的瑞，因为我是冬天生的。我长大以后，愿像那象征丰收的瑞雪，只要能使人们幸福，甘愿牺牲自己，做一个对人民有贡献的人。妈妈还希望我能具有雪的风姿和雪的性格，心灵像雪那样洁白无瑕。"

诗一样的语言，迷住了队员们。许多人都有个好名字，可一时讲不清意义。

"周三毛"站起来，反复地说："我叫周征帆，我叫周征帆……"

李冬瑞立即建议："咱们一起帮他讨论名字的意义吧。"

李正干脆跑到"周三毛"身边，说："周是你的姓，征就是长征、远征，帆就是帆船，征帆就是表示帆船驶向远方，驶向未来。"

唐小峰接着补充道："在波澜壮阔的大海上，征帆劈波斩浪，勇往直前！对吗，周征帆？"

周征帆呵呵地笑个不停，说："就是这样，就是这样。"

这些天，韩风震和于勇忙坏了。他俩乘着机关的吉普车，在星罗棋布的夏令营之间穿行，如同大战中的指挥员一样。

让他们惊喜的是，市委和市政府的几位主要领导人，也分别参加了一些学校的夏令营。暑假前，市委常委会做出一项决议：每人兼任一所小学的少先队校外辅导员，以加强对少先队工作的了解和支持。现在，他们正在履行自己的职责。在钢厂小学的一个快节奏生活夏令

156

营里，简副书记头戴白色营帽，胸前系着红领巾，正与小营员们比赛包饺子呢。

"市委和市政府的领导并没有表什么态，可他们是在用实际行动支持我们的'夏令营之花'啊！"韩风震感慨地跟于勇谈论着。为了提高工作效率，他决定让这个年轻的助手乘车去较远的几个县，参加一些夏令营活动，而他将去参加赵家营小学的殷墟考察夏令营。这个安排正合于勇的心思，他立即出发了。

自从把《海涅诗选》送给陆红薇以后，难以抑制的思念之情一直在折磨着他。他甚至产生了一种奇妙的幻觉，即在任何地方只要静下心来，似乎都能见到陆红薇的笑脸。开会的时候，如果陆红薇走进来，尽管她不声不响，脚步轻轻，于勇不用转身便能感觉到。连他自己都为之震惊：莫非爱情能使人产生特异功能吗？不然，这种现象该做何解释？多少次，他催促自己对陆红薇大胆说一句："我爱你！"可他总是理智地克制住了。

其实，他并非没有这种胆量，只是怕伤害这个可爱的姑娘。万一陆红薇不愿意，他们怎么再一起工作呢？于是，他送了《海涅诗选》，并在那四句画龙点睛的诗句下，画下了四道标记，算是发出了第一个求爱信号。

上次会议休息时，他曾鼓足勇气找到陆红薇，试探地问："《海涅诗选》怎么样？"

陆红薇迷人地笑着，调皮地回答："我很喜欢读，可就是有几句读不懂。"

于勇一时慌乱，没想好怎么回答，就又被几个辅导员包围了，失去了一个极好的机会。

中外闻名的冰冰背风景区，位于太行山的半山腰上，海拔约一千五百米。这里孤峰矗立，怪石纵横，虽值8月酷暑，却流动着阵阵寒气。殷都小学的小号手夏令营，就扎营在冰冰背下的林县石板岩乡。

由于路途遥远，又连续看了十几个夏令营，于勇来到冰冰背时，已经是第二天下午。

陆红薇正在让刘澄宇和范红梅分别集合队伍，准备去冰冰背冰窟进行考察，忽见于勇从天而降，一下子惊得说不出话来。倒是孩子们兴奋起来，纷纷嚷着：

"于叔叔，您好！"

"欢迎您参加我们的夏令营！"

队伍出发了。于勇和陆红薇跟在队伍的后面，离队伍越来越远。陆红薇怯怯地问："这么远，你来干吗？"

于勇盯着她，说："我来给你讲海涅的诗：星星们动也不动，高高地悬在天空……你真的不懂吗？"

陆红薇羞涩地摇摇头，低声说："真的不懂。"

勇气倍增的于勇，猛然抓住了陆红薇的一只手，充满柔情地耳语道："好吧，我给你解释个明白，我……"

"别说！跟上孩子们。"

陆红薇拉着于勇向前跑去。于勇这才发觉，姑娘的手也很有力啊。

这冰冰背真称得上天下一绝。寒冬腊月，别处均是白雪皑皑、冰封大地，这里非但没有积雪，而且热气如蒸。温暖宜人的泉水从乱石下徐徐流出，汇成小溪。溪边长有奇花异草，争妍斗丽，犹如仲春盛夏。如今正值8月，太行山处处草木葱茏，山花盛开，而这里竟结冰约六百平方米，让人一靠近此地，立即感到寒气袭人、冰凉彻骨。整个儿一个冬夏时令大颠倒，仿佛老天爷糊涂了一样。

孩子们在冰窟前探头探脑一会儿，便禁不住"阿嚏阿嚏"了。穿着短衫短裤的陆红薇，也不得不倒退回来。于勇笑呵呵地扶住她，提醒她小心看路。于勇已是第二次来冰冰背，便招呼孩子们和陆红薇坐下，给大家讲起一个传说：

"很早很早以前，这里是一个深潭。它使这一带风调雨顺，老百姓生活得平平安安。可是有一年夏天，突然烟雾弥漫，火光冲天，热风呼啸，飞沙走石。一时草木枯萎，潭水干涸。原来，一条恶龙腾空飞来，口吐火舌，降落到这个深潭里了。

"深潭变魔窟，百姓可遭了难。当时，人们都跑来祈求恶龙不要降下灾难，恶龙毫不理睬。人们又修起庙宇，烧香上供，祷告恶龙飞走，可恶龙还是无动于衷。正当人们受难的时候，恰巧八位神仙从这儿踏云而过。看到恶龙捣乱，铁拐李挥动拐杖，一杖通到海底，命令龙王放水，这才使潭水重现。但那条恶龙仍口喷火焰，企图把水烧干。铁拐李一怒，从他的宝葫芦内扔下一大块冰，把整个深潭盖了个严严实实，将恶龙压在下面。铁拐李见恶龙还在挣扎，又飞起一脚，踢倒一座山峰，把恶龙死死压住。可这铁拐李只顾惩罚恶龙，却忘了这是夏天。结果，他走了，留下今天这个冰冰背。从此便冬夏大颠倒，再也改不过来了。"

孩子们听得津津有味。有个孩子说："让铁拐李再来一趟，改过来不好吗？"

大家一齐反对："千万别来，这样冬暖夏凉，多好！"

于勇冒着严寒，探身从冰窟的石壁上取下一块晶莹如玉的红石头，

递给陆红薇，悄悄地说："做个纪念，冬暖夏凉伴着你。"

　　陆红薇握在手里，果然感到一阵凉爽，好似整个夏天的酷热都被驱散了。

第十一章　病魔悄悄来临

一

转眼两年多的时间过去了。

于勇和陆红薇已由热恋转入筹办婚事，这才感到经济拮据的巨大压力。

这两年里，他俩是幸福的。彼此心心相印，在少先队工作中比翼齐飞。

春天来了，他们带着孩子们去踏青，去远足，去举办风筝比赛。当他们亲手扎成的"燕子""蜈蚣"和"雏鹰"在高空中展翅奋飞，而孩子们随之奔跑欢呼的时候，他们的心醉了，醉在春风里。

夏天来了，他们带着孩子们攀高山、涉大河，在河滩上野炊，在林间的吊床上小憩。两颗脑袋随着吊床的悠荡，一会儿远，一会儿近，深情地相互注目，无声交谈。他们的心融化了，融化在绿色里。

秋天来了，他们带着孩子们去农村，帮助农民收割庄稼，采回数不清的生物标本，使学校里骤然增添了大自然的生命气息，激起孩子们无尽的遐思。

冬天来了，他们带着孩子们堆雪人、打雪仗，举办别致的冰雪节，尝一尝冻饺子，然后去寻找小动物冬眠的秘密。甚至连年三十都不在自己家，而是把欢乐送到军烈属和孤寡老人身边……

如今，这些甜蜜而轻松的日子，悄悄地溜走了。他俩仿佛一对浪漫的情侣，无忧无虑地在大自然中游荡，为百花园除去杂草，为飞鸟搭筑巢穴，可是，等他们想到该为自己搭筑一个巢时，这才发现生活毕竟不是童话。

眼下，青年人结婚偏偏越来越讲究排场，从家具腿数的要求，到冰箱、彩电、洗衣机、录像机和金首饰件数的要求，真可谓日新月异。似乎不结出个现代化装备齐全的家庭，就算不上真的结婚一样。而这些高昂的开支无非来自两个渠道：一是靠青年人自己积攒多年，二是靠家庭支持（相当数量是父母存下来的血汗钱）。

单就渴望女朋友满意的心情来说，于勇决不亚于那些讲究排场的青年，但这两个主要渠道都与他无缘。俗话说，马无夜草不肥，人无外财不发。可一个少先队工作者，有什么外财可发呢？相反，常与孩子们在一起，倒免不了要破点儿财呢。譬如，为孩子们拍几张照片、买点食品等等，怎么好意思向孩子们要钱呢？再说家庭支持，他的父母都是收入低微的人民教师，也都做过少先队辅导员，可谓是少先队工作世家，但论及金钱便束手无策了。

于勇也知道，陆红薇家境的清贫不在他家之下，自然无力相助。到了这种时候，他深感一个男子汉不是那么好当的。当初你不是信誓旦旦要让陆红薇生活得幸福吗？那时候，你把自己幻想成无所不能的超人，现在到你顶天立地的时候了，你怎么变得心绪茫然、手足无措了呢？

下班的时候，韩风震提醒他："听说红薇病了，你不去看看她吗？"韩风震很关心这对年轻人的婚事，经常为他俩约会创造有利条件，于勇十分感激。

他点了点头，说："今晚就去！"

晚饭后，于勇出了家门。

喧闹的街道两旁，摆满了各种各样的水果摊。在路灯的照耀下，黄澄澄的雪花梨，红彤彤的苹果，头顶绿叶的菠萝以及各种进口香蕉，显得格外诱人。

于勇不知不觉走了过去，立即招来小贩们一张张热情的脸。他有些心慌，一问价格，掉头走开了。自从考虑婚事以来，他把自己每月的工资仅留一点点零花，其余的全部存进了银行。眼下已是月底，他囊中羞涩，怎么买得起那些高档的水果呢？

"香蕉便宜啦，一块钱两斤！"

街头一个蓬头垢面的小伙子在大声吆喝。于勇一怔，走了过去，只见筐里堆着一些长满黑斑的香蕉，正散发着甜甜的味儿。小伙子见来了买主，一眼就看透了他的心思，说："大哥，您买这香蕉合适，别看模样儿差，吃起来可甜了，不信您先尝一根。"说罢，小伙子利落地剥开一根，把香蕉肉送到于勇嘴边。于勇就势咬了一口，他不能让心爱的人吃变了味的香蕉，便先品尝起来。小伙子没有骗人，这香蕉模样儿虽难看，吃起来味道倒还凑合。他一下子买了三斤。

未过门的女婿提着一袋长满斑点的香蕉，进了陆家。陆天明一见便皱起了眉头，冷淡地点点头。其实，他本来并不反对女儿和于勇交朋友，但没料到于勇会穷成这个样子，这不明摆着要让他的宝贝女儿吃苦吗？因此，他的态度便渐渐冷了下来。妻子更是态度鲜明，力主女儿离开于勇，免得一辈子受罪。

　　唯有陆红薇热情地欢迎于勇的到来。虽然她还在床上倚靠着，脸上却放出兴奋的光芒，说："我就算着今晚你会来！"

　　于勇把香蕉放在桌子上，先剥开一个，送到陆红薇的嘴里，苦笑着问："味道还行吗？"

　　陆红薇一边嚼一边点头。于勇放下心来，习惯地又环视了一遍这个小而温馨的房间。除了一张小单人床，就剩下一张小写字台和一把折叠椅。但在女主人的精心布置下，小房间里有一种淡淡的诗意。写字台上放着一排书，有他送的那本《海涅诗选》，还有一些教育学、心理学、文学艺术以及少先队工作的专业书。写字台上还安了一个小梳妆台，那上面的一个玻璃盒内，存放着于勇在冰冰背送她的红石头。小床对面的墙角上，挂着他俩金秋时节在林间漫步的八寸彩照。他很喜欢这间小屋，每次来都迟迟不愿离去。

　　他俩正亲密地说着话，陆红薇爸爸的声音传了进来："红薇，你同学看你来了！"

　　说着，进来一个风度翩翩的小伙子。

　　陆红薇一见，失声叫道："秦万隆，你——"

　　秦万隆彬彬有礼地微笑着，从包里取出一大串贴着蓝色进口商标的泰国香蕉，放在桌子上，说："我刚从香港回来，听说你生病了，赶来看一看老同学。这位是？"

　　陆红薇扯了一把于勇，示意他坐在自己身边，坦然地介绍说："他是我的男朋友于勇。我们很快就要结婚了，到时候请你来吃喜酒。"

　　于勇站起来，与秦万隆握了握手，请他在唯一的那把椅子上坐下。他曾听陆红薇谈到过秦万隆，却是头一回见面，说道："谢谢你特意过

来看红薇！"

秦万隆没料到会碰上这样一个场面。这两年来，他几乎没再见过陆红薇，却一直惦记着她，一直幻想她能回心转意。今天晚上突然一阵冲动，像冒险者一样闯来了，没想到现实竟让他彻底绝望。他问了问陆红薇的病情，又寒暄了一会儿，便起身告辞了。

桌子上的两堆香蕉仿佛正在对峙着，一个高大壮美、趾高气扬，另一个短小丑陋、无精打采。望着这鲜明的对比，于勇感到自己也像那长满黑斑的香蕉一样，自尊心受到了伤害。他攥紧了女朋友的手，感叹说："你找了个穷男朋友，受委屈了！"

陆红薇就势拥抱了他，撒娇地说："我知道你穷，可谁叫我自己愿意呢？"

于勇乖乖地伏在她温热的胸前，只觉得像被融化了一般，他什么也没说，只有热泪潜然而下。

二

殷都市少先队工作的显著成绩，为共青团殷都市委带来了荣誉。1982 年，全国儿童少年工作协调委员会做出决定，授予共青团殷都市委"全国儿童少年工作先进集体"的光荣称号。

在团市委机关的几次会议上，书记们一提到韩风震，都禁不住夸他工作卓有成效，称他为"有功之臣"。因为少先队工作的成绩，殷都市人是有目共睹的。

可是，在这些赞誉面前，韩风震丝毫没有飘飘然。在他眼里，殷都市的少先队工作，仅仅是开始活跃起来。他有许许多多重要设想，还没有付诸实践呢。眼下，他正琢磨着出哪一步棋更佳。

12 月 22 日是冬至，妻子依照殷都的地方习俗，包好了饺子，打来电话让韩风震回家吃午饭。于勇在一旁开玩笑说："韩老师，你该回家做客喽！"

的确，这两年来，他一直住在团市委机关，只有星期天和节假日才回趟家，真跟去做客似的。于勇自从谈恋爱以来，常常为王雅茹老师鸣不平，可韩风震总"嘿嘿"一笑，就支吾了过去。今天，他决心不让妻子失望，中午一下班，立即骑上车往家赶。

小女儿琳琳听见敲门声，飞快地跑过来开门，一见是爸爸，惊喜地向全家报告："爸爸回来啦！"那情景，真好像爸爸出远门回来一样。其实，他不就住在同一座城市里吗？

已经升入高中二年级的大儿子韩杰，反感地制止了妹妹的报告，说："爸爸回来算什么新闻？瞎嚷嚷！"

妈妈瞪了他一眼，低声说："这说的算什么话？"

韩杰不服气地嘟哝道："爸爸整天不回家，忙了三年才混上个少年部部长，级别一点儿不比校长高，值得那么卖命吗？也不看看如今是什么年头儿了。"

"韩杰！"韩风震一声大吼，把全家人都吓了一跳。他望着倔得如牛犊子一样的大儿子，气得浑身发抖。他想不明白，儿子小小年纪，怎么会变得这样世故？受的教育跑哪里去了？自然，他也意识到了自己的失职，尽量缓和一下语气，开导着儿子："这年头儿怎么啦？难道这年头儿就不要干事业啦？一个人整天想着得到的待遇值不值得自己付出，他能干好事业吗？你一个共青团员应该这样思考问题吗？"

儿子刀枪不入，任凭爸爸怎么训斥，就是不开口。

"好啦，谁也不许再嚷嚷，吃饺子啦！"妈妈是家里的最高权威，一声令下，一家人都顺从地忙起来。她见丈夫还愣神呢，拽了他一把，说："跟孩子置什么气？你总不回家，谁对你没意见？进门先训人，合适吗？"

韩风震叹口气，端起了饺子。

妻子一见，忙叫："端错啦，那碗不是你的，给你这碗！"

原来，妻子知道他不吃肉和蛋，每次做饭总要为他单做一份，这次，又特意为他包了素馅饺子。望着妻子瘦削的脸庞，韩风震一阵愧疚：自己只顾忙事业去了，把家整个儿交给了妻子，妻子难道就没有自己的事业吗？

素馅饺子很香，在机关食堂里是甭想吃到的，所以，韩风震吃得挺满足。可是，就在他快吃完第二碗的时候，忽然觉得有些噎，"哦哦"了几声。

妻子忙问："怎么，不舒服？"

韩风震皱紧眉头，用大拇指和食指揪了揪喉咙，仍不见好转。妻子的脸色白了，凑近观察了一阵子，说："下午去医院看看吧，食道的毛病不能大意。"

韩杰也放下了饭碗，关心地说："爸爸，下午我陪您去医院吧。"

韩风震挥挥手，毫不在意地说："别大惊小怪的，我自己去一趟医院就行了，又不是不能走。"

这天下午，韩风震惦记着去赵家营小学了解赵丰收的新情况，但还是匆匆忙忙去了一趟殷都市肿瘤医院。肿瘤医院放射室里有他的两个学生，一见到他，都热情地问："韩老师，哪阵风把您吹来啦？"

听老师讲明了来意，他们先是诧异地看了老师一眼，便立刻忙着检查了。

仪器是无情的。韩风震站在指定的位置上，X 光机刚刚启动，波纹跳动的荧光屏上，便显示出他食道部位的严重异常了。就像魔鬼投下的阴影，一团难以辨认的不明物，纠缠在食道的中段。两个年轻医生低声议论着，引起了韩风震的怀疑，他忍不住问："有问题吗？"

"没什么大问题。"

听学生的回答有些吞吞吐吐，韩风震又问："那有什么小问题吗？"

"可能有点儿溃疡吧。"两个学生胡乱应付着，又为韩风震的异常部位拍了片子，却始终没敢把那个可怕的结论告诉老师。他们虽然是医生，却不敢相信，罪恶的病魔竟能卡住这个精力旺盛的人的喉咙！童年时代，韩老师带领他们爬山过河；在熊熊燃烧的篝火旁，为他们讲述一个个动听的故事；在隆隆的队鼓声中，亲手为他们戴上红领巾；而当他们因犯了错误产生自卑感的时候，又是他鼓励他们抬起头……如今，他们怎么忍心向这位可敬的人宣布：您患了不治之症——食道中段癌！

经验丰富的韩风震从学生慌乱的眼神中看出了破绽。他轻松地笑着说："你们不相信老师是个坚强的人吗？把真实情况告诉我吧。"

学生依然拒绝了。其中一个说："确实像溃疡。再说，透视和拍片的结果，要经过放射医师的鉴定才能得出。您就放心地回去吧，有问题我们会告诉您的。"

韩风震点点头，走了。在赵家营小学，他全神贯注地修改着自己写的一篇通讯，题目是《六十六只臂膀》。他要把这篇稿子，寄给中央人民广播电台，让"帮赵丰收小组"的精神鼓舞更多的孩子前进。

三

食道中段癌！当殷都市肿瘤医院放射室的医生郑重地来报告对韩风震的诊断结果时，团市委机关里的空气仿佛一下子凝固了。天哪，一个活生生的富于创造力的生命，将要像流星那样骤然逝去吗？

不！人应当与阎王爷较量一番，哪怕只有一线获胜的希望。一个挽救少先队工作者生命的方案，开始紧急拟订起来。

韩风震本人自然也知道了这个不幸的消息。那是在他去邮局寄发《六十六只臂膀》回来的时候，两位书记默默地走进他的办公室，把诊断结果交给了他。

他把诊断结果反复看了多遍，手不由得颤抖起来，一阵冷汗湿透了全身。我才四十七岁啊，就要这么死去了吗？好不容易熬过了漫长的苦难岁月，终于获得了继续做少先队工作的权利，刚刚把基础打牢，正准备大干一场呢，一片薄纸就宣告结束了？命运之神怎么待我如此苛刻？我不要官、不要钱，甚至连食物也要得微乎其微，苍天厚土难道就这样不容我吗？

他悲愤地思索着。我一撒手去了，家里怎么办？虽说自己平时很少回家，对一般的家务也不怎么操心，可毕竟是这个七口之家的大梁啊！上有八十多岁的老母亲，下有四个尚未成年的孩子，就留给妻子一个人承担吗？她那瘦弱的肩膀哪堪如此重负？我对这个家尽的力太少了，不要说买冰箱、彩电，就连件像样的家具都没有啊！孩子们吃的穿的，和同龄孩子相比也差了一大截。我不是一直渴望补偿吗？可是，如果一病不起，非但不能补偿这个家，相反，还将成为这个穷家的一个大负担啊！

"韩老师，咱们一起来战胜病魔吧！"团市委书记孔方杰紧握住韩风震的手，激动地告诉他，"我们已经请示了市委，将尽最大努力治好您的病。从现在起，您把一切工作都停下来，安心治病，花多少钱都行，想去哪里检查治疗都可以。"

杨庆春接着说："这件事由我具体负责，您不论有什么要求，尽管提出来，我都会尽全力办好。眼下第一步，先让于勇陪着您去省城去北京，做进一步的检查以确诊。"

人在寒冷中最能体会温暖的可贵。此刻，韩风震深深地感受到了组织的温暖。他望着两位年轻的领导，哽咽着说道："谢谢！谢谢！"

他刚走进家门，殷都市市长陈兴邦和市委副书记简捷就赶来了。陈市长用力握住韩风震的手，充满感情地说："韩风震同志，千万要挺住啊！咱们殷都市七十万少先队员需要你，党的事业需要你，一定要战胜疾病！"

王雅茹过去只是开会时见过这两位领导，今天见他俩亲临家中安慰自己的丈夫，心情十分激动。她赶紧把床上放的箱子和包袱往里推了推，腾出点儿地方，请领导坐下。

简副书记环视了一遍拥挤不堪的房间，向王雅茹问起家里的情况。

陈市长满怀歉意地说："王老师，这是我们失职啊，让你们委屈了这么多年。这个问题会尽快解决的！"

简副书记从黑皮夹子内取出一个小信封，递给韩风震，说："这是市委为你准备的两张软卧车票，明天让于勇陪你去北京，到最好的医院检查检查，再决定下一步的治疗。好吗？"

韩风震被感动得讲不出话来，只是含着泪水连连点头。近四百万人口的父母官啊，该有多少重大的事情要马上处理，却为我一个普通干部、一个少先队工作者的病牵肠挂肚，还亲自把车票送上门。这意味着什么呢？

在开往北京的列车上，躺在舒适的软床上，两代少先队工作者讨论起了这个问题。他俩都是头一回坐软卧，一时无法入睡，谈兴正浓。

于勇说："韩老师，您享受的待遇比书记还高哩。"

"我也在想这件事，为什么会这样呢？"韩风震恢复了往日思考问题的执着，"咱既非大官，又不是名流，与领导也不沾亲带故。"

"其实，您的官很不小呢，拥有七十万大军，比司令还厉害哪！"于勇幽默地说，"在这支大军里，您的知名度准比市长还高，信不信？"

韩风震也乐了，说："依你这么分析下去，咱们靠这七十万大军，打入每个家庭，影响面就有几百万人喽！"

"是啊，这几百万人中，自然包括了市委和市政府的领导，他们家家都有咱们的少先队员。这么一来，您与他们也就沾亲带故了。"

听着于勇半开玩笑的分析，韩风震心情很愉快。少先队工作向社会各方面的渗透力确实很强。但他毕竟是严肃惯了的人，说："我想明白了，实际上不是咱们多了不起，而是因为咱们从事了少先队的光荣职业。热爱孩子的人，人民也热爱他。"

清晨，列车抵达北京站。

当他俩沿着宽敞明亮的地下通道出站，正盘算着去哪里住宿时，却见到了又一幕动人的情景：团中央少年部一名年轻的女同志，正举着一块方木牌在等他们，那木牌上写着"接殷都团市委韩风震同志"。

于勇兴奋地拉了拉韩风震，却见他又忍不住流泪了。搞少先队工作的人感情丰富，一受了感动便流泪。几年来，于勇已经非常熟悉韩风震这个特点。

团中央的那名女同志姓牟，刚从外地调来北京，并不认识韩风震和于勇，却十分热情。显然，她已知晓韩风震的病情，小心地搀扶他上了早等候在站前的小轿车，并且说道："我们部长本来要亲自接您的，因为正在天津开会，就让我来了。住宿和医院都联系好了，不用担心。"

在北京的几天里，几家全国一流水平的医院，都为韩风震做了认真细致的检查，但诊断的结果是相同的：食道中段癌。有点儿遗憾的是，眼下已是中期，如果是早期发现更好治疗一些。

这后面的补充结论，让韩风震感慨不已。几年前，他还在殷都小学工作的时候，曾陪姐姐去医院检查身体，结果发现姐姐患了食道癌。当时，姐姐劝他也一起检查一下，他却因不好请假而失去了及早发现隐患的机会。

与韩风震的感慨相对应，于勇也对这次北京之行感慨极深。来之前，他有过许多担心：北京是中国的首都，每天来往的人那么多，能热情接待小城市来的人吗？况且，他们在北京举目无亲，无依无靠，哪像在殷都一样如鱼得水。可是几天下来，事实让他彻底改变了想法。除了团中央少年部的精心安排以外，《中国少年报》报社和《辅导员》杂志社，还有许多著名的少年儿童工作者，无不把韩风震奉若上宾，鼎力相助。

在古清华办公室的会见，尤其让于勇难以忘怀。团中央书记处原书记古清华同志，目前已调入全国妇联担任书记处书记，工作十分繁忙。可她得悉韩风震来京的消息，马上邀请他到妇联来。

于勇原以为，这不过是领导表示关心，说几句鼓励的话罢了。谁知，等他陪韩风震走进古清华的办公室时，这位颇有威望的领导人非但没有说一句官话，相反，她像一个满怀爱心的大姐姐一样，仔细询问韩风震的病情，然后，取出两包新买的猴头，说："风震，我从报上看到一条消息，说吃猴头对治疗食道癌有益处，就买了两包，你吃着试试看。如果效果真好，我再买了给你寄去，好吗？"

不用说，韩风震又感动得流了泪。这一次，连极少落泪的于勇，眼睛也有些潮湿了。他似乎突然明白了，韩风震之所以甘愿为少先队献出一切，除了理智的思考之外，感情是一个极重要的因素。韩风震说得对：热爱孩子的人，人民也热爱他。为孩子的事业是清苦的，甚至要付出牺牲，可在人民的厚爱面前，他怎么可能放弃这个神圣的事业呢？

他一下子理解了韩风震。

四

韩风震的饮食越来越困难了，人也一天天消瘦下去。生命受到了严重的威胁。

北京。共青团中央打来电话："已经在北京的医院安排好医生，请韩风震随时来京治疗。"

郑州。共青团河南省委打来电话："省委书记亲自介绍了两名医生，希望韩风震同志来郑州治疗。"

殷都。市委常委会做出决定："鉴于韩风震同志健康状况恶化，不宜赴外地治疗。速从省城特邀著名胸外科专家，用专车接来殷都市，为韩风震同志实施手术。责成殷都市人民医院做好一切准备。"

市委常委会的意见，得到了韩风震本人的赞同。杨庆春乘市委专车，飞速向郑州驶去。

1983 年 2 月 25 日上午，一场与阎王爷较量的手术，在殷都市人民医院紧张地进行。

两个半小时的手术过程中，市长陈兴邦和市委副书记简捷，自始至终守护在手术室外。杨庆春更是前后忙碌着。

从省城特邀来的著名胸外科专家，是殷都市人民医院胸外科主任的老师。他们师徒俩默契配合，先剪断韩风震左侧三根肋骨，切开一尺多长的刀口，然后托起肠胃，将坏死的七厘米食管切除，再迅速地缝合连接起来……

手术成功了！

病人在麻醉的作用下，一直处于熟睡状态，各项检测指标逐步趋于正常。当然，他将在严格的护理下，度过一段住院生活。

韩风震患癌症动手术的消息，惊动了中国少先队界。全国少先队工作学会两次发来慰问信。河南省少先队工作学会通报了韩风震的病情，并发起慰问活动。参加过大连夏令营的新老辅导员们，从祖国各地寄来慰问信，有些还寄来贵重药品和营养品。他们有一个共同的心愿：希望这位少先队工作的专家，早日恢复健康，继续为星星火炬事业建立功勋。

殷都市的辅导员们更加关心韩风震的健康。他们知道医院不让进病房，更不让与病人交谈，仍来到医院里，隔着玻璃窗向韩风震致意。他们了解这位老部长的心思，还打着手势告诉了他一些少先队工作的新成绩，让他放宽心。那位早已康复的罗玉芳老师，骑着自行车来到了医院，一见躺在病床上的韩风震就哭了起来，她说："韩老师，咋不叫我替了你啊！"

最让韩风震难忘的，还是少先队员们的慰问。殷都小学鼓号队的

队员们，带着鲜花和红领巾来了。在经过医生特批之后，范红梅把红领巾戴在了韩风震的脖子上，刘澄宇把鲜花放在床上，激动地说："韩伯伯，鲜花和红领巾象征着我们。每当您看到鲜花，就像看到我们，我们会陪伴您战胜病魔的！"

他还转手从书包里摸出一把小号，悄悄地凑在韩风震的耳边，说："我也会吹《多瑙河之波》了。一会儿，等我们离医院远点儿的时候，我好好吹一遍，您准能听见！"

韩风震舒心地笑了，冲着站在一边的陆红薇点点头。陆红薇见他脸色蜡黄，差点儿又掉下泪来。她轻轻走过来，把一大兜黄岩蜜橘放在床头，并剥开一个，一瓣瓣地喂进韩风震的嘴里。韩风震用微弱的声音说："于勇是个好小伙子，你们快结婚吧。"

"不，我们还等着您恢复了健康，给我们当证婚人呢。"陆红薇说着，喂完了一个橘子。她怕韩风震累着，就招呼队员们离去了。不一会儿，韩风震果然听到了抒情动听的《多瑙河之波》。他喜欢这支曲子，更喜欢刘澄宇的进步。

"周三毛"在爸爸的陪同下，也来医院看望韩风震了。他搂着韩风震的脖子，说："韩伯伯，我真想您，您快点好吧！"

赵丰收和几个队员步行十几里路，给韩风震送来了三十三个鸡蛋。这是他们代表全中队来送的，每个鸡蛋上写着一个队员的名字，还在上面写了一句话。

韩风震摸着一个个光滑圆润的鸡蛋，当看到赵丰收那个鸡蛋上写的"韩伯伯，我真想变成一个神医，用一种万能的药，把您的病治好！"时，忍不住涌出了热泪。他不由得扪心自问：这纯洁而凝重的深情，我能报答得了吗？

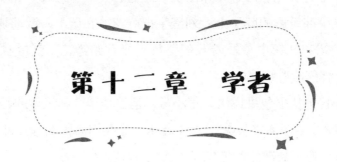

第十二章 学者

一

　　韩风震提前出院了。

　　清晨，他在公园里散步，呼吸着新鲜的空气，观赏着跳迪斯科的人群，真切地感觉到生活是多么美好。他庆幸自己在与病魔搏斗的第一个回合中取得了胜利，从而又获得了继续生活下去的权利。

　　无论是医院的医生，还是团市委的领导，都给他下达了停止工作继续休息的命令。可是，一回到往日的生活里，他怎么可能不工作？

　　凡是来看望韩风震的团委干部和辅导员，谈不了几句话，话题就被引到少先队工作上了。而一谈起少先队工作，韩风震的兴致倍增，病也忘记了。结果，他的家成了少先队工作会议室，许多重要决策都在这里做出。

　　可他也不能不承认，这次手术虽然成功，自己毕竟元气大伤。一米八六的大个子没有变矮，体重却从仅有的一百四十斤，降到了一百一十斤，瘦得大腿也几乎像别人的胳膊一般粗了。最让他受罪的是吃饭。因为切去了七厘米食管，胃只好提了上来，挤压了肺和心脏。

这样一来，一吃饭，他便心跳过速，并且供血不足，每次吃过饭，他的痛苦时刻就随之来到，必须静坐一小时左右，等食物全部进入肠道，肺和心脏受到的压力减轻了，他才能渐渐恢复正常。

韩风震仿佛一下子衰老了，走起路来摇摇晃晃，再也显不出仪仗队队员般的风采了。上楼梯的每层台阶，对他来说都如登山一样艰难，他要不时地停下休息一会儿，再缓慢地一步步攀登上去。他乌黑的头发，已经黑白相间，脖子上青筋突起，额头血管纹路清晰，而额头上的皱纹增加到四五道之多，双眉间还能拧出一个"丫"字。

开始，他不服衰老。出院没几天，便受不住少先队的诱惑，骑上自行车跑去学校了。为了上下方便，他改骑妻子的那辆女式自行车。可即便如此，他骑在车上也好似腾云驾雾，让周围行人忍不住提心吊胆。他好不容易来到殷都小学，瞧他脸色苍白、呼吸困难的样子，毛瑞奇校长赶紧双手扶他上楼，又让陆红薇马上做一碗鸡蛋汤来。毛校长皱紧了眉，抱怨说："韩校长，您有事来个电话说说就行了，我们一定办好。这要在路上出点儿事，咋办？"

韩风震喘匀了气，勉强地笑了笑，说："我想知道，这两年你们学校少先队工作活跃起来了，对教学产生了什么影响？咱们是老朋友，把实情告诉我。"

毛校长苦笑了一下，回答道："合格率、优秀率和升学率进步不算太大，不过，那些差生的学习劲头儿倒上来了，成了学校的活跃分子。"

"这不就很好吗？人有了自信心，进步就有了动力。"韩风震一边说一边思索着，"毛校长，我认为'差生'的概念是错误的，分数低一点儿、调皮一点儿，就算差生吗？怎么就不想想我们教的方法差不差呢？合格率、优秀率和升学率能说明真实的状况吗？我看都值得怀疑。"

　　"可我接替你做了校长，在这个位置上，我能怀疑吗？"毛校长一脸苦兮兮的表情，又愤愤地说，"这三个搞不上去，人家该怀疑我的能力了。这叫恶性循环！"

　　韩风震点点头，说："这种状况非改革不可！你想想看，许多如今大有作为的人，童年都被称作'差生'，而不少当年的优秀生，却平庸无为。这不是对教育的绝妙讽刺吗？"

　　这时，陆红薇端着一碗香喷喷的鸡蛋汤走进来。毛校长赶紧说："行啦，理论家快吃吧。我知道你病后半晌要吃饭，让红薇给你准备的。"

　　韩风震感激得不知所措。

　　临走时，毛校长怕他发生意外，让陆红薇替韩风震把车子骑回家，自己用自行车送韩风震。一路上，两人又争论起来。

　　"差生就是差，长大了有作为的也不过是凤毛麟角。哪个老师不头疼差生？"毛校长直率地谈了自己的看法。

　　韩风震在后车座上反驳道："就整体数量的比例而言，也可以说他们中间有作为者凤毛麟角。但这个悲剧是谁造成的？说得偏激一点，把学生称为'差生'是一种犯罪行为，因为它严重摧残了这些孩子的自尊心！"

　　"你这个观点，在学校里不会有人响应。"

　　"可它是事实，是真理！"

　　"唉，病成这样子，你这倔脾气还是改不了哇。"

　　"愈挫愈勇，愈挫愈坚嘛！"

　　两人一齐大笑起来。

　　韩风震回到家，已经累得如一摊泥，一进门就倒在床上，昏睡了过去。等他醒来的时候，听见一个熟悉的声音在与妻子说话，睁眼一瞧，原来是团市委书记孔方杰。

"方杰，你来了。"他想坐起来，可身子如巨石一般沉重。

孔方杰忙过来按住了他，说："躺着舒服一些，不要起来。"

孔方杰详细询问了他的病情之后，神情有些异常地说："韩老师，我要调到团省委工作了。"

韩风震一愣，问："去做什么工作？"

"副书记，分管少先队等方面的工作。"

"太好了，祝贺你走上更重要的领导岗位。你能胜任的。"说着，韩风震伸出了瘦骨嶙峋的手。

孔方杰激动地握住这双手，说："说句真心话，我是踩着您的肩膀上去的。是您为咱殷都少先队工作立下了汗马功劳，我却因为年轻而得到提拔。"

韩风震无力地摆着大手，谦逊地说："若没有团市委的全力支持，我能干出些啥名堂？你大胆去工作吧，只要能把少先队事业干好，我就心满意足了。"

想了一会儿，他也神情严肃起来，说："我反复思考过了，鉴于我的身体状况，决定辞去少年部部长的职务，并建议由于勇接任。他精力充沛，也有一定的经验，当少年部部长会比我对工作有利些。"

孔方杰对这个建议深感意外，说："您先挂着部长职务，让于勇多负些责任不行吗？或者让他担任副部长？"

"让他先担任副部长可以，这也符合提拔干部的程序。但我不当挂名部长，应让他有职有权地去主持工作。"

孔方杰见他如此不肯妥协，疑惑地问："那您做什么呢？"

韩风震淡淡一笑，说："我给他当个参谋吧。我人跑不动了，总可

以多动动脑子想些问题嘛。"

二

自从做了手术以后，韩风震被一个人深深地迷住了。这个人就是苏联著名的教育家瓦·阿·苏霍姆林斯基。

其实，他早就听说过这个名字，但只是略知一二。现在，他几乎成了一名苏霍姆林斯基专家。国内许多出版社翻译出版的苏氏著作，他全都想方设法买到了手，并且一本本地精心阅读，还结合自己的思索，写下读书笔记。

钢厂小学辅导员李玉森来看他的时候，他兴致勃勃地谈起苏霍姆林斯基。

他说："你说惊人不惊人？一个只活了五十二岁的人，当过小学老师、中学老师、少先队辅导员、教导主任、校长、区教育局局长，其间还参加过卫国战争，负过重伤。就这么一个人，一生曾写出四十一部专著、六百多篇论文、一千多篇童话和故事。"

见李玉森听得眼睛都直了，韩风震得意地继续介绍下去："还不止这些呢。他在教育实践中，还为三千七百多个学生做过观察记录，能够指名道姓地说出一百七十八个难教育学生曲折的成长过程。因此，他的书被人们誉为'活的教育学''学校生活的百科全书'。"

李玉森开始反应过来了，说："您说的是苏霍姆林斯基吧？他的理论是不错，可对少先队工作有什么用呢？"

"虽然他直接讲少先队工作的东西并不多，但他的理论大都适合少先队教育，而且读起来实实在在，有一种亲切感。"韩风震说着，感慨起来，"再说，像他这种献身教育的精神和高效率的人生，不也很值得我们少先队工作者学习吗？我现在觉得，没有理论依据，这工作真搞不下去了。"

李玉森宽慰他道："在我们眼里，您是一位真正的少先队工作专家，又有理论又有实践。"

韩风震摇摇头，说："那不过是有一些想法而已，真正的理论应当是系统的，就像苏霍姆林斯基那样。"

"韩老师，我有一个问题一直想不通。"李玉森干脆从椅子上挪到床上坐，靠近韩风震，说，"为什么国外接连不断地出现大教育家，而我们中国，中华人民共和国成立几十年了，却很少出现有影响的教育家呢？少先队界更不用说了，有谁可以称得上少先队理论家呢？"

韩风震思索了一阵子，缓缓答道："中国的陶行知也是位了不起的教育家。他与苏霍姆林斯基等著名教育家的成功表明，一个教育家的诞生，既需要长期的教育实践，又离不开刻苦钻研教育理论。然而，我们国家的状况恰恰相反，有教育实践经验的人很少钻研理论，有理论研究能力的人又缺乏实践经验，这种理论与实际脱节的现象，正是难以诞生教育家的根本原因。"

歇了一会儿，他又说："少先队界除了上述相类似的原因，还有队伍严重不稳定一条。因此，为从根本上提高少先队教育的质量，我们这些长期参与实践的人，该向理论进军了。你不干，我不干，等谁来干呢？"

李玉森叹口气，晃着两只厚厚的手掌说："搞队活动，咱指挥千军万马不带愁的，可动笔写文章就难啦！"他忽然发现韩风震枕头边上放着一摞稿纸，上面写着"一个残疾孩子成长的思考"，问道："您写的《六十六只臂膀》，不是在中央人民广播电台播出了吗？《辅导员》杂

志也刊登出来了，怎么还写赵丰收呢？"

"《六十六只臂膀》只不过是篇报道，赵丰收这个典型有很高的研究价值，也可以说，是一个理论研究的富矿。"韩风震兴奋地说下去，"其实，咱们每个少先队工作者，几乎都生活在富矿里，就看善不善于开采了。"

李玉森走后，韩风震继续潜心写《一个残疾孩子成长的思考》。后来，这篇长长的论文，在一家颇有影响力的学术刊物上发表了，受到人们的好评。

韩风震写道：

面对千百万天真烂漫的孩子，他们崇高品德的培养，从哪儿抓起呢？我认为，就是要从一个个孩子、一个个现象、一种种行为抓起，用一个个带有方向性、代表性并有说服力的孩子和集体的典型，来指导我们的工作。基于这种思想，我们配合赵家营小学的辅导员，跟踪观察了一个残疾孩子的成长过程。

在这篇论文的"'帮赵丰收小组'长盛不衰的奥秘"一节里，韩风震总结发现了五个奥秘，其中三个是：

奥秘之一：教育者从来没有把残疾孩子当成"包袱"，而是当成了"财富"，把传统帮残活动的单向效益，变成了多方受益的辐射效益。事事都有双重性。班里来了一名没有双臂的孩子，固然给师生带来了麻烦，然而，这个孩子的残疾状况同时给培养学生高尚品质创造了一个良好的机会。苏霍姆林斯基说过："情感是高尚行为的土壤。"譬如，残疾孩子汗流浃背弓着腰，用脚在那里写字，汗水流进眼里，他忍不住用那粗笨的膝盖擦眼，旁边一个孩子看到了，立刻产生了同情感。这同情感又激发出了高尚行为，他毫不犹豫地从口袋里拿出手帕，帮残疾孩子擦去眼里的汗水。就在这一过程中，培养了他们乐于助人的好品德。因此，残疾孩子的存在是一种特殊的教育力量。残疾孩子的形象好像在大声呼喊周围的人："你看他多艰难啊，快去帮助他！"这种形象教育是一种没有语言胜似语言的教育，它培养了这个集体的高尚品德。

奥秘之二：他们获得了最宝贵的东西——自尊心，他们抛弃了最危险的东西——自卑感。残疾孩子最容易产生自卑感。赵家营小学是一所普通的农村小学，老师也是普通教师，残疾孩子又容易遭人讥笑，这些都是容易产生自卑感的土壤。但是，"帮赵丰收小组"取得了一系列进步，被评为全国优秀少先队集体。这些荣誉和进步，成了他们前进的加油站，使他们团结自尊，人人以集体为自豪。

奥秘之三：正确处理了一个和千千万万个的关系。殷都市少年儿童有七十万，面对那么多孩子，团市委少年部从哪里抓起呢？有人说，在一个孩子身上下这么大功夫不值得。我们认为，在一个孩子身上下功夫，就是在全市孩子身上下功夫。要舍得在典型身上下功夫，通过解剖一个典型，找出千千万万个孩子成长的规律性，就等于找到了打开千万个孩子心灵的金钥匙。因此，我们紧抓"帮赵丰收小组"不放，这也是促使这个小组健康发展的重要原因。

使韩风震这篇论文引起人们关注的，还有另外两个重要论点：

第一，要把每个孩子培养成情感灵敏的人，警惕孩子们患上"心灵麻痹症"。在赵丰收所在的集体里，气氛是和谐的。可是，在许多残疾孩子所在的集体里，气氛并不那么和谐，甚至许多全是健康孩子所在的集体里，气氛也不那么和谐。这是什么原因？气氛不和谐的集体里，有一种精神上的"病毒"，毒害着每个孩子的感官，侵害着他们的感情，让七情六欲变态，使他们患上了"心灵麻痹症"，从而见好不颂，见坏不愤，见别人有难不帮。我们应像赵敏老师那样，把孩子们培养成为七情六欲健全的人，周围发生的一切都能在他们的情感上反映出来。这是极为细致的工作，也是培养高尚道德品质的重要举措。

第二，教育必须面向全体少年儿童，其标准是看每个孩子是否都生活在快乐和幸福之中。可是，为什么面向全体少年儿童的教育思想长期得不到落实呢？就是因为存在一个被遗忘的天地，这里大都是残疾、有智力障碍、成绩差、调皮捣蛋的"逃学精""打架王"一类的孩子。他们吃尽了白眼之苦，受尽了歧视之难，眼泪往肚里流，时常觉得矮人一头，站不到人跟前。面向全体少年儿童，主要是做好这部分孩子的工作。对这部分孩子一要关心、尊重，二要教会他们自尊，三要学会用多把尺子去衡量这些孩子。由于这些孩子患有"情感饥饿症"，要舍得给予情感输入，从而激励他们抬起头走路。

读过这篇论文的人，心里都有一种沉甸甸的感觉。但他们很难想象得出，写这篇论文的人身患绝症，是在蘸着自己的鲜血向整个社会呐喊。韩风震就这样开始了学者的生涯，他无意于鸿篇巨制，也不屑于玩弄文字技巧，一心为了全体孩子的快乐与幸福。

写这篇论文的代价，是他又一次病倒，几天几夜躺在床上，毫无抵抗力地忍受着痛苦的折磨。

<h1 style="text-align:center">三</h1>

于勇和陆红薇的婚礼举办得十分别致。

他们没有在大饭店请客，也没在家里摆什么宴席，而是约了一群年轻的辅导员，骑自行车去珍珠泉郊游。这样做的原因，一是掏不出钱摆谱儿，二是想以特殊的方式，体现他们结合的特殊意义。

证婚人韩风震和团市委书记杨庆春，自然在被邀请之列。考虑到韩风震的身体状况，年轻人先来到了他的家里，请证婚人向新郎新娘发表祝词。狭小破旧的家，快要被青春之气胀破了似的，一时热闹非凡。

穿着白色西服裙的陆红薇和身着米色猎装的于勇，一左一右地搀扶着虚弱的韩风震。韩风震却冲着杨庆春点点头，示意让他先讲。

杨庆春微笑着说："证婚人让我在这里宣布一个最新消息：经韩风震同志提议和团市委党组研究决定，免去韩风震同志团市委少年部部长的职务，改任殷都市少先队总辅导员；任命于勇同志为团市委少年部副部长，主持全面工作。"

于勇顿时愣住了，侧身望着韩风震，"这这"地不知说什么好。

韩风震不慌不忙地说："今天是双喜临门，一喜是于勇和陆红薇一对有情人终成眷属，二喜是团市委少年部有了新部长，年轻的部长，有贤内助的部长。你们将去珍珠泉郊游，感谢大自然赐予你们爱情，这很有意义。但你们更应该感谢少先队，是少先队使你们心心相印，是红领巾带你们走向大自然的。为此，我要送你们一件礼物。"

他慢慢地走到大衣柜前，从里面抱出一个长长的绿绒布盒，轻轻地打开，取出一把虽有些锈却已擦得锃亮的队号，说："这是我第一次荣获'全国优秀少先队辅导员'光荣称号时，由团中央书记亲手送的纪念品。以前，我每次组织夏令营，都会带着这把号。现在，我把它送给你们，希望你们吹着这把号，写下星星火炬事业更辉煌的一页！"

陆红薇认出了这把号。四年前的小南海夏令营，韩风震不就是用它吹的集合号吗？她深知这把号在这位年近半百的老辅导员心中的分量，郑重地接了过来。

年轻人欢唱着向珍珠泉进发了。

刚才还显得极其狭窄的家，此刻又变得空空荡荡，冷清得让人一时受不了。乏累了的韩风震倒在床上，想着心事。

早晨，去公园散步的时候，他碰上了冯大爷。没想到，这位热心的老人还是驯鸟专家呢。除了用黑布罩住两只百灵的鸟笼，一前一后地提着散步，肩上还落着一只比麻雀都小的黄雀，啥绳也没拴，竟毫无飞走的意思。等他把鸟笼分别在松枝上挂定，并揭开上面的黑布，让百灵一展美丽的歌喉时，这才开始驯黄雀。

他把黄雀带到离百灵约五十步远的空地上，从兜里掏出一个黄豆大小的黑球，先在黄雀眼前晃了几晃，大概是叫它认清楚。那黄雀毛色并不太黄，甚至有些发黑，跳来跳去倒蛮从容自在的。这时，冯大爷随意往高空中一抛那小小的黑球，黄雀即刻展翅猛追了上去，像玩杂技似的，偏偏在黑球落下时，一个鹞子翻身把黑球衔在嘴里，骄傲地飞回主人的手里。冯大爷满意地点点头，摸出几颗松子赏它。一连几次，尽管冯大爷用各种姿势抛出，那黄雀总有办法在空中衔住，从而饱餐了一顿上好的松子。

韩风震在一旁看呆了。其实，他明白这驯鸟的奥妙何在，却惊奇于冯大爷那份专心致志，那种乐在其中，那种醉情于悠闲生活的态度。他似乎忽然发现，生活中除了少先队，除了爱情，还有许多迷人的事情，自己生活的内容太简单了一些。这难道不令人遗憾吗？

"韩老师，您早哇！"收了黄雀的冯大爷发现了韩风震，热情地与他打着招呼，询问他的病情。

韩风震赞叹道："冯大爷，您驯鸟这活儿玩得真绝！"

冯大爷淡淡地一笑，说："有钱啦，也不用去值夜班，还不想法子找点儿乐子？"

他说着，表情严肃起来，开导说："韩老师，我敬佩您的事业心，也敬佩您的水平。可不赞成您那么玩命。您的病怎么得的？累的！这少先队不是活儿，趁早撂开手吧。反正，国家也会养着您的，您就跟我驯鸟玩吧，修身养性，泰然一生啊。"

"我来驯鸟？"韩风震一愣，想象着自己与遛鸟的老人们提着鸟笼一晃一甩的样儿，他颇感滑稽地笑了起来：

"我知道死神说不定哪天就来请我了，我现在活着一天就是争取了两个半天。可是，少先队就是我的命啊，如果真把少先队撂开了手，我很快就完了，这我心里有数。"

冯大爷长叹一声，说："痴情伤心神啊！既然这样，我还可以教您太极拳。每天早上练一小时，能强身健体。不过，不练则已，练就练成，这要很强的毅力，您行吗？"

"我会行的，冯大爷，拜您为师啦！"韩风震双手抱拳，欣然答应下来。他已经意识到，自己的病情如一匹暴烈的马，稍握不住缰绳，便会驰向死亡之地，而他的手劲越来越小，不苦练一番，怎么会有新生呢?

此刻,他的眼前仿佛出现一幅画面:一个毫无退路的瘦弱男子,手持一把利剑,朝一个金刚模样的妖魔走去,并且大声叫阵。那妖魔竟不搭理,只磨一磨锯齿一般的牙齿。于是,一场决斗开始了……

四

早晨,刚刚六点钟,韩风震便来到了公园的松林边。他换了一条灯笼裤,穿上妻子纳的千层底布鞋,俨然一个武林中人。

冯大爷比他先一步到。百灵鸟已在婉转灵巧地唱着歌儿。可是,韩风震没发现那只训练有素的黄雀,他奇怪地问:"冯大爷,黄雀呢?"

"没工夫玩它了,送给了朋友。"老人淡淡地一说,便招呼弟子,"来吧,这一小时训练没有聊天的份儿。"

韩风震心中一热,眼睛又湿润了。多么重情义的老人啊,为了教自己太极拳,竟把心爱的鸟儿送了人。但他知道老人不喜客套,顺从地在师傅面前站定了,就像一个初入佛门的虔诚弟子。

时间一天天过去了。

在这些天里,韩家终于迎来一件开心的事,那就是乔迁之喜。在陈市长的亲自过问下,市政府将老干部楼中一套四室一厅的住房分配给了韩风震。在他的记忆中,这一天妻子儿女对他的赞扬,是几年来的总和。的确,自从他搞少先队工作以来,全家跟着他吃了数不清的苦,沾光却是头一遭儿。

于勇带着一群年轻的辅导员来帮忙。韩风震灵机一动,提议说:"咱们成立个辅导员研究会怎么样?地点就设在我家里。大家有什么新观点，可以随时来这里碰撞碰撞，集思广益嘛。"

辅导员们纷纷表示赞成。

于勇说："您是辅导员的辅导员，这也是个传帮带的好方法。但是，这样会不会影响您养病呢？"

"这怎么可能呢？你们到我这里来，比医生来还管用哪。"韩风震像个孩子一样，天真地说着，"我每天都想见到你们呀！"

自从坚持每天练太极拳以来，韩风震的病情开始趋于稳定，这使他感到异常喜悦。他沉浸在一个接一个的少先队课题研究中。

他研究起系统化教育问题。早在20世纪60年代初期，他已经意识到各种腐朽的东西会时刻不断地侵蚀孩子们健康的肌体，思想品德教育应时刻不断地进行。他认为，孩子们需要的精神营养和物质营养一样，应该是丰富多样的。缺乏某种营养物质，孩子就会生病；缺乏某种精神的"维生素"，孩子也是要生"病"的。因此，他于1963年起草了《思想品德教育系统化提纲》，提出了小学阶段六年十二个学期里，思想品德教育的内容、形式、方法、要求，以及检查评价的具体方法。他曾以少先队辅导员的身份，在共青团全国第九次代表大会上交流这方面的经验，从而打破了"思想品德教育是橡皮筋"的习惯看法，使思想品德教育也像其他学科的教学大纲一样，有章可循，有了一些定量定性的东西。

如今，二十年过去了。他觉得应吸收各种新知识，根据新时期的特点，修改完善《思想品德教育系统化提纲》。经过这些天的奋斗，他搞出了《少先队教育活动纲要》。

在他家举行的第一次辅导员研究会上，陆红薇感慨地说："少先队的生命在于活动。我真惊奇，队员的精力是那么旺盛，越动得厉害越

喜欢。这当然与他们的生理特点有关，可怎么把握这个度呢？或者说，掌握一个什么标准呢？这是我时常困惑的问题。"

"这有什么标准可言呢？只要孩子们玩得开心就行！"幸福街小学的辅导员梁光嚷道。这是一个多血质的小伙子，说话做事都有股子冲劲。

可是，陆红薇不满意他的回答，说："凡事都有理，凡事都有度，怎么会没有标准呢？韩校长，您说呢？"

韩风震很喜欢听年轻人争论问题，他们语锋犀利，往往能把问题点得很透彻。他说："队活动的标准当然是有的，那就是让孩子们的五个器官都打开，可以接收信号，让他们看得见，摸得着，动动手，动动脚，五个器官都感触，活动起来都快乐。"

"太精彩了！说慢一点儿，让我们记下来。"陆红薇兴奋地说着。其他辅导员也都拿起了笔。韩风震把这段口诀式的归纳又重复了一遍，屋里一片写字声。

李玉森记完最后一个字，问道："可是，我们搞的队活动，并不是都能让队员们直接感触的，这怎么办呢？"

韩风震胸有成竹地说："这有什么难的？不能直接感触的，可以尽量变得形象起来呀！譬如假想旅行、到祖国各地参观等等。具体要求是：再小的东西能看见，距离再远能参观，无形的东西能抓住，抽象的东西能摆到眼前，不会说话的叫它会讲演，死的东西让它跑得欢，这样组织队活动，少先队员肯定喜欢！"

辅导员们真服了，没料到，少先队工作可以总结出这么多规律，既深刻又实际。

梁光摸摸后脑勺，感叹地说："韩老师，看来我得好好跟您学几年，也当个学者型的辅导员。"

　　另一个辅导员问："要学的东西太多啦，您看我们学习的重点应放在哪里呢？"

　　韩风震语重心长地说："年轻人哪，要多读点儿'垫底'之书，即读点儿基础理论，主要是把握认识论。实践的效果不好，一般是认识过程不完整的缘故。哲学是使人聪明的学问啊！"

第十三章　可爱的缺点

一

刘澄宇怎么也没有料到，自己在快要小学毕业的时候，差点儿挨处分！

那是在一节数学课上，因为他不喜欢程眉眉老师的课，就偷偷玩起了藏在抽屉里的刺猬。这可是一只真正的刺猬呀，它胖墩墩的身子，四肢虽然短小，爪子却弯而锐利。它一发觉有人动它，背上密密的硬刺立刻就竖了起来。刘澄宇很有经验，他从刺猬尾部朝前一按，那刺便倒下了，摸起来光溜溜的，怪舒服的。

同桌的乔佳佳已经知道这个秘密，虽然她是个胆子极小的女孩子，见刘澄宇玩得有滋有味，也想试一试。万万没想到，那刺猬被刘澄宇玩得转过了身子，尖嘴巴冲着抽屉口，乔佳佳手指一伸，居然被刺猬一口咬住了，她顿时吓得大叫起来："哎哟，咬死我啦！"

她一边哭喊，一边跳起来。全班同学都被她吓了一大跳，一齐惊恐不安地望着她。程老师一愣，急匆匆走过来，这才发现那胖墩墩的刺猬还挂在乔佳佳的右手食指上呢。

"怎么回事？哪来的刺猬？"程老师愤怒地盯着刘澄宇，问道。

此刻，刘澄宇也慌了神，结结巴巴回答："是……是我弄来的，有用处。"

这时，乔佳佳脸色煞白，发了疯一般尖叫，就连别的班的老师都被引来了。毛校长和马主任闻讯也赶来了。毛校长见状，当机立断，命令道："快拿钳子来！"

平日动作迟缓的程老师，一下子变成了运动员似的，飞快地找来了钳子。陆红薇和朱老师也相继赶来了。毛校长接过钳子，用右手握紧，在刺猬嘴边比画着，想寻找下手的部位。

刘澄宇忽然把钳子推开，说："夹不得！您一使劲儿，刺猬疼极了，会咬断乔佳佳手指的。"

毛校长赶紧扔了钳子，急切地问："那有什么办法？"

刘澄宇脱口而出："黄鼠狼放屁最管用！"

程老师气恼万分地瞪他一眼，那意思是斥责他：都什么时候了，还开玩笑？就算黄鼠狼放屁真管用，这会儿到哪里弄去？

刘澄宇此时顾不上琢磨其他，四处张望了一下，说："有一根针大概也行啊。"

在乔佳佳嗷嗷的喊叫声中，陆红薇从墙上的壁报栏里拔下一根大头针，递给刘澄宇。

却说那只小刺猬，见围的人越来越多，且有动手动脚的意思，吓得越发用力咬住小姑娘的手指，疼得乔佳佳蹦了起来。

刘澄宇朝乔佳佳晃晃大头针，让她把吊在手指上的刺猬放到课桌上。然后，他捏紧大头针，对着刺猬的屁股，狠狠地扎过去。就像人挨了针扎免不了喊叫一样，那刺猬遭了这一击，也"吱吱"乱叫。这

一叫，嘴巴一咧，终于丢开了小姑娘的手指。

朱老师赶紧抱住险些昏倒的乔佳佳，并拿起她被咬伤的手指察看，发现她的右手食指上，留下了两个又深又红的牙印子。

毛校长说："快送医院检查一下，别误了事！"

于是，老师们赶紧把乔佳佳背下楼，让陆红薇和教体育的齐老师用自行车送她去殷都医院。

六（1）班里渐渐恢复了平静。刘澄宇也定下了神，可他忽然发现刺猬不见了。也许，它趁着混乱逃走了，但肯定还没逃出这座教学楼。刘澄宇估摸着，站起身来，想马上去寻找。但是，程眉眉老师用威严的目光阻止了他，并直截了当地说："刘澄宇啊刘澄宇，你是唯恐天下不乱呀，哪次闹事你都是'尖儿'。看来，你不背个处分毕业，心里怪难受啊，那我就成全你吧！"

全班顿时寂静下来。对每个即将升入中学的小学毕业生来说，还有比这个威胁更可怕的吗？处分像个永远洗不掉的耻辱标记，不仅记在学生登记表里，而且印在人的脸上，让人议论、蔑视、唾弃。队员们也暗暗为刘澄宇鸣不平：就算刘澄宇犯了大错误，他也为学校争过许多荣誉啊。在全市的鼓号队比赛中，殷都小学获得冠军，刘澄宇出了多少力呀！

刘澄宇一句话也没说，只有滚烫的泪水汩汩地涌了出来。

程眉眉老师绝非一时吓唬刘澄宇。下课后，她便去找毛校长和马主任了。

她说："离毕业还有好几个月呢，如果不惩治一下总闹事的刘澄宇，毕业班能有稳定的秩序吗？秩序一乱，怎么会考出好成绩呢？所以，一定要处分刘澄宇！"

马主任近来也一直为毕业班担忧，一听程老师的分析，立即就同意了，说道："该处分就处分，从严治校嘛！"

毛校长也不喜欢刘澄宇，但对于处分这个学生，他尚有些犹豫，说："严肃批评可以，真让孩子背个处分走，这会影响他一生的。慎重考虑一下吧，由校务委员会最后决定。"

约莫一小时后，齐老师和陆红薇把乔佳佳带回来了。医生说没啥大问题，只给了些碘酒和紫药水，让坚持消毒就行了。不过，由于惊吓，乔佳佳还不时地颤抖。

第二天下午，校务委员会照常开会了。朱老师以委员身份出席。因为涉及对刘澄宇的处理，邀请了程眉眉老师到会。

会上，马主任提出了处分刘澄宇的意见，并请程眉眉老师介绍了情况。可是，朱玉兰老师坚决反对这个提议，她激动地说："刘澄宇是调皮一些，可他真有那么坏吗？随意冤枉孩子，挫伤他们的自尊心，是最愚蠢的教育！"

这话说得重了一些，马主任脸一沉，冷冷地反问："讲话要有依据。事实摆在那里，我们怎么冤枉刘澄宇了？"

朱玉兰毫不慌张，缓缓地说："昨天晚上，我和红薇去了刘澄宇家，弄明白了他为什么带刺猬到学校。原来，他听常识老师提过，要讲刺猬的习性。所以，他为了帮助教学，也让全班同学吃一惊，就一夜没睡觉，与邻居唐双平同学一起，跑到木料场捉刺猬。他把刺猬装进一个皮口袋，塞进了书包，想在常识课上交给老师当活标本，丝毫没料到会咬到乔佳佳的手。大家想想看，这孩子的动机不是很好吗？只是上课时乱动刺猬才惹出祸来，我们能不分青红皂白地处分他吗？"

陆红薇接着也发了言，她说："我赞成朱老师的意见，只能帮助教

育刘澄宇，不应该武断地处分他。从这件事还引出一个很重要的问题，那就是怎么正确看待孩子犯错误，希望能在老师中讨论。"

工会主席毕直、团支书邢彩珍等人，也纷纷表示赞成朱玉兰老师的意见。因此，刘澄宇幸运地避免了遭处分的惩罚。

<h1 style="text-align:center">二</h1>

临下班的时候，陆红薇忽然收到秦万隆的一封信。原来，他已经结婚了。十分凑巧的是，他们的喜糖寄到之时，正是他的婚礼之日。但他在信中很悲观，并预言这场婚姻不会幸福。

陆红薇叹了口气，回家了。

其实，她的家就在殷都小学内。算是特别照顾了，学校将一间放杂物的小平房借给她和于勇安了新家。与社会上盛行的家庭现代化极不协调，这个家十分简单。最贵重的是四百元钱买的黑白电视机，给这对关心国内外大事的年轻人带来些许方便。其余就是大衣柜、旧沙发和破床了。那床全靠凳子支着，不然会倒塌。尽管如此，每当回到这个家，陆红薇总会感到说不尽的甜蜜。这是他们爱的港湾啊，两艘船儿每天在这里并桅停泊，又从这里扬帆起航，迎接新的希望。

晚上，看完新闻联播不久，韩风震来了。小两口急忙起身迎接。不知有什么重大事情，让这位刚动过大手术的长辈亲自登门。

韩风震在旧沙发上坐定，先欣赏了这个穷家，闲聊了一阵子，才转入正题，问："红薇，真给刘澄宇处分了吗？"

陆红薇一愣，反问道："您在家里休息，消息也这么灵通？"

"我听邻居的小孩子在议论呢。"韩风震笑眯眯地说，"我的小耳目很多，从他们那里可以知道不少新鲜事哪。"

陆红薇为韩风震冲了一杯奶粉后，开始讲起事情的经过。于勇也颇感兴趣，与韩风震一起专心听着。

听罢，韩风震沉默良久，对于勇说："这件事太典型了！你看，刘澄宇身上的缺点多可爱！实际中，孩子们身上的缺点大都带有可爱的地方，由于教育者抹杀了孩子们缺点的可爱之处，不知冤枉了多少孩子，不知埋没了多少有才能的孩子，不知有多少孩子和父母为此流下泪水。为了解决这个重大的教育问题，彻底解放那些被冤枉的孩子，我建议立即在全市辅导员中间，开展'寻找孩子们身上可爱的缺点'活动，这一定很有意义！"

于勇兴奋起来，说："明天正好召开辅导员会，可以马上布置。不过，用什么形式呢？"

"一事一议小征文嘛。"韩风震很在行地答道。

"寻找孩子们身上可爱的缺点"征文活动，引起了全市辅导员们极大的兴趣。他们喜欢这个题目，又有深切的感受，所以，很快写下了一篇篇分析性短文。人们似乎头一回发现，每个调皮大王的背后，原来都有一段被冤枉的历史哪！

阅读这些饶有趣味的征文，成了韩风震最快乐的事情，他甚至主动承担了评选和点评的任务。

一名中年辅导员寄来一篇文章，题目是《一支冰糕》。他写道：

在我十四年的教学生涯中，遇到过很多各式各样的事情，都随着时间的消逝而淡忘了。唯有这件事至今记忆犹新，难以忘怀。

那是 1980 年 6 月的一天上午，天气又闷又热。为了迎接毕业

考试，我正在给学生补课，热得满头是汗。这时，有个名叫王刚的学生，举手报告说要上厕所。我让他去了，又继续讲课。时间过去了十几分钟，王刚还没回来。这是怎么回事？上厕所也用不了这么长时间呀，出什么事了吗？我急忙对前排的陈振宁说："你快去厕所看看王刚怎么啦。"

陈振宁飞快地去了，又飞快地回来，气喘吁吁地说："老师，厕所里没有王刚。"我一听就火了，对同学们说："大家都看见了吧？我累得满头是汗，嗓子都讲哑了，可王刚却借着上厕所跑了。哼，他考不上中学，我可不负责任！"恰在这时，门外传来咚咚咚的脚步声，又响起王刚的报告声。我冷冰冰地让他进来，命令他站在讲台前，教训起他来："你不想学习就回家，干吗欺骗老师？好几个老师都反映你毛病多，我还不信，这回我信了。你是跑回家吹电风扇去了吧？"我越说越气，只见王刚低着头一声不吭。我想若是平时他早不服了，这回是理屈词穷了吗？忽然，我发现他背后的手里还拿着一支冰糕，顿时更来气了，吼道："就你怕热？我们谁不热？把冰糕扔掉！"这时，王刚眼里的泪扑簌簌地往下掉，他低声说："老师您别生气，我看您讲课嗓子都哑了，太辛苦了，我就骗您说去厕所，跑到大街上给您买了这支冰糕。"他的回答太出乎我的意料了。在我脑子里，"调皮鬼"怎么会做这种事呢？我面对这个被当众冤枉的学生，深感羞愧难当，终于鼓起勇气向他道了歉……

读到这里，韩风震提笔评道："多么可爱的孩子啊！再调皮的孩子也仍愿意学好，愿意受到大家的肯定、师长的赞扬。为了达到这个目标，孩子挖空心思，寻找一切机会，来满足自己的愿望。因此，教育者切不可凭想当然办事。孩子们中间发生的一切事，都要用孩子们的眼光去思想一番，去了解一番，千万不能武断，对调皮孩子更应如此。"

一位老辅导员写的文章，更让韩风震触目难忘。这篇题为《他为什么锯床》的文章，叙述了这样一件事：

有一年冬天，我们家里发生了一件使人震惊的事：上初中二年级的儿子小军，竟把我们家的一张用钢管做的大床给锯了。他爸爸特别生气，狠狠地揍了他一顿。

那天，我和孩子爸爸外出去看望一位亲戚了。我们回家以后一看，简直惊呆了：小军把我们天天睡觉用的床，锯成了两半儿！一看这阵势，我和他爸爸都火冒三丈。我大声吼道："小军，你真是个败家子，成事不足，败事有余。你知道这床费了你爸爸多少心血做成的吗？你有本事做张这样的床吗？"这时，他爸爸气得脸红脖子粗，真是七窍冒烟，冲上去就是一通拳打脚踢，打得孩子连招架的力气都没了。我劝住了他爸爸，但仍没好气地告诉儿子："跪在洗衣板上。不承认锯床是错的，你就跪一夜吧！"小军有一个特点，如果他认为自己做得对，任凭你再打再骂，也不认错……

韩风震心头一热，仿佛见到了小军倔强的面容，他多想与其交谈交谈啊！他忍不住用笔写下自己的评论："每个孩子都应该有这样的性格。当没有认识到自己的行为是错误的时候，就不应认错检讨，不管有多大压力。这比那种'是是是''好好好''改改改'……屈服于压

力的迎合的性格好得多。当然，知错也应该毫不犹豫地去认错和改错。每个教育者都要注意培养孩子们坚持正义坚持真理的棱角。"

放下笔，他继续读下去：

> ……小军一听我仍然让他承认错误，蛮有理由地反驳说："我以前也给你们讲过锯床的事，可你们没搭理。咱家这张大床太宽了，放在那里比门还宽三寸，看着太别扭了。把它锯掉一截，再让爸爸焊住，摆在房间里，整整齐齐多好看！"听了这话，我们不仅没有谅解他，反而认为他强词夺理，故意与我们顶嘴。于是，我很生气地说："你还不承认锯床错了？那好吧，你就一直在洗衣板上跪到天明吧！"

读到这一段，韩风震又评论起来："孩子们提得对，大人就应该认真改正，绝不能对孩子们的意见不理不睬。要尊重孩子们的人格。你不尊重他的人格，他就来个针锋相对——锯床。这是自然的，是对父母的惩罚，也是孩子教育父母的手段。本来，孩子的回答已经很清楚了，父母仍然没有醒悟过来，不理解孩子，这样他能服气你吗？距离越来越远，教育越来越难。"

《他为什么锯床》一文最后写道：

> 小军毕竟是我们的儿子呀，没到十二点，就让他睡觉了。我对他说："你躺在床上好好想想吧，这样做到底对不对？"后来，他爸爸把那张床焊好了。可直到今天，儿子也未承认锯床是错误的。

现在，回忆起这件事，我感到那时我们太不理解自己儿子的想法和做法了。他为了房间整齐有什么不好？孩子的意见是正确的，我们为什么不理呢？我们只是一味地打呀骂呀，认为他大逆不道，这多伤孩子的自尊心啊。现在啥时候想起这件事，总感到心中有愧，对不起儿子。如今，他已是广州外语学院四年级的学生了。等他放暑假回来，我们要向儿子道歉，把道理讲清楚……

韩风震放下文章，走到阳台上。此时已经夜深，缀满天空的繁星显得高远而又清冷，只有凉风阵阵，让人格外清醒，也诱人遐想。可是，韩风震却感到心情沉重：孩子们只有听，不能辩，只有从，不能顶，否则就是"大逆不道"，几千年来不知冤枉了多少人，不知给世世代代多少人带来辛酸和眼泪。眼下，已经进入20世纪80年代了，这种观念还那么顽固，如再不奋力冲破，不是又要产生新的悲剧吗？

三

"寻找孩子们身上可爱的缺点"征文活动，不仅引起少先队辅导员们的兴趣，也引起了广大教师的注意和讨论。

"孩子身上的缺点有什么可爱的？接触一下那些捣蛋鬼就明白了，他们的缺点不是可爱，而是可恨至极！"

"少先队太宠着孩子了，这样下去不会有好果子吃的！"

"团市委的人懂啥教育？就会玩这种花花名堂！我看他们下一步怎么办！"

"说可爱的缺点，自然会认为孩子虽然犯错误，但动机是好的。可

是，孩子犯错误，动机都是好的吗？就没有讨厌的缺点吗？"

……

韩风震通过与辅导员们的接触，及时收集到了各种各样的议论，冷静地进行分析。经过一段时间的准备，他决定认认真真写一篇论文，好好评论一下"寻找孩子们身上可爱的缺点"征文活动，题目亮出一面鲜明的旗帜，就叫作——《彻底解放那些被冤枉的孩子》！

他写道："我们在少先队工作中，发现少年儿童思想教育领域里一个不显眼的重大问题：每个班里都有一些'难教育的孩子'。其实，他们并不笨，智商也不低，当初他们开始背着书包高高兴兴地走进学校的时候，也是要求上进不甘落后的。可是，后来为什么落后了呢？原因当然很多，但是大量实践表明，其中一个重要原因，就是教育者抹杀了孩子们身上缺点的可爱性……"

为了以理服人，他在论文的第一节"'可爱的缺点'的形成及其纠正办法"中，举例分析说："一个学前班的孩子家住三楼，家里水管坏了，她看到爸爸妈妈常到一楼提水，并且很注意节约用水。有一天，她在学习刷锅洗碗后，坐在小板凳上，开始在锅里洗起脚来。爸爸妈妈一见，全都惊叫起来：'你怎么能在锅里洗脚呢？'那小女孩却回答：'我洗完了碗，见锅里的水还很清，倒掉多可惜呀，就洗了脚嘛。'……此类事例不胜枚举。孩子们总是怀着善良的美好的动机去做事，渴望得到周围人的赞扬，寻求心理满足。但是，他们的生理心理发育还不成熟，各种素质还发育得不健全，考虑事情欠周到，常常把好事做成了坏事，这是很自然的。因此，我们把孩子们做的那些动机好效果坏的蠢事，称作'可爱的缺点'。

"当然，孩子们也会做些动机坏效果也坏的事，那些则被我们称作

'讨厌的缺点'。我们的教育者和长辈常常分不清那些大量的'可爱的缺点'和极少量'讨厌的缺点'之间的界限，在批评孩子们身上的'可爱的缺点'时，没有把'可爱'部分和'缺点'部分区分开来，批评'缺点'部分，保护'可爱'部分，而是不分青红皂白一味批评，把孩子们身上'可爱'的部分抹杀了，挫伤了他们的自尊心，使他们产生了自卑感，逐渐向后进方面滑去了，从而使不少孩子变成了'难教育的孩子'。"

长期的教育实践，加上大量的征文作品，使得韩风震举起各种既生动又能说明问题的例子，可以说是信手拈来。他分析出一个规律：孩子们的"可爱的缺点"，常常是由于年龄所限，缺少生活阅历、社会经验、生活常识、多种多样的知识技能等，才形成的。因此，他提出一个主张："'可爱的缺点'中缺了什么，就补上什么，这就是教育者的天职和任务。否则，教育者就不成其为教育者了。"

在辅导员研究会讨论的时候，大家自然把话题集中在"可爱的缺点"上。

陆红薇讲起一件事："几年前，我们学校的唐双平同学刚上一年级，他课下总爱跟着我，像条'尾巴'一样。我走到哪里，他跟到哪里。我进办公室，他在门口等着。就连我上厕所，他也在厕所门口等着，就好像生怕我丢了似的。老师们开玩笑说：'大队辅导员有卫兵了。'其实，我心里很烦，以为这个小男孩有什么毛病呢。仔细一了解，原来，唐双平的妈妈离婚走了，剩下一个脾气暴躁的爸爸，这使他格外渴望母爱。从此，我注意特别关照他一些，帮他缝补衣服，送他生日礼物。过了一段时间，他不怎么跟着我了。现在，好家伙，那股子调皮劲儿，快超过刘澄宇了！他这也叫'可爱的缺点'吗？"

韩风震瞪大了眼睛，热情地肯定道："当然是'可爱的缺点'喽！

你做得很对，给他补上了母爱这一课，使他渡过了危机。"

病愈后的罗玉芳，仍然做大队辅导员工作，有时也来参加研究会的活动。她说:"寻找孩子们身上'可爱的缺点'，的确很有意义。但是，缺点再可爱，毕竟是缺点呀! 我们不能仅仅停留在分析阶段，还要引导孩子改正缺点。"

梁光摇摇头，说:"'可爱的缺点'是指已经发生的事，怎么改正? "

"事情总在不断发展嘛。"罗玉芳开导着梁光，对年轻辅导员她总是不厌其烦地帮助，"我们总要适当地引导孩子，把坏事变成好事嘛! "

"罗老师的观点很对! "韩风震插话进来说，"我们寻找孩子们'可爱的缺点'，当然不是为了让这些缺点越多越好，而是越少越好。因此，我们要学会两项本领:一是把'可爱的缺点'转化为'可爱的优点'；二是把坏事变成好事，并且让孩子们掌握技能。"

李玉森忧虑地说:"困难的不是技巧问题，而是感情和观念问题。我们学校有个男孩子，上课特别爱提问题，烦得有位老师竟不许他讲一句话，憋得那个男孩子直抖呢。还有的孩子写错一个字，老师一怒，罚他写一千遍! 恨得那孩子天天跑去扎老师的自行车胎。这还怎么谈'可爱'呢? "

他的提问，引起了韩风震的沉思。等辅导员们离去后，他用湿毛巾擦了一把脸，又坐在写字台前写起来。

他写道:"一个个令人心酸的教育故事，不能不使我们心情沉重地做深层思考，思考思想教育领域里的一系列重大问题。"

韩风震从四个方面，剖析了冤枉孩子的悲剧成因。

第一，旧的人才标准束缚着孩子们的解放。什么样的孩子是好孩子? 几千年来的传统观念与现代观念的碰撞，决定着人们对人才标准持不同看法。有的人把文雅、守纪、听话与否作为衡量孩子好坏的唯一标准，有的把学习成绩好坏作为唯一标准，有的把缺点错误多少作为唯一标准，有的把教育者自己的好恶作为唯一标准，等等。按这些标准行事，那些聪明的爱动手动脑的孩子，就难免受到冤枉，被打入"冷宫"。因此，这些孩子思维受到压抑，患上了"思维饥饿症"。他们到处都想试一试，动脑动手的机会多，犯错误的机会也比别的孩子多，这自然成了被冤枉的重要条件。他们思维活跃，常常打破教育者的思路，违背教育者的意愿，给教育者带来麻烦，最容易让教育者大伤脑筋，视其为捣蛋鬼。所以，必须适应现代社会的要求，树立一个新的人才标准。

第二，教育领域里形而上学猖獗，给孩子们颈上套上了沉重的枷锁。有些教育者习惯于片面地看问题，把一切事情绝对化、消极化、固定化，缺乏原则下的灵活、一般情况下的特殊、常态下的变态，在一件事上就把一个人看死。

第三，缺乏应有的人道主义，这是孩子们受冤枉的根源。在少年儿童教育中，人道主义是什么？就是爱孩子，同情孩子，理解孩子，体察孩子的苦衷。如果一个孩子的爸爸妈妈正在闹离婚，对他或争或弃，他多痛苦啊！多么需要教育者的关心、理解和帮助啊！有强烈人道主义思想的教育者，是很少会冤枉孩子的。

第四，教育领域里缺乏民主气氛，这是解放孩子的障碍。几千年来的传统教育观念把教育者和受教育者分成严格的等级。老师说学生听，老师指挥学生动，不准辩驳，否则就是大逆不道。忘记了孩子们是有血有肉的人，忘记了孩子们是教育的客体也是教育的主体，忘记了客体与主体的统一。没有民主就不能正确地、全面地认识客观。试想，一个受到冤枉的孩子，教育者不给他说出事情真相的机会，那将是什么后果呢？只有使我们的教育对象和我们密切配合，教育才能取得较好的效果。没有教育的民主，就不可能把大多数被冤枉的孩子解放出来。

他在论文的最后写道："彻底砸碎形而上学的枷锁，扫除传统落后的思想障碍，寻找教育艺术的途径，才能彻底解放那些被冤枉的孩子。"

完成了这篇论文的写作，韩风震像终于吐出了憋在内心深处的一口气，心情一下子舒展了。他坐在阳台的藤椅上，遥望着远处的山峰，蓦然想起在旅顺口的海滩上，与曹秀珍大姐的谈话。那是一个多么重要的开始啊！如今，四年过去了，他才悟明白，要想结束孩子们被冤枉的历史，比登上月球还艰难哪！

不过，他偏偏要试一试。

第十四章　我之最

一

乔佳佳哭了。

星期一公布数学测验成绩的时候，乔佳佳本来并不担心。在六（1）班里，她虽然算不上拔尖的，倒也不是垫底的，总处在中游。可是，她万万没想到，这一次，她成了全班倒数第五名！这对她来说，简直是奇耻大辱，怎么对爸爸妈妈讲呢？所以，她哭得很伤心。

同桌的刘澄宇考了个倒数第三名，但他却毫不在乎，劝乔佳佳说："咱们反正及格了呗，及格就是合格，你哭什么呀？"

乔佳佳没有刘澄宇想得那么开，依然呜呜地哭，快哭成一个泪人了。班里还有几个同学也闷闷不乐，坐在自己的位子上发呆。刘澄宇受不了这种压抑的气氛，故意开玩笑说："哎呀，今天是'黑色的星期一'啊，咱们一起哭丧吧，来呀！"

老师不在。眼下由范红梅担任中队长，她为人比较温和，于是，刘澄宇在前，李正和王为民在后，装出号啕大哭的样子，在教室里转圈。每到一个流泪或闷闷不乐的同学面前，他们就自动站住，扭着身子干哭半天。终于，把大家全逗乐了。

等到陆红薇进来上音乐课时，教室里仍然一片喧闹。陆红薇见乔佳佳眼睛红红的，问刘澄宇怎么回事。刘澄宇便把前因后果绘声绘色地叙述了一遍。这时，同学们已经安静下来了。

下午，到团市委开会的时候，陆红薇与韩风震谈起了这件事："我最近常常在想，咱们既抓了少先队干部这支骨干队伍，也抓了调皮孩子和智力障碍残疾孩子的培养。可是，中间这一大片普通孩子怎么办呢？他们从不捣乱，也不争先，稀里糊涂随大流，一碰到挫折又惊恐不安，缺少主心骨。"

韩风震很专心地听着，问："你不是在研究'灰色儿童'吗？这些孩子很多就是'灰色儿童'，你有什么想法？"

"我没想成熟。"陆红薇坦率地说，"不过，总的想法是要打破平衡，让'灰色儿童'也能活跃起来。"

韩风震兴奋得眼里放出光芒，从提兜里取出一摞稿纸，递给陆红薇，说："咱们真是不谋而合啊！你看看我在写什么？"

陆红薇接过来一看，是一篇题为《让每个孩子都感觉到：我是个幸福的人》的论文，副标题——"面向全体学生"教育思想的实践。她快活地请求道："韩校长，让我先睹为快吧，它对我一定很有用！"

韩风震点点头，回答说："这只是草稿，你看了多提意见。这样吧，过几天，咱们好好谈一次，包括怎么干。"

当天晚上，于勇去找李玉森商量队活动的事情，陆红薇就埋头读起韩风震的论文。屋里没有写字台，她坐在旧沙发上，捧着论文，专心地读着：

学校教育的一条重要原则，就是面向全体学生。少先队组织的发展方针，是把全体少年儿童都组织起来。然而，活生生的事实告诉我们：由于单纯追求升学率的长期干扰，面向全体学生基本上成了一句空话。被学校和少先队抛弃和遗忘的孩子已经不是少数，不是"角落"，而是一个不小的天地。只有少数尖子学生被教育者十分关注。这个严重的状况，必须尽快改变。

根据面向全体学生的教育思想，在少先队这个阶段，不是重点培养少数人成才，而是培养全体学生成为诸方面和谐发展的有个性的新一代公民。我认为，把这一思想变为现实，最重要的就是让那些被抛弃被忘记的孩子们，都能真正地抬起头走路……

"对极了！"陆红薇读得来劲了，用手拍着沙发的扶手表示赞同。她一向爱读韩风震的文章，这不仅仅是因为熟悉和信任，还有觉得他的文章实实在在，又有棱有角，敢于触及教育界的弊端。

她继续读下去：

所有难教育的孩子，都是失去自尊心的孩子；所有好教育的孩子，都是具有强烈自尊心的孩子。教育者就是要千方百计地保护孩子最宝贵的东西——自尊心。这是切断后进生生源的重要手段。那么，怎样培养孩子们的自尊心呢？我想，在正确认识孩子们"可爱的缺点"，从而做到不冤枉孩子们的前提下，一个更不可忽视的途径，就是给每个孩子创造表现能力的机会，让他们都尝到成功的喜悦。

譬如，开展"我之最"的活动，让每个孩子都亮出各自的"绝招""绝才""绝技""绝长"，不仅会培养孩子们的自尊心，还会培养孩子们鲜明的个性。从另一方面讲，这也是与片面追求升学率的不良风气相抗衡的做法。因为一个有了较强自尊心的人，就不容易从"全体学生"队伍里掉进"后进学生"的泥潭了。

我们要求全体孩子，在思想认识上的水平可以有高有低，但必须是个有自尊心的人；在身体上可以有残有全，但必须是个灵敏的人；在知识学习上可以有所差别，但必须是个好学的人；在能力上不要求他们什么都学会，但要求他们应该是个学会主宰自己的人；在智慧上不要求他们有更多小发明小创造，但必须是个学会创造幸福（享受胜利的喜悦）的人。

读完这篇文章，陆红薇如同登上一座高高的山岗，俯瞰碧绿的原野，眼界大开，心旷神怡。本来，她就属于悟性较强的那类人，一经点化，马上明了其中的奥妙。她知道自己该做什么了。

等丈夫回来的时候，她已经酝酿出开展"我之最"活动的初步方案了。这天夜里，小两口讨论了许久许久。

二

星期二早晨一上班，陆红薇便找到了朱玉兰老师，详谈了读韩风震论文后的感受，建议以六（1）中队为试点，开展"我之最"活动。

她说："在毕业班搞试点，我也犹豫了半天。但又觉得，越是快毕业的学生，越应该有一种成功感和自豪感。不然，就这么灰溜溜地毕业，对他们有什么好处呢？"

朱玉兰老师拍拍她的肩膀，大度地说："红薇，不用做我的工作，你就放手去干吧，反正我这个中队的孩子，跟你特别亲。"

"会不会影响毕业考试呢？"那个时候，还没有取消小学升初中的毕业考试。所以，陆红薇有些担心地问。

朱玉兰老师笑着回答："这拨孩子逼也没用，让他们开心开心，发现了各自的优势，没准儿对考试还有利呢。我给你托着底就是了。"

陆红薇感激地望着这位教了一辈子小学的老太太。在殷都小学，朱玉兰老师的资格最老，却除了教学别无所求。她的心脏病很严重，好几位医生建议她去北京装心脏起搏器，她淡淡一笑，不置可否。实际上，作为一位清贫的小学教师，她怎么装得起那高级玩意儿呢？她只有靠随身带药物应急，靠一颗善良的心，维持着自己的生命。不久前，她的丈夫病故了，剩下她孤身一人，晚年格外孤单。

陆红薇说："您多保重身体。如果毛校长批准我的计划，就由我来主持试验好啦，您当我的高参。"

朱玉兰老师慈爱地点点头。

毛校长听了陆红薇的汇报，起初不同意在毕业班搞试点，说："你这不是添乱吗？哪个班主任会接受这种任务？考砸了，你纵然浑身是嘴也说不清啊！"

当他听说朱玉兰老师愿接受这个任务，便不再反对，只提醒说："红薇，你要干就抓紧，'六一'前结束怎么样？"

陆红薇一算，还有二十天时间，就爽快地答应下来。

下午，她急匆匆地来找韩风震，谈了自己的设想和准备。韩风震愣住了："闪电行动？你都想明白了？"

陆红薇把论文还给他，说："诅咒黑暗，不如点燃一根蜡烛。我觉得您提出的给每个孩子创造表现能力的机会，让他们尝到成功的喜悦，是让全体孩子都抬起头走路的关键！我完全相信这一点，但又想在试验中得到证明。在开始试验之前，我还是想听听您的意见。"

韩风震感叹道："到底是年轻人啊，我老了！"

"怎么会呢？我读您的论文时，能感觉出一颗年轻火热的心在跳动呢！"陆红薇真挚地说。

韩风震浅浅地一笑，挥动着大手比画着谈起来："从'可爱的缺点'到'我之最'，再到'向您致礼'，这是我的一套系列计划，总的目标是彻底解放被冤枉的孩子，让每个孩子都抬起头走路。"

"'向您致礼'，是怎么回事？"陆红薇敏感地问道。

韩风震神秘地说："暂时保密。咱们还是说说'我之最'活动吧。对孩子来说，这是关键性的一环。你知道，学生们中间有一句流传极广的顺口溜：'考考考，老师的法宝；分分分，学生的命根。'可是，在分数面前，很多学生都是失败者，这甚至成了他们一生中的阴影。其实，光靠分数怎么能认定一个人的成功与失败呢？你说过，在小学阶段最重要的是兴趣与习惯四个字，这我赞成。但是，必须看到，培养小学生浓厚广泛的兴趣和良好的行为习惯，这需要成就感来支持。"

"'我之最'活动就是为了让每个孩子体验成功，获得成就感，对吗？"陆红薇问。

韩风震点点头，答道："调皮儿童和'灰色儿童'，都需要成功的体验。难度大的是让每一个孩子都发现自己的优势，并勇于表现自己的优势。但是，只有做到这一点，才谈得上自尊心的培养。这也是'我之最'活动成功与否的标志。你有把握吗？"

见老校长望着自己，陆红薇心中一下子没底了，她这才意识到，

自己缺乏充分的准备，正在打无把握之仗。她说："还说不上有把握，试试吧。"

韩风震察觉到了她心中的惶惑，鼓励道："没关系，试验允许失败嘛。等孩子们展示'我之最'的那一天，别忘了邀请我啊！"

为了有效地利用时间，星期三的下午，陆红薇便在六（1）中队做了动员。没想到，队员们一听就乐了，七嘴八舌地提出问题：

"陆老师，只要是最拿手的，什么都可以表演吗？"

"我最能吃冰棍，也算'我之最'吗？"

"我最会驯狗，能把姥姥家的狗带到班里来吗？"

"我最能爬树，可学校里的树不让爬，怎么表演呀？"

……

陆红薇愉快地听着，因为她从这吵吵嚷嚷中看到了成功的希望。那么多孩子都跃跃欲试，不是最好的效果吗？

她耐心地解释说："咱们开展'我之最'活动，是鼓励队员们善于自我发现，发现自己最拿手的本领。凡是对人有益处的本领，全都可以尽情地表演，我们还要评奖呢！"

"噢——"队员们兴奋地大叫着，噼里啪啦鼓起掌来。但是，陆红薇也发现，乔佳佳等几个队员，机械地拍着手，眼里流露出不知所措的神情。

三

这些天，范红梅忙坏啦！

陆红薇自从在六（1）中队做过动员之后，就把组织"我之最"活动的任务，交给了中队委员会。现在，离"我之最"大赛日只有十天了，队员们又是咨询又是报名，她这个中队长能清闲得了吗？不过，她的心情很快活，因为她本人就特别喜欢这个活动。

昨天，她拿着队员们的报名表，去找陆老师汇报情况。全中队四十七名队员，已经有三十五人报了参赛项目，这在六（1）中队算得上盛况空前了。可是，陆老师却皱起了眉头，问："还有十二名队员怎么没报项目呢？"

范红梅不以为然地回答："剩下的都是些没有拿手本领的队员，他们从不敢上台表演。"

陆老师摇摇头，建议说："咱们以小队为组织，帮他们分析一下怎么样？每个人都会有自己的长处的。你看看，就连'周三毛'都报了名呢！"

"周三毛"报的参赛项目，颇为与众不同：动耳朵表演。提起"周三毛"，范红梅忍不住乐："嘿嘿，'周三毛'这回准得奖，他这一招，谁也学不会！"

在小队会上，乔佳佳又哭了。她也不明白，为什么自己又落后了，可她能表演什么拿手本领呢？

刘澄宇撇撇嘴，叹道："可惜不搞哭鼻子比赛，不然，乔佳佳准得第一！"

这一玩笑，让乔佳佳更伤心了。

唐小峰提醒她说："乔佳佳，上回咱们小队去幼儿园做好事，你不是用纸折了几只小狗吗？"

乔佳佳擦擦泪，疑惑地说："那算什么拿手的本领呢？女孩子谁不会呀！"

刘澄宇忽然严肃起来，说："我爸爸的一个朋友，是个剪纸折纸能手，还被日本、美国请去表演呢。这怎么不算本领？你好好练，准能超过别的女孩子！"说着，他举起乔佳佳的一只手，嚷着："大家瞧哇，她的手指又细又长，能不巧吗？"

这一来，队员们都开始对乔佳佳刮目相看了。乔佳佳自己也有了信心，总悄悄地端详自己的手指，就像以前从未看见过一样。不用说，放学一回家，她就赶紧练起了折纸。

四十七名队员都报了"我之最"的参赛项目之后，六（1）中队出现了紧张而又神秘的气氛。如同国际比赛前夕，各国著名选手躲藏起来练绝招一样，大家都想来个一鸣惊人。

比赛的日子终于来到了。

5月25日下午，六（1）中队"我之最"大赛在操场一角举行。韩风震、毛校长、马主任都来了。其他中队的队员闻讯后，没有课的，也纷纷赶来看热闹。陆红薇和朱玉兰老师，坐在队员们当中观看。

最引人注目的，是刘澄宇从乡下带来的一只大黄狗。因为女同学害怕被狗咬着，他独自一人坐在边上，那大黄狗自然陪着他。这件事立刻成了新闻，传遍了殷都小学的校园。平时，学校是绝对不允许学生带狗入内的，今天是个例外。

比赛的顺序写在一张大红纸上，一目了然。中队长范红梅宣布比赛开始，李冬瑞第一个登台表演。

到底是受过中队长工作的锻炼，李冬瑞沉着冷静地问："咱们都是殷都的少先队员，可谁知道咱们家乡的全国之最吗？"

刘澄宇嚷了一句："这谁不知道？甲骨文呗！"

李冬瑞得意地继续问："还有呢？"

队员们被问住了。大家都知道，殷都是中国的七大古都之一，可除了甲骨文，没听说还有什么全国之最呀！

李冬瑞见无人能回答，稳操胜券地说："殷都的全国之最至少有三个，第一是甲骨文，这是我国历史上最古老的文字；第二是青铜器，譬如重达 832.84 千克的司母戊鼎，显示了三千多年前中国冶炼技术的高水平，这也是我国出土青铜器中最有名的文物；第三是羑里城，也就是周文王被殷纣王关押的地方，那是我国最早的监狱。"

队员们听完，十分敬佩李冬瑞知识掌握得多，纷纷为她鼓掌祝贺。李冬瑞非常感动，要知道，这是她落选中队长以来，第一回得到全体队员的掌声啊。

"周三毛"快步上了台，说："谁会动耳朵哇？我会！"

说罢，他走过来，把右耳朵对着队员们，右耳朵果然晃动开了。聚精会神地看着的队员们，都眼馋他这一招，争着试自己的耳朵，可谁也比不上"周三毛"晃得好。"周三毛"更神气了，又把左耳朵对着大家，左耳朵晃动得更奇妙，一晃一晃就像在向队员们招手。王为民见自己怎么也学不会晃耳朵，急着蹦了起来。"周三毛"表演结束，骄傲地回到了原先的位子。

这时，李正摸着后脑勺上场了，边走边看毛校长，好像怪不好意思的样子。原来，他有一回爬树，被毛校长逮住训了一顿。可他今天表演的项目恰好是爬树，而且是当众爬。

陆红薇悄悄鼓励他道："勇敢点儿，李正，今天没人逮你。"

一棵十几米高的大梧桐树，就在队员们身旁，枝繁叶茂，遮住了炎热的阳光。李正走到大树下，两脚一蹭脱掉鞋，又朝两个手心吐了点儿唾沫，然后，稍一运气，一跃而起，攀住粗粗的树干，就像猴子

一样，灵巧地向上蹿去，一会儿竟不见了。几分钟后，枝摇叶晃，钻出一颗小脑袋，调皮地喊："喂，我在这儿呢！"

韩风震满意地对身边的毛瑞奇说："毛校长，你们够放手的呀！"

毛校长叹口气，回答："这不都是你的主意嘛！如今我想通了，让孩子多几样本领有好处，有时候就用得上爬树的本领。"

说话间，李正已经溜下了树，在一片掌声中归了队。

大赛越来越热闹了。王为民表演了前滚翻和后滚翻，唐小峰展出了自己集的一百多套邮票，还有的表演了绘画、书法、魔术等等，看得大家眼花缭乱。

轮到乔佳佳上场的时候，差点儿出了麻烦。本来，她一切都准备好了，可见这么多人在观看，不但心咚咚猛跳，全身都紧张得发抖呢，几乎站不起来。

陆红薇走过去，扶了她一把，说："乔佳佳，你会成功的，别怕！"

范红梅机灵地带头喊道："乔佳佳，勇敢些！"

队员们全都喊起来："乔佳佳，勇敢些！勇敢些！！"

乔佳佳鼓足了勇气朝前走，终于走到了台前。她把几张五颜六色的纸放好，握住小剪刀，"咔嚓咔嚓"地剪了起来。一听到这声音，她的心渐渐踏实了，手也变得好使了。她边剪边折，细长的手指上下翻动着，似乎忘记了周围的一切。

不大的工夫，赛台上已经摆满大象、老虎、狮子、长颈鹿、金丝猴、小老鼠、大公鸡等纸做的动物。这些动物各具神态，有的在飞速奔跑，有的在仰天长啸，有的在奋勇争斗，有的在嬉戏玩耍，简直像一座野生动物园。大家不由得大声喝彩：

"乔佳佳，真了不起哇！"

"可以参加市里的比赛啦！"

"真想不到，乔佳佳也有绝招呀！"

······

听着队员们的赞扬，乔佳佳激动得哭了。长到十二岁，她这是头一回当众表演自己的特长，而又得到同伴们的热烈赞美。她怎能不深受震撼？从今以后，她可以自豪地告诉别人：我的特长是剪纸和折纸，不信吗？咱们当场比一比！

等到刘澄宇表演驯狗的时候，全场的气氛更加活跃了，甚至连坐的位子都乱了套。就连韩风震、毛校长他们也都站了起来，想看看刘澄宇到底有什么驯狗的本领。

刘澄宇不慌不忙，先是抱住大黄狗的脑袋，叮嘱了几句悄悄话，好像狗能听懂似的，接着，他开始下达命令："起来！"

大黄狗"腾"的一下，从地上站立起来，并猛然一抖身子，做出一副精神百倍准备出击的样子。刘澄宇从口袋里掏出一块鹅卵石，用力朝远处扔去，然后又下令："替我捡回来，快！"

话音未落，那大黄狗如离弦的箭，扬起一溜尘烟，射向前方。远远地，它也许发现了那块鸡蛋大的鹅卵石，冲过去，一口叼起，就地一个旋转，急速地返回到小主人面前。

"太棒了！"

"跟军犬一样！"

队员们大声称赞着，一齐为大黄狗鼓掌。那黄狗大概知道孩子们在称赞自己，也骄傲地昂着头，向小主人摇尾请功。

刘澄宇蹲下来，轻轻地抚摸了一下它的头，表示了自己的满意，大黄狗便不摇尾巴了。但是表演并未就此结束，小主人站起来，下令道:"蹲下!"

大黄狗顺从地蹲下,用前爪支着地,目视着前方。小主人又下令:"趴下!"

大黄狗赶紧前爪落地,平趴在地面上,连脑袋也尽量放低了。

小主人朝前走了几步坐下,伸直双腿,腿下只留了很窄的空隙。他打着手势,命令:"大黄,爬着过来,从下面钻过去!"

大黄狗立即变得像一条大鳄鱼一样,匍匐着爬过来,仿佛头上有一片电网,一点儿不敢抬起身子。爬到小主人双腿下,更是用力贴着地面钻了过去。

表演结束了。队员们忍不住围拢上来,一边抚摸这只不平凡的狗,一边向刘澄宇问这问那。

韩风震也问道:"刘澄宇,你怎么学会驯狗的?"

"从电影上学来的,军人不就那样子驯狗吗?"刘澄宇并不觉得稀奇,轻松随意地说,"我常去乡下姥姥家,跟大黄熟悉了,再控制它吃东西,慢慢就驯出来了。"

"你驯狗有什么体会呢?"

听韩风震这样问,他干脆地说:"只要肯下功夫,什么都能训练出来!"

韩风震愉快地笑了,夸奖道:"这句话是名言啊!"

眼看天色已晚,还有十几个队员没来得及表演,中队长范红梅与陆红薇商量了一下,宣布:"今天先比赛到这里,明天下午继续进行比赛。大家知道吗?'我之最'比赛这个主意,就是市总辅导员韩伯伯想出来的,咱们欢迎他讲几句话。"

韩风震走到台前,和蔼可亲地说:"咱们是老朋友了!今天,你们

的精彩表演，让我们眼界大开呀。这说明什么呢？说明每个队员都有很大的潜力，每个队员都可以成为优秀的人才。但是，如果没有自信心，就什么也干不成了。老朋友，你们有没有信心，不断地去施展自己的才能呢？"

"有！"四十七个队员发出震天的回答。一下午的表演，使他们看到了自己的能力，此刻每个人都正信心百倍呢。

第十五章　向您致礼

一

经过两个下午的比赛，六（1）中队的四十七名队员，都登台表演了各自的绝招。一时间，群星灿烂，交相辉映。也许是信心大增的缘故吧，中队里的学习气氛也高涨起来。

毛校长看到六（1）中队的变化，自然欣喜万分。他对陆红薇说："下一次少先队活动时间，让全校观摩一遍六（1）中队的'我之最'比赛吧。我看，他们的做法值得推广。"

陆红薇笑着问："刘澄宇的驯狗表演，还要吗？"

毛校长瞪大了眼睛，不解地反问："多妙的表演哇，为什么不要？"

为了充分肯定队员们的特长及庆祝表演的成功，在陆红薇和朱老师的建议下，六（1）中队委员会讨论了授予称号的事情。几天后，还专门举行了一次中队会，隆重地为队员们庆功。

奖品很简单，除了一朵红花，就是一张"我之最"比赛荣誉卡。譬如，发给乔佳佳的荣誉卡上写着："少先队员乔佳佳，在'我之最'大赛中，荣获'剪纸和折纸大王'称号，特此证明。"

荣誉卡的颁发单位，当然是"殷都小学六（1）中队委员会"，不过，盖的章则是大队委员会的，因为中队没有章，只好用大队的章来代替。

队员们获得的称号无一相同。刘澄宇是"驯狗能手"，李冬瑞是"殷墟考古小博士"，"周三毛"是"有特殊能力的人"，李正是"爬树冠军"，王为民是"空中飞人"，唐小峰是"集邮专家"，范红梅是"舞蹈明星"……

一张小小的荣誉卡，在队员们眼里却是十分神圣的。他们全都庄重地捧在手里，小心翼翼地装进书包，回家后急不可耐地让爸爸妈妈看。

韩风震曾约着陆红薇一起，对六（1）中队的部分队员做了家访，了解父母们的反应。

在乔佳佳的家里，她担任工程师的爸爸感激地说道："我们原本正为女儿太怯懦着急呢，你们搞的'我之最'活动，太好了！不然，这孩子总站不到人前来呀，这怎么行？"

陆红薇问："她获奖的消息回来说了吗？"

乔佳佳的妈妈一脸笑容，回答："说了好几遍呢。喏，荣誉卡至今还贴在里屋的墙上。"

韩风震和陆红薇走进里屋，这是乔佳佳的房间。果然，荣誉卡裹上了一层透明玻璃纸，贴在墙上最醒目的地方。小巧的写字台上，还摆着一些纸做的玩具。一了解，原来自参赛以来，乔佳佳一有空，就练习剪纸和折纸。

"这是怎么回事？比赛不是已经结束了吗？"韩风震已经猜到了一些，仍问道。乔爸爸回答："她没说为什么，不过我们分析，她从这次得奖看到了希望，想把本领练得过硬一些吧。中学的竞争不是更加厉害吗？"

韩风震点点头，表示理解，但又问："据学校老师介绍，乔佳佳胆子是小一些，不怎么敢表现自己。这是什么原因造成的呢？"

乔爸爸愧疚地说："其实，这孩子小时候挺敢说敢做的，因为总闯祸，我这人脾气又急，经常训她，有时还打她，她慢慢就有些蔫儿了。等我悟出这道理，想改都难了。"

乔佳佳的妈妈是名纺织女工，人也极坦率，接过话来说："这事儿也不能全怪她爸爸。我这人就平凡惯了，觉得一个女人总想争先不好，不如安安稳稳过日子。我这种思想对女儿影响很大，她越来越像我了。"

陆红薇听了有些感动，说："你们一点儿不责怪学校吗？实际上，教师的责任并不比做父母的轻。但是，在多数学校里，像乔佳佳这种不争先也不落后的学生，是最容易被忽略的。因为，他们从不给老师找麻烦，而老师的注意力主要放在了尖子学生和后进学生身上了。这是我们的失职。"

一席话，说得两位父母不安起来，又夸了半天老师的好处。韩风震倒赞赏陆红薇的分析，暗暗惊叹年轻人敏锐的目光。

归途中，韩风震主动说道："红薇，你想知道'向您致礼'活动的方案吗？"

"当然啦！"陆红薇急切地说，"'向您致礼'既然与'我之最'活动是系列，必定有密切联系吧？"

韩风震笑了，开玩笑道："少年部部长是你爱人，你还掏不出这个秘密？"

陆红薇一听这话，大叫冤枉，说："于勇最听您的，可以当保密部长啦！不过我也理解，什么都让我先知道，也不公平。"

韩风震解释道:"有些方案暂时保密,是为了不分散基层的注意力嘛。'向您致礼'活动有一套计划,最主要的是以'敬'字为核心,强化孩子们的高尚行为和荣誉观念,让少先队的队礼成为巨大的鼓舞力量。"

"具体怎么做?"

"不管一个少先队员平时表现如何,只要他做出了对人民对集体有益的事,少先队组织即可根据事情的大小和性质,决定以小队、中队甚至大队的名义举行列队致礼仪式,还可以鼓号齐鸣。"

陆红薇顿时感到了这一仪式的无限魅力,疑惑地问:"为一个孩子,也可以让全大队列队致礼、鼓号齐鸣吗?"

韩风震肯定地回答:"当然可以!不过为了方便一些,大队的列队仪式,也可在每星期一升国旗仪式后举行。这样,还可以让接受致礼的队员,享受升国旗的荣誉。"

陆红薇的心里又痒痒开了,试探着问:"我们可以先试点吗?我真想让毕业班的队员们,在离开殷都小学之前,享受一次这种崇高的荣誉!"

"我之所以提前告诉你,正是为了这个目的。祝你成功!"

韩风震微笑着回答。

二

根据在殷都小学试点的经验,韩风震起草了《关于支持指导"我之最"少先队活动的意见》。在这里,他把"我之最"活动的内容拓宽了许多。

他写道：

第一，最美好的愿望：通过广泛开展理想教育活动，使每一个少先队员都树立远大的理想，都有美好的愿望。

第二，最崇敬的人物：古今中外的杰出人物，应让队员们尽量多熟悉一些，使他们人人心中都有自己最崇敬的人物做榜样。

第三，最拿手的本领：教育广大队员要善于自我发现，培养自己的特长，人人学会一种最拿手的本领，成为某个方面最优秀的人才。

第四，最热爱的学科：使队员在全面学好和掌握基础学科的基础上，发展他们的个性特长。首先教育队员要有一门最热爱的学科，把队员领进创造的大门、知识的海洋。

第五，最向往的活动：广大队员之所以向往少先队活动，就是因为活动给他们提供了表现能力的机会。因此，我们要通过丰富多彩的活动，让他们的能力得以充分表现。

第六，最喜欢的天地：包括家庭图书角、手工操作箱、玩具世界、学校的各种兴趣小组、艺术团体等。我们要动员父母和学校，为队员们建立起创造的小阵地。

第七，最幸福的时刻：最幸福的时刻，莫过于取得成绩的时刻，创造出劳动成果的时刻，学会一种本领的时刻。广泛开展"我之最"活动，就是让广大少先队员学会怎样创造幸福，并从中尝到创造的幸福和快乐。

韩风震起草的这份《意见》，经团市委和市教育局反复讨论，作为

正式文件，发到了全市每一所中小学。

这份文件可不是应付公事的官样文章，更不是被锁进抽屉等待再入打浆池的废纸。不，它是春风，吹开了烂漫的山花，使殷都大地上姹紫嫣红；它是利剑，斩断了束缚孩子的绳索，让千家万户传出快乐的笑声。

在殷都小学，六（1）中队的"我之最"表演，轰动了全校师生，成为人们议论不完的话题。孩子们议论道：

"这种队活动太来劲了！等我们中队也搞的时候，我一定头一个报名！"

"这些才是真本领呢，一辈子都有用！"

"四十七个队员，人人有一样绝招，这个中队真了不起！"

"我今天回家就练，我也会有绝招的。"

……

教师们也在议论：

"这个'猴班'，净出新鲜事儿，临毕业了，又出了惊人的一招！"

"这些孩子的确不简单，就说驯狗那孩子吧，跟专业人员水平差不多了。"

"还是朱老师行啊，这一来士气高涨，毕业考试也好抓多啦。"

"就得让每个孩子有一样绝招，不然再怎么说自信心，也是空的。"

"其实，这种队活动并不费劲儿，效果倒好。关键是孩子们喜欢！"

……

不用说，各个中队自动开展起了"我之最"活动。有的中队还提出与六（1）中队摆个擂台比一比呢。

在这样一种有利的气氛下，陆红薇向毛校长汇报"向您致礼"活动的设想时，毛校长痛快地答应了。

为了做好充分的准备，陆红薇除了抓紧鼓号队的训练外，又建议大队委员会组建了一个通讯网。每个中队都设立了通讯员，一旦发现有事迹较突出的队员，立即写成稿件，送交大队委员会，由委员会比较选定谁是"向您致礼"的接受者。这一来，学校的红领巾广播站的稿源也充足了。

鼓号队的全队成员，几乎都换了新人。不过，就像被传染了似的，新队员差不多还是些调皮鬼。跟着刘澄宇捉了一夜刺猬的唐双平，接任了刘澄宇的指挥职务。陆红薇一时还不能对他完全放心，又从四年级找了个女队员杨晶晶，担任副指挥。

这支鼓号队，是陆红薇一手训练出来的。虽然很少有女子吹号的，她却学会了，而且无论是集合号、行进曲、出旗曲、退旗曲，还是三套欢迎曲，都吹得挺漂亮。她用的队号，正是韩风震在他们婚礼上送的那一把。因此，每当她吹奏的时候，总有一种不寻常的感觉，时隐时现，飘忽不定，吸引着她探索下去。

现在，她已经把整颗心献给了少先队。让她激动不已的是，在这几年的辅导员工作中，她发现自己在学习一门活生生的教育学，而韩风震，是一位多么难得的老师啊！许多次与韩风震讨论教育思想问题，她总试图从学过的教育学中找出些依据，却每每感到茫然，仿佛忘光了一样。就连她自己思考问题，也要像开荒者似的披荆斩棘，寻求着崭新的答案。这一点，让她有一种充实感和满足感。她感到自己的每一天都没有虚度。

也是基于这一点，她对婚后的清贫生活，始终报着安然的态度。丈夫虽然挣不来丰厚的金钱收入，却像稳健的推进器，辅助她的探索

走向深化。还有一点令她欣慰，婚后不久，丈夫便以女婿的诚意，改变了她爸爸妈妈的印象。爸爸妈妈见女儿精神愉快，能不高兴吗？所以，一提及他们小两口的生活，爸爸总幽默地称之为"快乐的苦日子"。丈夫是慷慨的。也许是婚前的斑点香蕉，给了他太深的刺激，现在每次去看望爸爸妈妈的时候，纵然下一顿揭不开锅，他也要买最好的水果和糕点。结果，爸爸妈妈反倒心疼起来了。

这些天，还有件令人快活的事，那就是育英师范学校的郝老师来殷都小学看过陆红薇。老太太已经退休了，偶尔从报上看到陆红薇的名字，知道她这几年干得不错，一高兴就来了。陆红薇让丈夫去住办公室，留郝老师在他们的家里住下，足足聊了一夜。

郝老师笑眯眯地问："红薇呀，实话告诉我，对你自己的选择后悔过吗？"

陆红薇摇摇头，回答："您当年的话都应验了。我跟着韩校长吃了一些苦，但也真学了不少东西。因此，我至今仍庆幸自己当时的选择。"

"是啊，人生就是磕磕碰碰才有味道。"郝老师缓缓地谈着，一副语重心长的神情，"红薇你记住，酸甜苦辣都是营养啊！"

陆红薇特别喜欢这句话，还拿出一个缎面的纪念册，请老师作为赠言写了下来。

次日上午，她又陪郝老师见了韩风震。一碰面，韩风震就冲着郝老师鞠了一躬，说："感谢郝师姐，五年时间证明您给我们推荐了一个真正的人才！"

郝老师被他风趣的举动逗乐了，说："功劳这么大，怎么谢我呢？"

韩风震爽快地说："给市少工委当顾问怎么样？可以继续为我们推荐人才。"

"转了半天，还是让我为你们服务哇！你这个老狐狸，从来不做亏本的买卖呀。"

郝老师半真半假几句玩笑，说得师弟和学生都笑了起来。

三

刘澄宇又闯了一次祸。

这次可不是别人冤枉他，而是他实实在在错了。一天中午，刚吃罢饭，刘澄宇就约着李正和王为民，提前来到了学校。他们想趁着人少，赛一赛乒乓球。

忽然，天空中一阵鹦鹉叫。三个男孩子不约而同地抬头一望，见一只黄绿色的大鹦鹉，居然在二楼的一扇窗前落下了。

"逮住它！"刘澄宇脱口喊道。王为民和李正也摩拳擦掌。他们正要朝楼上跑，王为民却失望地叫起来，说："瞎跑什么呀？那儿是校长室，咱们进得去吗？"

刘澄宇瞥了他一眼，反驳道："校长室怎么啦？咱们跟毛校长好好说说嘛！"

于是，三个男孩子蹿上了楼。不幸的是，校长室的门锁着。据一位老师说，毛校长到市里开一天会，到晚上才能回来。

"天哪！到晚上？铁鸟也飞啦！"李正急得猛一阵跺脚。他们无奈地返回了操场。那只美丽的大鹦鹉，大概是家养过的，在二楼的窗台上一动不动。

"对啦，我爬铁管子！"李正想起了自己的绝招，大声嚷着，却被刘澄宇挡住了。

刘澄宇冷冷地问："我知道你能爬上去，可是铁管子与那扇窗中间有两米宽，你想飞过去吗？"

李正一吐舌头，不吭声了。在他们三人当中，刘澄宇自然是头领，讲话很有些权威。是啊，那两米宽的距离，可真会要人命的！

王为民一把摸出了弹弓，说："没办法，打吧！"

"行！"刘澄宇点点头，但提醒说，"技术高一点儿，别打着玻璃，也别打鹦鹉的头。"

王为民答应着，开始瞄准了。可他又胆怯起来了，嘟嘟哝哝地说："谁能保证不打着鹦鹉的头呀？还是你这个神枪手打吧。"

有一次，他们三个人去乡下玩，手里都攥着弹弓。这时，几只麻雀从高高的空中飞过。刘澄宇赶紧装上一块小石头，一边瞄准一边猛拉胶皮射击。真是绝啦，一只麻雀应声中弹，垂直落下。一问，原来他学着军人打飞机的技术，计算了提前量才射击的。李正和王为民极为佩服，从此封给他一个外号——神枪手。

刘澄宇也想起了神枪手的光荣历史，他从书包里摸出自己的弹弓。这副弹弓是用树杈做成的，几年来磨得十分光亮。一般男孩子的弹弓，都用的是自行车内胎的皮子作为包皮，可刘澄宇嫌那种皮子软，拉力不足，特意找来一种质地很紧的黑皮子，这样，虽然拉起来费点劲，射程却远多了。

他从地上找到一颗圆圆的石子，用弹弓包皮包紧，然后开始瞄准。这时，他才发现，要准确地击中鹦鹉的身子很不容易，稍微偏一点儿，便会打碎窗户玻璃。打碎校长室的玻璃，不等于到老虎嘴上拔胡子吗？自己上回险些背上处分，这回要小心啊！

"快射击呀，不然它飞走了怎么办？"李正催促道。

"我还不如你明白吗，慌什么！"刘澄宇生气地回敬了一句，继续瞄准。其实，他是很自信的，自信能准确地击中目标而不打碎玻璃，不然怎么叫神枪手呢？他似乎已经听到石子击中鹦鹉的"扑通"声，那是多么醉人的声音啊！

他终于拉开了弓，咬紧了牙，扬起了眉，轻喊一声："着！"那石子便如导弹一样，朝着鹦鹉猛击过去。可不知哪儿发生了故障，石子紧擦着鹦鹉的头皮，准确地击中了玻璃窗的底部，只听"哐啷"一声巨响，整块大玻璃四分五裂，坠落到地上。

李正和王为民大惊失色，拔腿就跑。这时，马主任从窗口探出了头。她看见一个男孩子呆呆地立在操场上，手中的弹弓掉在地上，就像一尊新塑的雕像。

马主任大吼道："好啊，又是你刘澄宇，真是狗改不了吃屎！你等着吧。"

第二天，马主任在全校师生大会上，措辞严厉地批评了刘澄宇。她说："别以为做出一点点成绩，尾巴就可以翘到天上去了。刘澄宇你是什么样的学生，我们还不清楚吗？浇老师一身水，偷数学老师的眼镜，带刺猬咬了同学，昨天又公然用弹弓打碎校长室的窗玻璃。明天你想干什么？想放火烧了殷都小学吗？"

这时，刘澄宇低着头，站在六（1）中队的队列里。他流泪了，不是委屈的泪，而是羞愧的泪。他觉得自己对不住六（1）中队，也对不起朱老师和陆老师。他本想今天向毛校长承认错误，甘愿受惩罚，但不要连累集体和别人。他把自己积攒的钱全部拿来了。可是，来不及了，早晨第一件事就是全校师生大会，马主任早已经忍无可忍了。由于毛校长仍不赞成正式处分，所以，她只有将愤恨之情化为尖锐言辞了。

她继续训道："每个人每天都在写自己的历史，而历史是改变不了的。你刘澄宇纵然将来走到天涯海角，也抹不掉在殷都小学的这些污点！我宣布处理决定：刘澄宇先写出深刻的检查，才能参加毕业考试；罚款三十元，由刘澄宇的父亲或母亲送交总务处……"

陆红薇站在队伍的一边，听完马主任的训话，她感到脸上一阵阵发烧，似乎挨训的是她自己，而不是刘澄宇。本来，她听说后，也是要批评教育刘澄宇的。但是，她绝不赞成马主任的态度，甚至认为这种态度是根本违反教育规律的，是受错误观念支配的。如果不是理智的控制，她会当即与马主任争论起来的。用这种僵死的、威胁性的措辞，无情地摧残孩子的自尊心，是神圣名义下的卑鄙行为。她愤愤不平地思索着。

她本想与刘澄宇谈一谈，不知为什么又打消了这个念头。也许，等这孩子平静一些再谈更好。但她悄悄地去找了一趟刘澄宇的父亲。

由于鼓号队的关系，陆红薇跟这位考古工作者熟悉了很多。她全面地谈了自己对刘澄宇的看法，也提到打碎校长室窗户玻璃的事情，最后说："我认为，刘澄宇是一个很有前途的孩子，现在正逐渐形成一些基本的品质。切不可粗暴地对待他的偶然过失，而应帮助他渡过难关。请答应我，无论如何不要打他骂他。"

这位父亲被陆红薇感动了，郑重地点点头，答道："好吧，我答应您。若不是您讲明道理，我在去学校交款之前，先得把臭儿子揍一顿！"

四

6月中旬的一天，毛校长收到某县汽车公司寄来的一封表扬信。

表扬信叙述了一件惊人的事情：

星期日上午，一辆满载乘客的长途汽车，在盘山道上停住了。前面发生了塌方，司机跳下车，去察看情况。

突然，不知什么原因，汽车缓缓地向前滑动了。车上的乘客立刻惊叫起来。谁都知道，在这盘山公路的下坡，汽车滑动起来会越来越快，又无人驾驶，非跌进山谷里摔个粉身碎骨不可。于是，有人哭，有人砸门，有人打算跳窗。

这时，一直坐在前排座位上的一个男孩子，猛地钻进了驾驶室，一脚踩住了刹车，并用整个身子压在了上面。汽车在悬崖旁停住了，六十多名乘客的生命保住了。吓得面无血色的司机，没命地跑过来，赶紧把车子开到了平坦的路面上。他抱住那个男孩子就哭了。

全车的乘客都争先恐后地围住那个机智勇敢的男孩子，把随身带的最好吃的东西塞给他，一个劲儿夸他。

有名妇女抱住他大哭，说："我一辈子也忘不了你呀！我是三个孩子的妈妈，如果不是你救了我，他们可就成了没娘的孩子啦！"

司机见这男孩子有些眼熟，一问，原来这男孩子常坐这班车，并因为总观察司机开车，认明白了哪是油门、哪是刹车。司机询问他的名字，男孩子没讲，只说了一句："我是殷都小学六（1）中队的少先队员！"

这封表扬信很长，是采用通讯报道体写的。信的结尾，请求学校查找这位少先队员，并给予表彰。

毛校长叫来了陆红薇，让她去办这件事。陆红薇读完了表扬信，惊喜地说："准是刘澄宇干的！六（1）中队就他一个人常坐长途汽车去姥姥家。"

　　"这孩子还真有两下子，也巧，事儿都让他赶上了！"毛校长苦笑着说。

　　陆红薇知道，他指的事儿包括打碎窗户玻璃在内，趁机建议说："他救了六十多人的生命，算是件了不起的功劳。咱们的'向您致礼'活动，就从刘澄宇开始吧。"

　　毛校长点点头，又有些犹豫，说："可以向他致礼。但是，刚全校批评完了，又马上全校表扬，大家会怎么想呢？"

　　陆红薇听了不服，分析道："少年儿童教育以正面教育为主。既然闯了祸可以全校批评，那么立了功为什么不能全校表扬呢？"

　　毛校长还在犹豫中，一个强有力的因素改变了他的主意：河南省人民广播电台向全省播发了这条新闻，《中国少年报》记者从北京赶来采访刘澄宇。他还能无动于衷吗？

　　他立即让陆红薇组织"向您致礼"活动，并邀请团市委和市教育局的领导出席。

　　一切准备工作都就绪了。

　　星期三清晨七点三十分，在抒情的行进曲中，全校各个中队都举着队旗，来到了宽阔的操场上。

　　领导们也到齐了，其中包括市教育局局长、团市委书记，还有韩风震和于勇等人。毛校长和马主任笑容可掬地陪同着。

　　陆红薇见刘澄宇还在六（1）中队里，走过去提醒他出列。谁知，他竟然回答："要去，我和我们中队一起去，还有朱老师。不然，我一个人不去！"

　　在这节骨眼儿上，怎么做说服工作呢？陆红薇只好当机立断同意了，说："好吧，不过你要站在中队的前面，接受全校队员的致礼，

行吗？"

刘澄宇调皮地一眨眼睛表示同意。陆红薇赶紧到主持仪式的副大队长那里，说明了情况。

副大队长是五年级的一名女生，她环视了一遍全场，对着麦克风宣布道："殷都小学少先队首次'向您致礼'仪式，现在开始！全体立正！请为人民利益做出贡献的少先队员刘澄宇，请在少先队活动中做出突出成绩的六（1）中队全体队员和朱老师，登上荣誉台！"

说罢，小司仪一抬手，唐双平立即挥动带金星金穗的指挥旗，顿时鼓号声大作，全场师生一齐鼓掌。

荣誉台其实就是主席台。不过，今天的主席台是专为接受致礼的人准备的。各方领导站立在荣誉台下的一角。

在鼓号声和掌声中，六（1）中队全体队员和朱老师，一个个抬头挺胸，骄傲地登上了荣誉台。小司仪朝刘澄宇招了招手，示意他向前两步走，在队员们前面站定了。

鼓号声和掌声更响亮了。唐双平今天特别有精神，那指挥旗舞得潇洒而有力，鼓号队队员也随之尽情吹打。

刘澄宇激动得手都不知往哪儿放了。多么奇妙啊！几天之前，就在他站立的位置上，马主任劈头盖脸地当众训斥他、挖苦他，仿佛他是天底下最坏的孩子。而今天，他却荣耀地站在这里，接受全校一千多名队员的敬礼，仿佛他又成了天底下最好的孩子。实际上，他还是他，只不过一件事做错了，另一件事做好了。他感激少先队，是少先队给了他信心、智慧和快乐！是少先队引导他多做好事，少做坏事，时刻想着队礼的含义——人民的利益高于一切。所以，在车毁人亡的危险袭来时，他只想着一件事，那就是救人！

根据仪式的程序，大队长正在介绍刘澄宇的事迹，并号召全校少先队员向他学习。

　　接着，小司仪宣布："请大队长为刘澄宇佩戴光荣绶带！请大队辅导员为朱老师佩戴光荣绶带！"

　　这后一项，是陆红薇临时决定增加的。就在鼓号声第一次响起的时候，她一下子明白了刘澄宇为什么非要与队员们一起上台。她被这个调皮大王的集体荣誉感深深打动了。为了满足这孩子报答老师的一片挚诚，也为了表彰朱老师对少先队工作的贡献，她要亲手为这位老辅导员佩戴光荣绶带。

　　斜挎着彩色绶带，泪光闪闪的朱老师与刘澄宇并排站在队员们前面。就在这时，小司仪宣布了最重要的一项程序："少先队员刘澄宇、辅导员朱老师以及六（1）中队全体队员，他们都做了对人民和对少先队有益的事，让我们以'人民的利益高于一切'的队礼，向他们致以最崇高的敬意。全体立正，敬礼——"

　　在雄壮的鼓号声中，全校一千多名少先队员，如同骤然生长出的大片幼林一样，齐刷刷地伸出右手，向六（1）中队庄严致礼。

　　戴着红领巾的韩风震，也郑重地举起右手，端端正正行着队礼。

　　六（1）中队的中队长范红梅，哽咽着低声下令还礼，队员们和朱老师一齐举起了右手。

　　看到这个动人的场面，很多人都落泪了。只有鼓号在吹打，吹打得人心如浪如潮……

第十六章　尾声

一

　　韩风震接到殷都中学团委的邀请，去参加赵丰收的入团仪式，这使他浮想联翩。

　　这些年来，他一直关注着赵丰收的变化，其细心与责任感，不亚于一个班主任。他非常清楚，在这个失去双臂的孩子面前，有着数不尽的难关，而他如何对待难关，又对周围的孩子们产生直接的影响。三年前，当赵丰收报考殷都中学的时候，尽管成绩完全合格，殷都中学却不愿意录取。是啊，收下一个失去双臂的残疾孩子，该会增添多少额外的负担？学校怎样向班主任交代呢？当时，韩风震刚动过大手术不久，一获悉这个消息，马上赶到殷都中学做工作，这才保证了赵丰收顺利升入初中。如今，赵丰收要加入共青团了，多令人欣慰啊！

　　殷都中学同意录取赵丰收之后，韩风震立即找到该校团委书记谈话，提出了三点要求：一、为赵丰收物色一位优秀班主任；二、把同时录取的"帮赵丰收小组"成员，与赵丰收分在同一个班里；三、与新班主任一起去访问赵家营小学的赵敏老师，把帮助赵丰收的活动继续坚持下去。

赵丰收是幸运的。

新班主任居文和是名优秀的中年教师，时时处处都很关照他。小学时的同班同学张峰和袁泉等人，仍然与他同班，并像昔日一样保护着他。学校为他特制了既是桌子又是凳子的课桌椅。新集体的第一个中队主题会，便是"我为赵丰收添双臂"。

在一次阅读课上，赵丰收看书的姿势几乎成了"弓"字形。张峰望着他，不由得心疼起来：这样长期下去，不但会损害视力，还会慢慢地造成驼背，不就带来新的残疾了吗？下课后，他把自己的忧虑对同学们一说，大家全都着急起来。一天，张峰去看文艺演出，见到音乐家使用升降自如的乐谱架，眼前一亮，茅塞顿开。

他找到袁泉，建议说："咱们模仿乐谱架的样子，做一个活动读书架，读书时支起来，写字时放下去，这样赵丰收就不用总弯腰了。"

袁泉一听，来了劲儿，从家中找出一堆木板，两个男孩子叮叮当当地干了起来。他们俨然木匠一样，一会儿目测比画，一会儿刨刮钉打。经过反复试制，活动阅读架终于制成了。

然而，赵丰收毕竟是个中学生了，在这个新的世界里，他学会了思索。当他接过活动阅读架时，既感到一股暖流入心来，也觉得又受到一种新的冲击。

晚上，躺在床上，他回忆起一件件往事，怎么也睡不着。老师的鼓励与培养，同伴的关心和帮助，让他比健全的人更深地体会到了人与人之间的美好情感。他也开始明白：前辈们、老师们和伙伴们之所以这样做，是对他寄予了很高的期望。那么，自己是永远依靠别人的帮助，还是学会自理，做一个生活的强者呢？他决定在自己的人生航道上，选择一个新的起点，去奋力拼搏。

关于赵丰收奋力拼搏的情况，韩风震曾看到一份材料，那是赵丰收用脚写下的汇报，题目是《自尊、自爱、自理》。

赵丰收写道：

我们的中队开展了"自尊、自爱、自理"的活动，我积极参加，并且在生活上已经基本能够自理了。

如穿衣，在小学时还得靠别人帮助，上初一时，我就能自己穿了。只是冬天穿的衣服多，穿得很慢，但经过长久的练习，也能熟练地穿好了。在小学时，我吃饭还靠别人，现在也能自己吃了，一般不用别人帮助。上课的时候，我能自己打开书包取出书本，用脚使用三角板、圆规作几何图形，进行各种物理实验。当我轻松自如地做这一切时，心中充满了自豪感，因为我和同学们是一样的。

我不但能自理自己的生活，而且还可以帮助家里干一点儿事，如喂鸡、扫地、整理房间等。这些我过去都做不好，就反复观察妈妈是怎么做的，自己再多加练习，慢慢就学会了。总之，作为一个中学生，我要时时锻炼自己，目标是：别人能做到的事情，我也要做到！

韩风震逐字逐句地读着。他知道，这里的每个字都凝聚着汗水，都有曲折动人的故事。因为自尊心强，这个残疾孩子时常过高地估计自己的能力，但生活真是那么轻松自如吗？自尊只有两个字，可要做到这两个字，对一个残疾孩子来说何其难呀！

刚进中学的那一天，当他习惯性地从鞋里抽出脚写字时，邻桌的女生立刻皱着眉头尖叫："臭脚丫子，恶心死人啦！"嚷罢，那个女生还掏出手帕捂住嘴，像要呕吐一般。赵丰收的脸上一阵红一阵白，脚也不知不觉缩了回去。从此，他天天穿一双雪白的袜子，并为了这雪白，他天天洗袜子，不让脚上有一点点异味。这无疑给他适应新生活增加了难度，可他内心受到的伤害谁知道呢？后来，那名女生向他道了歉，他却再没有脱下过雪白的袜子。

　　他去浴池洗澡的时候，自然无法摆脱人们好奇的目光，大家仿佛是在看一个怪物。他的左臂只剩下两寸多，结成一个软软的肉球；右臂全无，只在截肢处露出一块骨头。有一次，几个男孩子围过来，其中一个摸着他残臂上的肉球，笑嘻嘻地说："软乎乎的，真好玩！"

　　于是，另外几个男孩子也动手玩起来，就像玩一只狗或羊。赵丰收的心腾腾地跳着，热血一个劲儿往上涌。他差点儿就飞起一脚，把这些男孩子踢倒，但他克制住了自己，因为曾有那么多人帮助自己，怎好对别人动武呢？再说，真打起来，他会是对手吗？他愤怒地站起来，瞪了男孩子们一眼，便头也不回地离开了浴池。

　　类似这种伤害他自尊心的事情，即使在解手的时候也会发生。有些并无恶意的男孩子，故意在厕所里磨磨蹭蹭，等着看这个无臂少年怎么脱裤子。本来，赵丰收已经有了这方面的自理能力，能通过收腹、扭动和蹦跳，自己脱穿裤子。他也会靠着墙，用脚取出手纸，把屁股擦干净。可是，在别人的注视下做这些事，他感到一种说不出的羞辱。男孩子与他僵持着。他无奈地哭了，直哭到那男孩子生出恻隐之心，悄悄离去。

　　天下事，事事难住残疾人；世上人，偏偏多有残疾心。初中生赵丰收，虽然有温暖的集体，有众多的伙伴，可总不能代替生活的全部啊。因此，他的心也开始流血。

韩风震曾与居文和老师讨论过这个问题。他说："帮助赵丰收是必需的，但我们不能只把他藏在温室里，而应培养他经受挫折与磨难的能力。让他长出坚硬的翅膀，他才会飞起来。"

居老师赞成他的主张，说："赵丰收已申请加入共青团。我想，在他从一个少先队员成长为共青团员的过程中，应着重培养他自强不息的气质，并以此来影响全中队的队员。"

现在，赵丰收就要戴上团徽了，这个教育目标实现了吗?

二

赵丰收和另外五个同学的入团仪式，就在初三（2）班的教室里举行。平日里老师讲课用的黑板，此刻挂上了一面鲜艳的团旗，让每个走进会场的人都感受到一种庄严。

出席这个入团仪式的，除了本班十六名团员和三十二名队员，还有韩风震、赵敏、居文和以及学校的党支部书记、团委书记等人。

今天，赵丰收穿了一件新衣服，白球鞋也刷得干干净净，他一会儿望望赵老师，一会儿看看韩老师，显得心情很是激动。自己从一个不懂事的孩子成长为一名共青团员，不是多亏了他们的帮助吗? 还有居老师和同学们，一个个都比亲人还要亲哪!

入团仪式开始了。小司仪张峰也十分激动，几次发错了音，但大家都没像往常那样哄笑。他大声宣布："现在，新团员宣誓，请举起右手。"

六个新团员中有五人齐刷刷地举起了右手，而赵丰收空空的右臂袖管，却无力地耷拉着，没办法举起来。张峰一见，后悔万分，自己怎么会一时忘了赵丰收没有双臂呢？他忙问："现在，赵丰收无法举起右臂宣誓，大家说怎么办？"

　　新团员袁泉说："过去九年里，我的手就是丰收的手。这次，我们又同时入团，我愿意用我的手替他宣誓。"

　　张峰接上说："对！我们过去帮丰收，将来还要帮丰收。那么，凡是愿意继续帮助丰收的共青团员、少先队员们，请举起右手，让我们替赵丰收宣誓吧！"

　　一个动人的场面出现了：全班四十七名团员和少先队员，一起举起了右手，神圣的宣誓声激动着在场的每个人的心。而赵丰收却无声地哭了，泪水模糊了他的视线，只觉得面前的团旗成了一片红光……

　　会议继续进行。小司仪请韩风震讲话。

　　韩风震环视了一遍同学们，问道："我先出一道题：365 乘 9 等于多少呢？"

　　大家一愣，这是什么意思？当有的队员算出 365 乘 9 等于 3285 的时候，韩风震点点头，意味深长地说："对。一年 365 天，赵丰收上学 9 年了，队员们帮他帮了 9 年，这 9 年共 3285 天。天天帮助赵丰收，这种助人为乐的精神是何等的伟大啊！现在，赵丰收正当十五岁的时候，就光荣地加入了共青团，这是迈出了青春第一步，但这并不是我们的最终目标。我们要把这当成一个加油站，继续前进，使每个少先队员都成长为祖国的有用之才！"

　　团员和队员们纷纷鼓起掌来。紧接着，他们开始用诗歌表达各自的心情。

一个女队员站起来朗诵道：

手是人类进化的标志，

手是人们生活的密友。

人们用双手，

去劳动，去创造，

去编织壮丽的人生，

去为理想不懈地奋斗。

不难想象，

一旦失去了双手，

人该多么伤心苦恼！

在人生的旅途上，

会遇到多大的困难？

在前进的道路上，

要战胜多少"敌人"？

我们的同学赵丰收啊，

从四岁开始，

就经历了这种打击和忧愁。

可红领巾温暖着他，

他学会了用脚代替手。

他获得"六十六只臂膀"，

他走在了少先队行列的前头。

今天，他在团旗下宣誓，

宣誓忠诚，宣誓奋斗。

啊，赵丰收，
我们的同龄人，
我们的好朋友。
让我们一道前进，
让我们共同追求！

又有一个男团员朗诵起来：

我的脑子里有个问题，
赵丰收用脚写字，
这该有多么困难啊，
他却常常获得全班第一！
为什么我肢体健全，
总落在大家后面叹息。
是我笨吗？
不，我脑子很好使。
可怎么追不上赵丰收，
让谁想想也不可思议。
今天，我忽然明白了：
是我缺少顽强的毅力。
看看赵丰收，
他虽然从不炫耀自己，
却像一艘潜水艇一样，
默默无闻地前进，

迎着惊涛骇浪奋力搏击。

哦，我真正明白了，

一个人若想干成大事，

需要一种潜水艇精神，

不管世上有多少热闹可看，

只盯住自己的目标进击。

韩风震饶有兴致地听着。他想，人们说，诗言志，这固然不错，但诗在言志之前先言理，而这理不正是孩子们对生活的理解吗？

入团仪式全部结束后，见时间尚早，男同学们嚷着去踢足球。韩风震惊奇地发现，赵丰收竟是最积极的倡议者。他问居老师："赵丰收爱踢足球吗？"

居老师耸耸肩膀，回答："岂止是爱，简直是个球迷呢！"

"走，咱们看球去！"韩风震抑制不住兴奋，拉着居老师，朝校园一角的足球场走去。为了避免对小运动员们的比赛产生干扰，他俩选择了一丛绿树的后面坐下。这样，他们照旧可以观看整个球赛，而小运动员们却看不清他俩。

学生们的即兴比赛没那么多讲究，连衣服也不用换，比赛就匆忙开始了。

令韩风震吃惊的是，赵丰收跑得是那么快，那双白球鞋在球场上显得十分活跃，一会儿在这里腾跃翻动，一会儿又奔向远方。可是，白球鞋的速度渐渐放慢了，最后干脆停了下来。球场上传来争吵的声音："你们这叫球赛吗？干吗总把好球让给我？又不冲过来抢！"

这是赵丰收在嚷，声音里充满了委屈和不满。对方一个队员嚷道：

"谁把好球让给你啦？难道我们愿意输球吗？对不对？"

众队员应声答道："对！"

"踢就是了，想那么多干吗？"

"照顾你一点儿，也应该嘛！"

谁知，赵丰收竟更加生气，大叫一声："这叫瞧不起人！"

说罢，他一扭头走了。球场上像突然结冰了一样，一时鸦雀无声。

这时，韩风震不知不觉站了起来，叫住了气呼呼的赵丰收，问："同学们好心让你，为什么走呢？"

"谁叫他们让我啦？让还有什么意思？哼！"

见赵丰收如此倔强，韩风震暗暗喜欢，继续问道："真抢起球来，那么激烈的碰撞，你不害怕吗？"

"不怕！"赵丰收依然昂着头。

韩风震拍拍他的肩，带他返回了球场，对那些不知所措的队员们说："平等的竞争对赵丰收有好处，你们就放心大胆地与他争抢吧。社会就跟足球场一样，充满了竞争，你们尽情地去体验吧！"

"太好了！"队员们振奋起来，个个如释重负的样子。

果然，足球场上又燃起战火，比刚才的比赛更紧张、更猛烈。赵丰收也更来劲儿，东奔西跑，大汗淋漓。

失去双臂的人平衡难。赵丰收在剧烈的角逐中一次次摔倒。他摔得很惨，因为健全者倒下，尚可用手扶地来一个缓冲，而他却是直挺挺摔倒，就像一段木桩倒地一样。伙伴们见他鼻青脸肿的样子，心疼得忍不住跑来扶他。他断然地摇摇头，一个鲤鱼打挺，自己站了起来，又追足球去了。

赵丰收突然蹲了下来。伙伴们以为出了什么事，纷纷围了过来，却见他使劲低着头，在膝盖上擦汗呢。大家争着掏出手绢，替他擦干满头满脸的汗。

望着这动人的场面，韩风震的眼睛湿润了，对居老师说："这是最好的教育！"

<h1 style="text-align:center">三</h1>

从殷都中学回到家里，韩风震的心一直平静不下来，连妻子为他特意做的粉浆饭，也没吃出味道。

他照例倚靠在藤椅上，闭目养神，让食物慢慢进入肠道，以减轻肺和心脏的压力。但是今天，他的脑子格外清醒，各种各样的想法在互相碰撞着。虽然一时理不出头绪来，他却兴奋地预感到，一个重要的发现就在眼前。

从通讯《六十六只臂膀》，到论文《一个残疾孩子成长的思考》，他的认识有了很大的飞跃，即摸到了培养残疾孩子健康成长的规律。可是，通过最近对赵丰收成长的观察，尤其是今天下午的几件事，他觉得自己的认识又有了新的飞跃，或者说，他开始从一个新的角度思考问题了。

他把稿纸平摊在写字台上，用笔记录着自己的思考：

我们用七年时间，观察了一个残疾孩子在小学和初中阶段健康成长的过程，得到了启示，发现了规律。残疾孩子赵丰收，从小因触电失去了双臂，他只好用脚代替手来生活学习。他用脚握着笔，弯着腰在那里艰难地学习着，这一形象是一种特殊的教育力量，使得周围的孩子和老师心理上发生了倾斜，产生了同情心。于是，孩子们便动手去帮助他，夏天给他扇扇、擦汗，冬天给他暖脚，这样又使得周围的师生们得到了暂时的心理平衡。师生们帮助赵丰收时间长了，次数多了，赵丰收心理上又产生了倾斜，良心在责备他，唤醒他去发奋学习，报答师生们对自己的关心帮助。他用自己的实际行动，使自己倾斜的心理逐渐得到了平衡。随着时间的推移，他的学习成绩在全班连续获得第一名，同时他的事迹在全国"中华少年之星"展览中展出，这件事在小伙伴中成了爆炸性新闻。此时，赵丰收心理平衡了，但周围的小伙伴们的心理产生了严重倾斜：为什么没有双臂的赵丰收成绩倒成了第一名？为什么我四肢健全还没有他学习好？小伙伴们决心用行动去学习赵丰收，因此促进了全班学习稳步提升。在学习赵丰收的过程中，周围的小伙伴心理上逐渐得到了新的平衡。这就是说，"帮赵丰收小组"几年来走过的道路，概括起来就是这样一个公式：心理倾斜——心理平衡——心理再倾斜——心理再平衡……这个不断反复的过程便是提高的过程。

写到这里，"平衡心理教育法"一词，在韩风震的脑海里出现了。就像黑夜里的一道闪电，他猛然意识到，自己对赵丰收的思考，已由特殊规律转入普遍规律。从一个残疾孩子成长的思考，他破译了思想教育的密码。

平衡心理教育法的提出，是韩风震的一个创造，也是他从事少先队工作三十年的结晶。与众不同的是，他把研究少先队教育理论的成果，运用到各行各业，从而为整个教育的发展做出了贡献。这在中国少先队界，几乎算得上是一个奇迹！

四

十七周岁的周征帆，已经成为殷都医院后勤处的一名正式职工。

韩风震的心里一直惦记着他。一个智障孩子走上社会以后，会怎么样呢？红领巾的教育起了什么样的作用呢？

在医院后勤处的办公室里，韩风震请求后勤处主任介绍一些情况。后勤处主任姓叶，是个五十岁开外较为富态的女人。她眉开眼笑地说道："不瞒您说，我们收下周征帆是有照顾性质的，他妈妈是我院职工嘛。说来也怪，我们一开这口子，职工们送来了好几个傻孩子。天哪，咱们国家怎么有这么多傻孩子呢？后勤处只要一个新职工，我们考察来测验去，选中了周征帆。为什么呢？这孩子实诚，有礼貌，干活不惜力气，还会算些简单的账，干我们这一行挺合适。别看是傻孩子，这也是公平竞争的结果，没有开后门。说真的，若是开后门，就没有周征帆的份儿了。"

韩风震愉快地点点头，急切地问："他具体干什么工作呢？"

叶主任说："给病人送饭、分饭，还要收饭票。说起来，这活儿也不那么好干。上百个病号，各种各样的饭既不能分错了，又要盛得差不多，同时要收饭票。这对正常人也不轻松啊。所以，他妈妈总多给他一些钱和粮票，预备着万一算错了账就赔上。可周征帆竟然从不出差错。而且，他嘴巴甜，叔叔阿姨爷爷奶奶地叫着，病人们都特别喜欢他。他忙完自己的活儿，还主动帮助别的职工，就跟个机器人似的，整天干个不停，从不会偷懒要滑。这是个好心眼儿的孩子啊！"

"感谢你们收下了这个孩子。"韩风震心情激动地说，"他终于从社会的负担变成了有益于社会的人，这是一个了不起的变化呀！就他自身来说，能够像正常人一样工作和生活，这才算是真正地抬起头来了。"

"这首先得感谢你们和学校啊，如果没有你们从小培养他，他可能真成傻子了。那样的话，我们也没办法录用他。对不对？"叶主任实实在在地说着。

韩风震点点头，赞同地回答："这是我们共同的责任。"

说罢，他提议见见周征帆。

叶主任看看表，爽快地说："行！这会儿他正在工作。"

他们穿过医院的走廊，走到后院，在一排平房前的院子里，见到一个又高又胖的小伙子。叶主任叫道："周征帆，你看看谁来啦？"

周征帆正在择芹菜，抬头一看，惊喜地大叫一声："韩伯伯！"

他扔下菜，跳起来，飞奔过来抱住了韩风震，关心地问："您又病了吗？住院吧，我给您找个最好的大夫，我给您送最好吃的饭！"

叶主任拽了他一把，说："这话说得不吉利，人家韩老师是特意来看你的！"

见周征帆愣住了，韩风震擦擦湿润的眼睛，拍拍他的肩膀，连声说："嘿，长成大人啦！我差点儿不敢认呢。听叶主任讲，你干得很不错呀。"

周征帆"嘿嘿"地笑着，转身跑进厨房，拿来两瓶开了盖的冰镇汽水，分别递给韩老师和叶主任，热情地说："天热，快喝吧！"

韩风震呷了口冰凉的汽水，格外舒服。他笑着问："周征帆，还记得少先队吗？"

"记得，入队时戴的红领巾，我现在还留着呢！"周征帆神情庄重地说。

韩风震发现他谈吐利落多了，这也许是环境激励和长大的关系吧。如叶主任所说，这孩子心眼儿好。在他身上善的一面顺利发展起来了，而恶的一面被有效地控制了，这是教育的成功。

韩风震思索着，又与周征帆聊了一会儿，便告辞了。周征帆紧挽着他的胳膊，一直送他过了马路，这让韩风震心里又一阵热。

五

1988 年春天，于勇双喜临门。

先是迁进了新居：两室一厅的楼房，宽敞明亮，让人心旷神怡。接着，妻子又被表彰为"全国优秀少先队辅导员"。

最初，于勇心里忐忑不安：自己当着少年部部长，而妻子被评为"全国优秀少先队辅导员"，别人会不会说闲话呢？对他这个年轻干部来说，一句"以权谋私"的批评，可非同儿戏。韩风震却说服了他："以权谋私固然要不得，可也不能因为你的存在，不给予陆红薇客观公正的承认呀。这是人家十年辛苦奋斗出来的嘛！"

韩风震处理荣誉问题一向如此，从不平均撒芝麻盐。他有一句名言：领导者应当像秤一样公平。所以，大家都信服他。

陆红薇接到荣誉证书的时候，几乎有些不敢相信自己的眼睛了。虽说，这是她暗暗追求的目标，却总觉得是十分遥远的事情。"全国优秀少先队辅导员"啊，多么神圣的称号！要代表中国一流水平呀，我做到了吗？她不由得想起了自己的引路人——韩风震，他是"全国优

秀少先队辅导员"，我也成了"全国优秀少先队辅导员"，可我们之间的悬殊多大呀！

当天晚上，她与丈夫一起去看望了韩风震。韩风震近来身体欠佳，在家中休养。他一见陆红薇，立即向她祝贺。陆红薇脸红红地说："我觉得像弄错了似的，自己哪配得上这么高的荣誉？"

韩风震快活地说："荣誉嘛，是不低啊，可你受之无愧。我第一次被表彰为'全国优秀少先队辅导员'时，水平还没你高呢。你的探索精神很可贵。"

于勇也风趣地说："我受益最多了，我的许多点子都是从她那里偷来的。"

接着，他提议道："李玉森不也被表彰为'全国优秀少先队辅导员'了吗，咱们市少工委是否应该去祝贺一下，促使钢厂多解决一些实际问题？"

韩风震顿时想起了鞠秀敏怨恨的表情，马上点点头，赞成地说："好主意！借机可以改善一下他们夫妻的关系。"

这时，王雅茹用茶盘端着三杯饮料，送了进来。她也祝贺了陆红薇，说："你们给老韩当兵，可真不容易啊！他不要家，也不让别人要。你们别学他。"

"哈，老眼光看人！凭良心说，我这两年进步了没有？"韩风震故作认真地问妻子。

妻子一侧脸，不买账地回答："都五十三岁了，刚有一丁点儿进步，就值得骄傲？不怕年轻人笑话！"

大家全乐了。

陆红薇笑着说："王老师，刚才韩老师还在说改善夫妻关系的事呢，

他会从自己做起的。"

说笑一阵子，韩风震问陆红薇："红薇，你下一步准备搞什么？"

"我想继续研究'灰色儿童'的发现与转变，这是一个挺大的课题。再说，这类孩子比重大，特点模糊，比较难把握。"

听她说完，韩风震点点头，说："好极了！不过，我建议你进行对比性研究。譬如，在全校教师中征集'调皮孩子的故事'。孩子的调皮中蕴藏着浓厚的智慧色彩。认识到这一点，既可以清除教育中的形而上学，也可以解放被冤枉的孩子，其作用不可低估。"

王雅茹插嘴道："哪个家庭有调皮大王都够受的。孩子闯了祸或受了冤屈，一家人甭想安宁。所以，你们少先队能解决这个问题，等于给千家万户带来欢乐。"

韩风震继续说："如果按每个班有五个调皮孩子计算，差不多可以说，解放两千万，快乐一个亿呢！除了快乐外，还能发现多少人才，释放多大的能量啊！"

陆红薇深受鼓舞，她的眼前又浮现出了刘澄宇接受全校队员致礼的动人场面，激动地说："好吧，除了正常的工作，我将把主要精力用来搞这项研究。于勇还可以帮我。"

于勇仿佛在这一瞬间明白了，韩风震为什么能使少先队工作长期保持高水平？就在于他一直致力于教育思想的探索，这自然深化了少先队教育的改革。他后悔没有早一些听从韩风震的忠告，早一些进入理论思维的轨道。妻子已经走在前面了，自己还能落后吗？

他答应道："我与红薇一起研究吧。"

六

从 1958 年秋天到 1988 年的秋天，韩风震从事少先队工作已经整整三十年了。

在这三十年里，他辅导过的少先队员，早已是桃李满天下。他总结的少先队工作经验，在全国产生了广泛的影响。而他在新时期的一系列重大探索，也开始引起越来越多少先队工作者的关注……

在于勇的建议下，殷都市团市委决定，为韩风震从事少先队工作三十周年举行一次纪念活动。当征求本人意见时，韩风震坚决反对，他的理由是："从事少先队工作三十年以上的，绝不止我一个！那些人怎么办？当然，这是件有意义的事。我建议搞成新老辅导员的联谊会或恳谈会，是否更好一些呢？"

于是，1988 年的金秋，新老辅导员的联谊会隆重举行了。全市的大队辅导员都来了，历年来表彰的全国和省、市级优秀辅导员，也从不同的工作岗位上赶来了。其中包括陆红薇的父亲陆天明，"周三毛"的原中队辅导员朱玉兰，赵丰收的辅导员赵敏和居文和，等等；关心下一代协会的主席陈兴邦等人也来了。殷都小学的小海燕艺术团，也赶来助兴。

来宾们都知道，这是一次新老辅导员的联谊会，也是第一次与韩风震个人关系最密切的一次隆重聚会。

三年之后，即 1991 年 9 月，年仅五十六岁的"全国优秀少先队辅导员"韩风震因病与世长辞！在这之前的 1991 年 5 月，在北京召开的"全国儿童少年工作先进市县和优秀个人表彰大会"上，殷都市被表彰为"全国儿童少年工作先进市"，韩风震被表彰为"全国有突出贡献的儿童少年工作者"，并获得"中国热爱儿童奖章"。1992 年 1 月，共青团中央、全国少先队工作委员会，在北京举行"韩风震事迹报告会"，授予韩风震"献身红领巾事业的少先队工作者"光荣称号，号召全国少先队工作者向他学习。

参加过 1988 年那次聚会的辅导员们，忘不了韩风震对于少先队事业的热爱。

他热恋着星星火炬的事业，爱得那么彻底，那么炽烈。也许正是因为有了星星火炬，他的生命才燃烧得如晚霞一般灿烂！

1990 年酷暑写于青岛—舟山群岛—北京

2017 年 12 月修改于北京云根斋

作者后记

　　《孩子，抬起头》是以著名少先队教育专家韩凤珍为原型创作的一部长篇教育小说，也是我特别有体验有感情的作品。

　　我于 1973 年进入青岛市四方区少年宫工作时，职务就是做区的少先队（当时叫红小兵）总辅导员。1978 年 7 月，我被选派到中央团校学习，并参加中国共青团第十次全国代表大会的会务工作，亲眼见证了少先队的恢复过程。1978 年底，我被调入中国少年报社担任编辑记者工作。为了解决"全童入队"的问题，我与诗人金本等编辑设计了"张勇、王红能入队吗"的话题，于 1979 年 11 月 19 日起在《中国少年报》头版发起讨论，引起极其强烈的反响。在《孩子，抬起头》这部作品中，可以看到当时引起的关注。尽管那个时候，我还不认识韩凤珍，但我们是心有灵犀一点通的知音。

　　作为《中国少年报》的编辑记者，自然最关心孩子的需要。20 世纪 80 年代初期，每逢暑假，孩子们就非常渴望参加夏令营活动。可是，那时的夏令营如凤毛麟角，只有出类拔萃的队干部才有希望参加，普通孩子只能心向往之。就在这个时候，河南安阳市，即小说里的殷都市，却开展了"夏令营之花"活动，在韩凤珍的倡导和少先队的组织下，安阳的中小学纷纷举办了各种各样的夏令营活动，让大多数孩子都有了夏令营生活的亲身体验。我立即前往安阳，采访夏令营活动，也第一次采访了富有传奇色彩的韩凤珍老师。

1990 年 3 月，应共青团安阳市委的邀请，我去安阳做英雄少年赖宁的事迹报告，又一次与韩凤珍老师见了面。如果说，第一次见面是印象深刻，那么这一次则是极为震撼，因为他连续策划了"可爱的缺点""我之最""向您致礼"一系列经典性的教育活动，竭尽全力让那些受过伤害的孩子们恢复自信，让所有的孩子都抬起头走向未来。小说中于勇的原型人物是团市委少年部干部于良，他郑重地建议我写一写韩凤珍，这一建议与我一拍即合。1990 年 5 月 15 日至 21 日，我专程去安阳，深入采访韩凤珍和相关的人物，并于当年暑假开始了创作。

创作中印象最深的是，韩凤珍之所以能够创造许多教育奇迹，就在于他在实践中勤学善思到痴迷的程度，这包括他善于向老师和辅导员甚至包括孩子学习，他的很多观点真正是集体智慧的结晶。同时，他探索的教育思想与方法，不仅仅适合少先队辅导员学习，也完全符合广大教师和父母的需要。

令我万万没有想到的是，1991 年 9 月 24 日，年仅五十六岁的著名少先队教育专家韩凤珍在安阳因病去世。27 日，我赶到安阳出席了韩凤珍老师的遗体告别仪式，只见他神态安详，身上覆盖着党旗，胸前佩戴着红领巾。我唯一感到欣慰的是，我以他为原型创作的长篇教育小说《孩子，抬起头》，他生前便看到了。该书于 1990 年 12 月由海燕出版社出版。1991 年 4 月 10 日，"长篇教育小说《孩子，抬起头》讨论会"在北京前门饭店举行，包括韩作黎、韩少华、浦漫汀、张美妮、陈子君、樊发稼、庄之明、肖复兴、尹世霖、胡德华（小说里古清华的原型）、毛万春、康文信（小说里"康大"的原型）等在内的专家、学者和领导都出席会议并发了言。

韩凤珍因病不能前来，他给与会者写了一封信。他写道：

"《孩子，抬起头》以安阳市少先队为原型，书中主人公以我为原型而创作。书写好后我看了一遍，写得是很好的，质量是高的，是没有什么可说的了。

"书中反映的大都是真人真事，可创作来源于生活又高于生活，书中的每个人物、每件事都更完美了，更典型了。

"孙云晓同志的创作等于是送给我一面镜子。"

中国作家协会书记处书记、著名儿童文学评论家束沛德在 1991 年 6 月 1 日的《文艺报》上发表了关于《孩子，抬起头》的评论，题为《情真意切的教育诗篇》。北京师范大学儿童文学研究室主任浦漫汀教授，在《儿童文学研究》杂志发表评论。著名少先队教育专家康文信在 1991 年第 3 期《少年儿童研究》发表评论，题为《韩凤震给我们的启示》。1991 年第 4 期《少年儿童研究》杂志还刊登了"长篇教育小说《孩子，抬起头》讨论会"纪要，题为《〈孩子，抬起头〉引起关注和争论》。1993 年 3 月 17 日，著名配音演员张桂兰主持的系列广播剧《孩子，抬起头》，开始在北京人民广播电台播出。

转眼十八年过去了，我依然对共青团安阳市委和海燕出版社深怀感激之情，依然难忘那么多名家来深入研讨这部作品。感谢浙江文艺出版社社长郑重和总编辑王晓乐积极支持和精心策划《孩子，抬起头》的修订再版，感谢责任编辑何晓博的精准建议。十八年后的这次修订，也充分吸纳了十八年前研讨会的中肯建议，删除了过多的理论阐述和工作介绍，新版本可能更像小说，更加可读了。当然，我非常期待新一代教师特别是广大辅导员的批评建议。

孙云晓 2018 年 1 月 5 日于北京云根斋